Reineke Fuchs

괴테의 여우 라이네케

Goethe

괴테의 여우 라이네케

Reineke Fuchs

최초로 번역된 괴테의 우화소설

요한 볼프강 폰 괴테 지음 | 윤용호 옮김

종문화사

들어가는 글

괴테가 44세인 1793년에 완성해서 1794년에 출간했던『여우 라이네케』는 여우가 의인화되어 주인공으로 등장하는 동물설화이다. 뒤편의 작품설명에서 자세히 언급되고 있지만 이 설화는 그리스, 로마 그리고 중세를 거치면서 유럽 여러 나라의 언어로 조금씩 내용과 형식을 달리하며 수많은 대중들의 호평을 받아왔던 민중시가이다. 오랜 세월동안 대중들에게 친숙해진 이 소재를 자료로 하여 괴테가 다시 집필한 것이다. 옛 언어의 재현을 통해 민중시가의 건강하고 힘찬 세계를 접하면서 당시 프랑스와의 어지러운 전쟁 속에서 커다란 위안과 기쁨을 느꼈던 것이다. 그래서인지 이 작품에는 옛 민중시가의 특징으로 들 수 있는 조잡성, 희극적 상황, 야비성 등도 적나라하게 수용되고 있다. 예를 들어 조카가 숙부로 또 숙부가 조카로 상황에 따라 뒤바뀌어 불려지는 호칭이라던가 물고기 이름대신 익살맞게 닭이나 새 이름들을 라틴어로 대신하는 등등이 그것이다.

괴테 문학의 다른 면을 보여주는 이 책은 우리 나라에서 아직 거의 알려지지 않은 작품이다. 참고로 인터넷을 통해 괴테를 찾아보면 입력된 책이 110여권이 되고 그중『젊은 베르테르의 슬픔』이 50여권,

『파우스트』가 30여권, 『빌헬름 마이스터』가 10여권이 되지만, 『여우 라이네케』는 찾아볼 수 없다.

번역 원본은 함부르크판을 이용했다. 역자의 우리말 번역이 완벽하다고는 생각지 않는다. 전 편에 걸쳐 옛 시절 서구인들의 생활상을 실감나게 유추하는 일이 힘에 벅차는 일이었고, 개별 문장들에서도 이해를 쉽게 하기 위한 의역이 본문의 의도를 훼손하지는 않았을까 두렵다. 또 오역문제도 마음의 짐으로 남는다. 완벽을 향해 가는 첫 시도로 생각하고 위안을 삼는다.

원본의 제목은 『여우 라이네케』로 되어 있으나 우리에겐 생소한 이름이어서 저자의 이름을 같이 붙여 『괴테의 여우 라이네케』로 해 보았다. 번역은 1990년경에 완성되었으나 10여 년이 지나도록 책으로 출판되지를 못했다. 역자의 무능이 단연 첫째 이유겠으나, 출판사마다 번역권 문제, IMF 경제위기 영향 등으로 어려운 상황이어서 출판이 제때 이루어지지 못하고 세월이 흘러가다가 종문화사 사장 임용호박사의 노력으로 마침내 출간을 보게 되었다. 읽는 사람에게 여유로움을 주기 위해 원본에 없는 동물 그림들을 새로이 삽입한다거나 번역문장의 수정과 교정을 번갈아 가며 헌신적으로 노력해 주신데 대해 진심으로 고마운 인사를 드린다. 아울러 이러한 노력이 위대한 문호 괴테를 이해하는데 작은 보탬이 되기를 소망해 본다.

2001년 새해 아침

윤 용 호

차 례

1곡

성령강림절의 분노

유쾌한 축제날인 성령강림절이 되었다. 들판과 산림은 짙은 녹음과 발랄한 생기로 가득했고, 언덕과 산 그리고 숲과 울타리에서 활기에 넘친 새들이 즐겁게 지저귀고 있었다. 초원은 싱그러운 땅에 온갖 꽃망울을 터뜨렸고, 하늘은 명랑한 축제 기운으로, 대지는 온갖 아름다운 색깔로 그 빛을 발하고 있었다.

사자왕 노벨이 궁전회의를 소집했다. 그러자 여기 소집된 신하들이 아주 소란스럽게 앞을 다투어 오는데, 거기에는 사방 각지에서 당당한 무리들이 수없이 모여드니, 두루미 뤼트케, 까마귀 마르카르트 등등 모두 뛰어난 신하들이었다. 왕은 모든 남작들과 함께 축제와 장엄한 위용 속에서 궁전회의를 가질 의도로 큰 무리든 작은 무리든 모두를 함께 소집했다.

어느 누구도 빠져서는 안되었다. 그럼에도 단 하나 유일하게 악당으로 소문난 여우 라이네케가 빠졌다. 여우는 자신이 저지른 수많은 범행 때문에 회의 참석을 포기했다. 양심의 가책이 빛과 낮을 꺼리듯이 여우는 운집한 무리들을 두려워했다. 그들은 여우가 자신들을 모욕했고 그의 형제 아들인 오소리 그림바르트만을 감싸고 돈다고 불만에 차 있었기 때문이었다.

무리들 중에서 늑대 이제그림이 먼저 그의 모든 사촌들과 후원자들 그리고 친구들의 옹호를 받으면서 왕 앞에 나가 고발을 시작했다.
"국왕폐하! 저의 괴로운 호소를 들어주옵소서.

폐하께선 고귀하고 위대하시며 높은 명예를 지니시고, 다스리시는 무리 모두에게 정의와 자비를 베푸십니다.

아무쪼록 제가 여우 라이네케에게 엄청난 치욕과 함께 당했던 피해에 대해서 가엾게 여겨주소서. 무엇보다도 먼저 제 아내가 그에게 그토록 불손하게 조롱당하고, 제 어린 자식들이 상처를 입었다는 사실을 측은하게 여기소서.

아! 그는 어린 자식들에게 오물을, 그것도 극도로 해로운 오물을 뒤집어 씌어서, 집에는 아직도 세 아이가 시력을 잃은 고통으로 괴로워하고 있습니다.

그의 모든 범행들은 이미 오래 전부터 화제가 되어서, 그와 같은 불만을 토로하고 해소하기 위해 하루 날을 정해 모이기로 했습니다. 그는 맹세를 하러 나오겠다고 했습니다만 곧 생각을 바꾸고는 날쌔게 그의 성채로 달아나 버렸습니다. 그런 사실들을 여기 계신 모든 남자들이 너무나 잘 알고 있습니다.

폐하! 그 녀석이 제게 끼친 재해로 말할 것 같으면 수 주일 쉬지 않고 말한대도 다 못 할 것입니다.

설혹 겐트에서 생산되는 삼베가 전부 양피지로 만들어져 여우의 못된 짓을 다 기록한다 해도 모자랄 정도입니다. 그래서 저는 그 점에 대해서는 입을 다물겠습니다만, 아내의 명예훼손만은 제 가슴을 파고듭니다. 그것은 어떻게든 똑같이 복수하겠습니다."

이제그림이 이처럼 비장한 심정으로 말을 막 끝내자, 바켈로스라고 불리는 조그만 개 한 마리가 앞으로 나서서, 불어로 왕 앞에서 이야기를 이었다. '그가 얼마나 가난했으며, 낙엽 진 겨울 숲 속에서 한 조각 소시지 외에 아무것도 그에게 남은 것이 없었는데, 그것마저도 라이네케가 집어 가 버렸었다고!'

그러자 다음으로 고양이 힌째가 분연히 일어나 말했다.

"위대하신 군주시여, 어느 누구도 그 악당에게 해를 당했다고 더 이상 불평을 하지 않도록 하여 주시기 바랍니다. 그걸 할 수 있는 분은 오직 폐하밖에 없습니다. 감히 말씀드리지만, 이 사회에서는 늙은이든 젊은이든 그 어느 누구도 폐하를 두려워하지 그 악당을 더 두려워하는 자는 없습니다.

그리고 바켈로스의 고발은 다소 의미가 있습니다. 이 사건은 벌써

수년이 지나버렸습니다. 그 소시지는 제 것이었습니다! 이런 불만은 그 당시 토로했어야 옳았습니다만, 그 때 저는 사냥을 나갔었습니다. 길을 가다 밤중에 물방앗간을 살피게 되었습니다. 여주인은 잠이 들어 있었고, 저는 슬쩍 소시지 한 쪽을 집어냈었습니다. 저는 그것을 고백합니다. 그렇지만 만약 이 바켈로스가 그것에 대해 어떤 권리가 있다고 말한다면, 그는 나에게 감사해야 합니다.”

다음은 표범이 시작했다.
“한탄과 넋두리가 무슨 소용이 있겠습니까!
그것은 아무 소용이 없습니다. 그의 범행은 이미 충분히 알려져 있습니다. 그는 도둑이요, 살인자입니다! 저는 그것을 감히 주장할 수 있습니다. 그렇습니다. 그것은 모두가 알고있는 사실입니다. 그는 갖은 범죄를 계속 저지르고 있습니다.
그런데도 모든 고귀한 분들은 그를 어찌하지 못하고 심지어 폐하까지도 재산과 명예를 잃고자 합니다. 이런 판국에도 그는 살찐 수탉의 살점 한입만 획득한다 해도 희희낙락 할 것입니다.
모두들 들어보십시오, 그가 어제 토끼 람패에게 얼마나 못되게 굴었는지. 여기 아무도 해친 적이 없는 람패가 있습니다! 얼마 전 그 악당은 토끼에게 경건을 가장하고 온갖 노래를 가르치려고 했습니다. 그런 일은 사제나 할 수 있는 일입니다.
그들은 마주보고 앉아 신앙고백을 시작했습니다. 그러나 라이네케는 언제나 그렇듯이 그 해묵은 악의를 버릴 수가 없었습니다. 우리들 왕의 평화롭고 자유로운 보호구역 내에서 그는 람패를 발톱으로 움

켜켠 채 심술궂게 이 선량한 토끼를 괴롭혔습니다. 저는 그 때 그 길을 지나가고 있었는데, 둘이 부르는 노래 소리를 들었습니다만 시작되는가 싶더니 곧 끝나 버렸습니다. 저는 이상스럽게 생각하면서 그 곳에 도착했을 때 즉시 라이네케를 알아보았습니다. 그는 람패의 멱살을 잡고 있었습니다. 제가 만약 그 길을 지나가지 않았더라면, 그 녀석은 틀림없이 람패의 생명을 빼앗아버렸을 것입니다.

여기 람패가 서 있습니다!

여러분, 아무도 모욕하려고 생각지 않는 이 선량한 자의 상처를 보십시오. 만약 우리들의 군주가 당신의 평화와 보호 그리고 칙령이 일개 도둑에 의해 조롱당하는 것을 묵인하고, 더군다나 여러분이 그것을 참아 넘긴다면, 오! 그렇다면 왕과 그의 왕자들은 훗날 정직과 정의를 사랑하는 사람들로부터 비난을 면치 못할 것입니다."

이제그림이 이어서 말했다.
"맞습니다. 그리고 유감스럽게도 라이네케는 우리에게 결코 선한 것을 보여주지 않을 것입니다.

오! 그가 오래 전에 죽어 버렸더라면, 그것이야말로 평화로운 자들을 위해 최선이었을 텐데. 그러나 이번에도 용서하게 된다면, 그는 얼마 후에, 지금 그에게 호의를 보이는 선량한 자들을 대담하게 속일 것입니다."

그러자 라이네케의 조카인 오소리 그림바르트가 말을 가로막고 나섰다. 그는 아주 잘못 알려져 있었던 라이네케의 장점을 용기 있게 이야기했다.
"이제그림 씨! '적의 입은 정직하지 않다' 라는 옛날 속담이 틀린 말이 아니군요. 그래서 나도 당신이 숙부에 대해 좋게 얘기할 것이라고는 기대하지 않았지만, 당신의 그런 행동은 경솔한 짓입니다.

만약 라이네케가 당신처럼 여기 궁전에서 왕의 은총을 누릴 수 있다면, 당신이 그렇게 악의에 차서 말하고, 해묵은 이야기를 다시 꺼낸 것을 틀림없이 후회하지 않을까 싶습니다.

그러나 저러나 당신의 사악함이 라이네케에게 어떤 해를 끼쳤는지에 대해서는 그냥 지나치는군요. 그러나 여기 모인 많은 분들이 알고 있습니다. 그대 둘은 함께 굳게 맹세를 하고 언제나 변함없는 동료로 살 것을 약속한 사이입니다. 저는 그것을 이야기하고자 합니다.

라이네케는 어느 겨울 당신 때문에 한번 커다란 위험을 겪었습니다. 생선을 잔뜩 실은 마부가 길을 가고 있었습니다. 당신은 그것을 알아채고 어떻게든 조금이라도 생선을 먹으려 했습니다만 유감스럽게도 돈이 없었습니다. 그래서 당신은 숙부를 구슬렸고, 그는 술책을 부려 마치 죽은 듯이 길바닥에 누워 있었습니다. 그것은 정말 대담무쌍한 모험이었습니다! 그렇지만 그가 생선대신 무엇을 받았는지 주목하시기 바랍니다.

그러자 마부가 마차 길에 누워있는 숙부를 보았습니다. 그는 그에게 일격을 가하기 위해 급히 칼을 빼어 들었습니다만 영리한 숙부는 마치 죽은 듯이 꼼짝도 하지 않았습니다. 그 마부는 숙부를 수레에 던져 넣고 그에게서 얻게될 가죽을 생각하며 기뻐했습니다.

그렇습니다. 그것은 나의 숙부가 이제그림을 위해 감행한 행동이었습니다. 마부가 마차를 몰아 그곳을 떠나자, 라이네케는 생선들을 밖으로 던졌습니다. 이제그림은 멀리서 살금살금 따라오면서 그 생선들을 다 먹어 치웠습니다.

라이네케는 너무 오래 마차를 타고 싶지 않았습니다. 그는 수레에서 뛰어내려 지금까지 획득한 노획물을 맛보고자 했습니다. 그러나 이제그림이 그것을 모두 삼켜버린 후였습니다. 그는 포식 한 후 뼈만 남겨놓고 친구에게 그 찌꺼기만 주었던 것입니다.

또 다른 이야기가 있습니다! 이것 역시 거짓 없는 이야기입니다.

라이네케는 한 농부 집의 걸쇠에 오늘 막 잡은 살찐 돼지고기가 걸려 있는 것을 알아냈습니다. 그는 그것을 늑대에게 정직하게 말했습니다. 그들은 수확과 위험을 공정하게 나누기 위해 함께 그곳으로 갔습니다. 그러나 수고와 위험은 라이네케 혼자만 당해야 했습니다.

라이네케는 위험을 무릅쓰고 창문 안으로 기어 들어가 노획물을 늑대에게 던졌습니다. 그런데 불행하게도 가까이 있던 개들이 집안에 있는 그를 알아채고 그에게 달려들어 털가죽을 물어뜯었습니다. 그는 부상을 당한 채 도망쳐 나와 급히 이제그림을 찾았습니다. 그리고 그에게 자신의 고통을 호소하고 자신의 몫을 요구했습니다. 그 때 이제그림이 말했습니다. '너를 위해 맛좋은 부분을 보관해 두었다. 자 달려들어 뜯어먹기 바란다. 그 기름덩이가 너에게 정말 맛있을 것이다!'

그는 그 부분을 가져왔습니다. 그것은 도살자가 돼지를 걸어 두었던 구부러진 나무토막이었습니다. 맛좋은 구운 고기는 탐욕스러운 늑대에 의해, 저 부정직한 자에 의해 삼켜져 버렸습니다.

라이네케는 분노에 차서 말을 할 수 없었습니다. 그렇지만 그가 무엇을 생각했을까는 여러분도 상상할 수 있을 것입니다.

폐하, 늑대 이제그림이 저의 숙부에게 빚을 진 그와 같은 이야기는 백 가지도 넘습니다. 그러나 저는 그 일을 말하지 않겠습니다. 라이네케가 직접 온다면, 그가 자신을 더 잘 변론할 것입니다. 그럼에도 폐하, 고귀한 군주시여, 저는 다음을 강조해두고 싶습니다.

폐하도, 우리도, 모두 들었습니다만, 어리석은 이제그림의 말이 그가 몸과 마음을 바쳐 보호해야 할 부인과 그녀의 명예를 얼마나 손상시켰습니까! 그 일은 벌써 7년이 지난 일입니다만, 그 때 나의 숙부는 그의 진지한 사랑과 신의를 아름다운 부인 기이래문트에게 바쳤습니다. 그것은 야간 무도회 때 일어났습니다.

이제그림은 여행 중이었습니다. 저는 제가 알고 있는 대로 말씀드립니다.

친절하고 정중하게 그녀는 자주 라이네케의 뜻에 따랐습니다. 그리고 그 이상 도대체 무엇이 있겠습니까? 그녀는 그것을 한 번도 불만으로 하소연하지 않았습니다. 물론 그녀는 지금까지 건강하게 잘 지내고 있습니다. 그런데 정작 남편으로서 그가 그녀를 위해 한 일이 무엇입니까? 그가 만약 현명하다면, 그 일에 대해 침묵해야 할 것입니다. 그런 것은 그에게 치욕만 가져 올 뿐입니다."

계속해서 오소리는 말했다.

"다음으로 토끼에 대한 꾸민 이야기가 대두되었습니다. 정말 시시한 잡담입니다! 선생은 학생을, 만약 학생이 깨닫지 못하고 잘못된 상태에 있을 때, 무엇인가 징계를 해서는 안 된다는 말입니까? 아이들을 벌해서는 안 된다는 말입니까? 경솔함이 용인되고 무례함이 용납된다면, 어떻게 젊은이가 잘 자랄 수 있겠습니까?

또 다음으로 바켈로스가 어느 겨울날 소시지 한쪽을 울타리 뒤에서 어떻게 잃었는가를 고발해 왔습니다. 그는 그것을 차라리 말없이 체념해야 했습니다.

우리는 들었습니다. 그것은 훔친 것입니다. 결국 얻은 것처럼 잃은 것입니다. 나의 숙부가 도둑에게서 훔친 그 물건을 취했다고 누가 그를 나쁘게 볼 수 있습니까! 지체 높은 가문 출신의 고귀한 남자들은 도둑들에게 증오와 가차없이 엄함을 보여야 합니다. 때문에 숙부가 바켈로스를 그 당시 교수형에 처했더라도 용서 할만 합니다. 그러나 그는 폐하의 위엄을 생각하고 바켈로스를 놓아주었습니다.

왜냐하면 사형에 처하는 것은 오직 폐하에게만 속한 권한이기 때문입니다.

비록 숙부가 올바르게 행동하고 나쁜 짓을 거절하며 살았어도 아무도 알아주는 사람이 없어 쓸쓸한 심정으로 자신을 위로해야만 했습니다. 왜냐하면 폐하의 평화 선언이 포고되어진 이후, 누구도 그만큼 자중한 자도 없습니다. 그의 인생은 달라졌습니다.

하루 한 끼의 식사를 하며 은자처럼 고행을 합니다. 맨살에 털옷을 걸치고 이미 오래 전부터 야생이든 가축이든 고기는 입에도 대지 않습니다. 그의 곁에 있었던 자가 어제 저에게 이야기해준 대로입니다.

그는 자신의 성채인 말래파르투스를 떠나 땅굴을 집으로 삼았습니다. 그가 얼마나 야위었으며, 배고픔과 목마름을 견디며 행하는 엄격한 참회의 삶으로 얼마나 창백해졌는지를 여러분 자신이 직접 보게 될 것입니다.

여기서 모두가 그를 비난한다고 도대체 그가 간지럽기나 하겠습니까? 그가 여기에 온다면, 그는 자신의 정당함을 토로하고 고발자들의 면목을 잃게 할 것입니다."

그림바르트가 막 말을 끝내자, 놀랍게도 해닝이라 불리는 수탉이 그의 일족을 거느리고 나타났다. 초라한 들것 위에는 목과 머리가 없는 암탉 한 마리가 실려 있었는데, 그 이름은 크라츠푸스로 알을 잘 낳는 가장 우수한 암탉이었다.

아, 그녀에게서 피가 흐르고 있었다. 라이네케가 그녀를 살해했던 것이다.

이제 왕은 죽은 암탉을 직접 목격해야 했다. 수탉 해닝이 극도로 처참한 모습으로 왕 앞에 나타났을 때, 두 마리 수탉이 똑같이 슬퍼하면서 함께 나타났다. 하나는 크리얀트로서 홀란드와 프랑스를 다 뒤져도 발견할 수 없을 만큼 우수한 수탉이었고, 다른 하나는 그와 버금가는 수탉 칸타르트로서 솔직하고 대담한 젊은이였다.

둘은 횃불을 들고 있었다. 그들은 살해당한 부인의 형제들이었다. 그들은 살인자에 대해 비탄의 소리로 부르짖었다! 들것은 두 마리 젊은 수탉이 들고 있었는데, 멀리서부터 구슬픈 탄식의 소리를 들을 수 있었다. 해닝이 말했다.

"국왕 폐하! 우리는 보상될 수 없는 재난을 호소합니다.

제가 당한 아픔을 보시고 제 아이들과 저를 불쌍히 여기소서. 여기 폐하의 신하 라이네케가 저지른 짓을 보십시오!

겨울이 지나고, 무성한 녹음과 온갖 꽃들이 봄의 제전으로 우리들을 불렀을 때, 저는 저의 가족과 함께 즐거워했습니다. 모두가 명랑하게 아름다운 나날을 보내고 있었습니다!

우리들의 훌륭한 암탉인 제 아내가 아들 열 명, 딸 열네 명을 모두 여름 한 철에 길러냈습니다. 모두가 대단히 건강하고 아주 행복했습니다.

우리들은 일상의 양식을 아주 안전한 장소에서 찾았습니다. 그 곳은 부유한 수도승들 집이었는데, 담을 쌓아 우리를 보호했습니다. 그리고 그 집의 용감한 동료들인 여섯 마리의 커다란 개들이 제 아이들을 사랑했고, 생명을 지켜주고 있었습니다. 그러나 우리가 평화롭게 행복한 나날을 보내고 그의 술책을 피하는 것이 라이네케를, 그 도둑 놈을 불쾌하게 했습니다. 그는 밤이 되면 항상 담 주위를 살금살금 걸어다니며 문 곁에서 엿들었습니다. 그러나 개들이 그것을 알아차리자, 그는 달아났습니다!

언젠가 한번은 개들이 용감하게 그를 붙잡아 혼을 내주었습니다. 그렇지만 그는 몸을 피해 탈출했고, 우리는 잠시 안정을 누릴 수 있었습니다. 그러나 그것은 오래가지 않았습니다.

이제 제 이야기를 잘 들어주십시오! 그는 은자의 모습을 하고 저에게 편지 한 장을 보여주었습니다. 저는 그 편지에서 폐하의 인장을 보았으며, 그리고 폐하께서 모든 동물들과 새들에게 포고하신 확고한 평화를 읽을 수 있었습니다. 그는 저에게 은자가 되었다고 했습니다. 그리고 그는 예전의 잘못을 속죄할 엄격한 종교적 맹세를 행했으며, 그것을 유감스러운 일이라고 고백했습니다. 이제부터는 어느 누구도 그의 앞에서 두려워 할 필요가 없으며, 다시는 고기를 즐기지 않겠다고 경건하게 약속을 했습니다. 그는 제게 수도사의 옷을 검사하게 했으며, 그의 어깨를 덮은 겉옷, 또 수도복 안에 입은 털옷도 보였습니다. 그 외에도 그는 저를 안심시키기 위해 수도원 원장께서 발급한 증명서를 제시했습니다. 그리고는 떠나가면서 말했습니다.

'주님의 이름으로, 안녕히 계십시오! 나는 오늘 아직도 할 일이 많습니다! 열 시와 열다섯 시에 기도를 그리고 저녁 기도도 드려야 합니다.' 그는 걸어가면서 미사 구절을 읊조렸습니다. 그러나 속으로는 수많은 악한 짓을 곰곰이 생각하고 우리들을 파멸시킬 계획을 꾸몄던 것입니다. 저는 기쁜 마음으로 급히 어린아이들에게 폐하의 편지에 적힌 소식을 전하자 모두 즐거워했습니다.

이제 라이네케가 은자가 되었기에 우리들은 더 이상 걱정이나 두려움을 갖지 않았습니다. 저는 아이들과 함께 담 밖으로 나갔습니다. 우리는 모든 자유를 기뻐했습니다. 그러나 유감스럽게도 그것은 우리의 잘못된 판단이었습니다. 그는 음험하게도 숲 속에 엎드려 있다가, 벌떡 뛰어 나와 문 앞을 가로막고 내 아들 중 가장 훌륭한 아이를 붙잡아 숲 속으로 끌고 갔습니다. 그리고 그가 아이들을 한 번 맛본 후에는 달리 방도가 없었습니다.

그는 그 짓을 끊임없이 되풀이 시도했습니다. 그래서 사냥꾼도 개들도 밤낮을 가리지 않는 그의 술책 앞에서는 우리를 보호할 수 없었습니다. 그런 식으로 그는 저에게서 거의 모든 아이들을 붙잡아 갔습니다. 스무 명에서 다섯 명만 저에게 남게되고, 나머지는 모두 그가 약탈해 갔습니다.

오, 이 쓰라린 고통을 가엾게 여기소서! 그는 어제 또 제 딸을 죽였습니다. 개들이 시체를 구했습니다. 보십시오, 여기 그 아이가 누워있습니다! 그가 저지른 짓입니다.

오! 슬퍼해 주십시오!"

그러자 왕이 말하기 시작했다.

"그림바르트여, 가까이 와서 보아라, 그 은자는 이런 식으로 참회를 하는가! 내게 아직 시간이 충분하다면, 그는 진정으로 그것을 후회해야 할 것이다!

그렇지만 말이 무슨 소용이 있겠는가! 진정하라, 불쌍한 해닝이여, 그대 딸에게는, 죽은 자에게 필요한 모든 노력을 아끼지 않겠다. 나는 그녀의 영혼 구제를 위한 기도를 드리게 하고, 예의를 다해 매장하도록 하겠다. 그 다음 여러 신하들과 함께 그 살인에 대한 벌을 숙고하겠노라."

그러면서 왕은 영혼 구제의 기도를 드리도록 명했다.

무리들은 '주님 뜻대로 하시옵소서' 란 기도를 시작했다. 그들은 모든 소절을 찬양했다. 나는 상세하게 그 진행을 이야기 할 수 있다.

누가 성경 구절을 낭송했고 누가 찬송가를 불렀는지. 그러나 예식이 장시간 진행되었기 때문에 이 정도에서 끝내겠다.

　무덤 안에 시체가 놓여졌고, 그 위에는 크고 두터우며 사각으로 조각된 유리처럼 광이 나는 아름다운 대리석으로 덮여졌는데, 그 위에는 다음과 같은 구절을 뚜렷하게 읽을 수 있었다.

　"수탉 해닝의 딸 크라츠푸스는 가장 우수한 암탉으로 둥지에 많은 알을 낳았고, 영리하게 먹이를 찾을 줄 알았도다.

　아, 라이네케에게 살해당해 당신들을 떠난 그녀가 여기 누워 있도다! 온 세상은 알지어다. 라이네케가 얼마나 악하고 못된 행동을 했는가, 그리고 죽은 자를 애도할지어다."

　왕은 이어 그와 그의 신하들 앞에 그토록 분명하게 공개되어진 범행을 어떻게 처벌해야 할지, 그 방법을 숙고하기 위해 가장 현명한 신하들을 소집하도록 했다. 신하들은 의논 끝에 교활한 악당에게 왕의 사자를 보내서, 그가 이해득실을 따져 거절하지 못하고, 다음번 왕궁에서 열리는 재판일에 참석하도록 해야 한다고 조언했다.

사자로는 브라운이라 불리는 곰을 지명했다. 왕은 곰 브라운에게 말했다.

"짐은 그대가 열성을 다해 사자의 임무를 수행할 것을 명하노라! 그러나 조심하도록, 라이네케는 불성실하고 음흉한 자이니 모든 술책을 다 부릴 것이다. 그는 그대에게 아첨하고, 그대를 속이고, 그가 할 수 있는 한 기만하려 할 것이니라."

그러자 곰은 믿음직스럽게 답변했다.

"결코 그런 일은 없을 것입니다. 안심하십시오! 그가 주제 넘는 짓을 하거나 조금이라도 저를 조롱거리로 만들려 한다면 두고 보십시오, 저는 신 앞에 맹세합니다. 그 녀석이 발붙일 곳을 모르도록 단호하게 보복하겠습니다. 만약 그렇지 못할 경우에는 제가 신의 벌을 달게 받겠습니다."

2곡

왕의 첫 번째 사자 곰 브라운

이리하여 왕의 사자 브라운은 자신의 용기를 뽐내며 산으로 가기 위해 사방이 모래뿐인 황무지로 접어들었다. 마침내 황무지를 지나 라이네케가 즐겨 사냥을 하는 산에 도착했다.

그 자신도 하루 전에 사냥을 즐겼던 곳이었다. 곰은 계속해서 말레파르투스를 향해 갔다. 그곳에는 라이네케의 아름다운 성채가 있었다. 그의 소유인 저택들과 성곽들 가운데서 말레파르투스는 가장 아름다운 곳이었다. 라이네케는 재난을 두려워하면서부터 그곳에 살고 있었다.

브라운이 도착했을 때 출입문은 굳게 닫혀 있었다. 그는 문 앞에 서서 잠시 생각한 후 마침내 큰소리로 외쳤다.

"여보시오, 숙부님, 집에 계시오? 나는 곰 브라운이오. 왕의 사자로 왔소이다. 왕께서는 그대를 왕궁 재판에 소환하라고 엄히 명령을 하셨소. 나는 그대를 데리고 가야하오. 그대의 행위가 정당한 것으로 인정받을 수 있는지 혹은 부당했는지를 분명하게 판결하기 위해서요.

　그대가 숨어 있다면 교수형이 그대를 기다릴 것이오. 그러니 좋은 쪽을 선택하시오. 어서 나와 나를 따라갑시다. 그렇지 않으면 큰 해를 당할 것이오."

　라이네케는 처음부터 끝까지 그 말을 똑똑히 듣고서, 조용히 숨을 죽이고 누워 생각했다. '내가 저 졸렬한 녀석의 건방진 말에 앙갚음할 수 있다면, 그 일을 꾸며 보도록 하자.'

그는 집안 깊숙이, 아주 정교하게 지어진 구석진 곳으로 갔다. 여기에는 사방으로 길이 난 좁고도 긴 구덩이와 동굴들이 있었고, 때가 되거나 위급한 경우 열거나 닫을 수 있는 수많은 문들이 있었다. 그는 그의 악행 때문에 모두가 그를 찾고 있다는 것을 알아차리고 여기에다 최상의 은신처를 마련했던 것이다. 또한 이 미로 속으로 불쌍한 짐승들이 멋모르고 자주 들어와 이 도둑에게 꼼짝없이 사로잡히곤 했다.

라이네케는 곰의 말을 들었지만, 영리한 그는 다른 자들이 숨어있지 않을까 두려웠다. 그러나 곰이 혼자 왔다는 것을 확인하자 시치미를 떼고 밖으로 나가 말했다.

"존귀하신 숙부님, 어서 오시오! 그리고 용서하시오! 나는 저녁기도를 드리느라, 당신을 기다리게 했습니다. 당신이 와 주신 것을 감사드립니다. 그리고 궁전에 가는 것은 분명히 나에게 필요하며 그렇게 하겠습니다.

친애하는 숙부님, 언제라도 여기 오시는 것을 환영합니다!

당신에게 이런 멀고도 힘든 여행을 명한 자에게 비난을 하지 않을 수 없군요. 원 세상에! 얼마나 더우셨는지요! 당신의 머리털은 땀에 젖어 있고 숨도 차 있군요.

전능하신 왕께서는 그가 늘 칭찬하는 가장 고귀한 남자말고는 다른 사자를 보내실 수 없었단 말입니까?

모두가 나를 악하게만 모함하는 왕의 궁전에서 나를 도와주시오. 아침에 나는 결심했습니다. 비록 내게 불리한 상태이긴 하나 자의로 궁전에 갈 것을 아직도 생각하고 있습니다. 단지 오늘만은 여행하는 것이 너무 힘듭니다. 유감스럽게도 음식 한 가지를 너무 많이 먹었습니다. 그것이 내게 해가 되었오. 그래서 내 온몸이 대단히 고통스럽습니다."

그러자 브라운이 말했다.

"여우님, 그것이 무슨 음식이오?"

"내가 그것을 말한다 해도 당신에게 무슨 소용이 될 수 있겠습니까? 나는 겨우겨우 목숨을 이어가고 있습니다. 그러나 나는 그것을 인내로 견딥니다.

가난한 남자는 결코 백작일 수 없습니다! 그리고 때때로 우리와 우리 가족을 위해 더 좋은 것을 찾지 못하면, 우리는 아주 쉽게 손에 넣을 수 있는, 꿀이 가득 든 벌집을 먹습니다. 그렇지만 나는 그것을 부득이 해서 먹을 뿐입니다. 지금 나는 마지못해 그것을 삼켰던 것인데, 배가 터질 지경입니다. 이거 어쩌면 좋을까요? 내가 그것을 피할 수만 있다면, 나는 그것에 입도 대지 않겠습니다."

조용히 듣고 있던 브라운이 대꾸했다.

"에이! 무슨 말을 하는 거요! 숙부님! 모두가 갈망하는 꿀을 당신은 그렇게 대수롭지 않게 여기는 겁니까? 당신에게 말해 주고 싶은 것은, 꿀이란 적어도 내게는 최상의 음식이라는 것입니다. 오, 내게도 꿀을 좀 먹게 해주시오, 결코 후회는 하지 않도록 하겠소! 다시 당신을 돕겠소!"

"당신은 나를 조롱하고 있습니다"

붉은 여우가 말했다. 그러자 곰이 맹세를 했다.

"아니오, 진실이오! 그것은 진정으로 말한 것이오."

"그러시다면, 내가 당신에게 힘이 될 수 있습니다. 산 밑에 농부 류스테피일이 살고 있는 데, 그가 꿀을 가지고 있기 때문이오! 당신이나 당신 일족은 틀림없이 그렇게 많은 꿀을 한꺼번에 본적이 없을 것입니다."

그러자 곰은 이 맛있는 음식에 욕심이 나서 견딜 수가 없어 소리쳤다.

"오, 나를 좀 안내해 주시오. 급히 그곳으로! 숙부님, 그 은혜는 잊지 않겠오, 내게 꿀을 좀 먹게 해 주시오, 비록 포식할 만큼 먹지 못하더라도 말이오."

"갑시다. 꿀은 부족하지 않을 것입니다. 오늘 나는 걷는 것이 힘듭니다만, 내가 당신에게 오랫동안 바쳐온 존경이 괴로운 발걸음을 달래주리라 믿습니다.

왜냐하면 나는 내 모든 친척들 가운데서 당신만큼 존경할 만한 이를 알지 못하기 때문입니다! 자, 갑시다.

왕의 궁전에서 열리는 재판날 내가 적들의 강압과 고발로 치욕을 당할 때 당신은 그에 대항해 내 편이 되어 주신다고 했습니다.

나는 오늘 당신에게 당신이 먹을 수 있을 만큼 꿀을 포식하도록 해드리겠습니다."

그러나 이 교활한 녀석의 말은 분노한 농부들의 구타를 뜻하고 있었다. 라이네케가 앞서서 달려갔고, 갈색 곰은 맹목적으로 뒤를 따랐다. 그러면서 여우는 생각했다.

'일이 잘 되면, 나는 오늘 너를 불행한 상황으로 몰아넣겠다. 그곳

에서 너는 쓰디쓴 꿀맛을 보게 될 것이다.'

그들은 류스테피일의 농가에 도착했다. 곰은 기뻤다. 그러나 바보
들이 흔히 희망에 들뜨다 실망하듯이 헛된 일이었다.

저녁이 되었다. 이 시각쯤이면 습관적으로 류스테피일이 그의 침
대에 눕는다는 걸 라이네케는 알고 있었다. 그는 목수로 유능한 기술
자였다. 마당에는 떡갈나무 통나무가 하나 놓여있었다. 그는 이것을
쪼개기 위해 벌써 튼튼한 쐐기를 박아 놓았다. 그리고 그 통나무
위 부분은 거의 팔꿈치 길이만큼 쪼개진 채 벌어져 있었다. 라이네케
는 그것을 알아채고 말했다.

"친애하는 숙부님, 이 나무 속에 꿀이 당신이 추측했던 것보다 더
많이 들어 있습니다. 자, 당신의 입을 안으로 가능한 한 깊이 넣으시
오. 충고 드리건대 욕심사납게 너무 많이 드시진 마시오. 배탈이 날
수도 있으니까."

"당신은 나를 대식가로 생각하는군요"

"결코 아닙니다! 어디서나 절제란 모든 일에 좋은 것입니다."

그리고 나서 곰은 속아넘어가 그 틈 사이로 머리를 귀까지 집어넣
고 또 앞발도 집어넣었다.

라이네케는 있는 힘을 다해 끌고 잡아당기기를 여러 번 한 후 마침
내 쐐기를 뽑아버렸다. 이제 곰은 갇혀 버렸다. 그의 머리와 앞발이
조여왔다. 꾸짖음도 아양도 아무 소용이 없었다. 곰은 힘과 용맹성에
는 적수가 없을 정도로 대단했기에, 라이네케는 술책으로 숙부를 사
로잡았던 것이다.

곰은 울부짖으며 으르렁거렸다. 그는 뒷발로 사납게 땅을 할퀴며 뒤로 당겼다. 그 소리가 너무 요란해서 류스테피일이 뛰쳐나왔다. 뭘까? 하고 그 목수는 생각했다. 그리고 누군가 그에게 해를 끼치려 할 때 그가 무장한 것을 볼 수 있도록 손도끼를 들고 나왔다.

그 사이 브라운은 극심한 공포에 사로잡혔다. 나무 틈은 그를 사정없이 조여왔다. 그는 고통으로 울부짖으며 당기고 끌고 했다. 그러나 모든 고통에도 불구하고 아무 소용이 없었다. 그는 결코 그곳으로부터 빠져나갈 수 없다는 것을 알았다. 라이네케 역시 고소한 마음으로 그렇게 생각했다.

그는 류스테피일이 멀리서 달려오는 것을 보았을 때 소리쳤다.

"브라운, 어떻습니까? 절제를 하고 꿀을 아끼시오! 맛이 어떻소이까? 류스테피일이 옵니다. 당신을 환대할 것입니다. 식사 후 그는 꿀을 한 입 가져 올 것이니 받아 잡수십시오!"

그리고 나서 라이네케는 다시 그의 성 말레파르투스로 가버렸다.

그러나 류스테피일이 와서 곰을 발견하자, 그는 큰소리로 아직도 술집에 앉아 주연을 베풀고 있던 다른 농부들을 불렀다. 그리고 소리쳤다.

"모두들 오시오! 내 집 마당에 곰 한 마리가 잡혀 있소, 정말이오."

그 말에 농부들은 가능한대로 급히 무장을 하고 달려왔다. 첫 번째 사람은 손에 삼지창을 들고 왔고, 두 번째 사람은 갈퀴를, 세 번째, 네 번째 사람은 창과 괭이로 무장을 하고 뛰어 나왔고, 다섯 번째 사람은 말뚝으로 무장을 했다.

심지어 신부와 관리인도 미사 도구를 들고 나왔다. 신부 집 요리사도(그녀는 유테 부인이라 불리고 그뤼체죽〔거친 보리죽〕을 잘 만들 수 있으며 남다른 요리솜씨를 가졌다) 집에 머물러 있지 않고, 불행한 곰을 두들겨 주려고 낮에 그녀가 실을 감았던 막대기를 들고왔다. 곰은 끔찍한 궁지 속에서 점점 소란스러워 지는 소리를 들었다.

그래서 그는 우격다짐으로 머리를 나무 틈에서 뽑았다. 그러자 얼굴의 가죽과 털이 양귀까지 나무 속에 뽑힌 채 남게 되었다.

오! 어느 누가 이토록 비참한 짐승을 본 적이 있을까! 그의 양쪽 귀위로 피가 흘러내렸다. 머리가 빠져 나왔지만 무슨 소용이란 말인가?

앞발은 그대로 나무 속에 끼어 있었다. 그는 격렬하게 몸을 움직이면서 앞발을 뽑으려 했으나 무의미한 짓이었다. 발톱과 앞발의 털이 조이고 있는 나무 틈 사이에 그대로 있었다.

이것은 라이네케가 그에게 희망을 불러 일으켰던 달콤한 꿀맛은 아니었다. 희망이 재앙으로 변한 것이었다. 불안이 브라운을 짓눌렀다. 턱에도 발에도 피가 흘렀고, 그는 서 있을 수도, 기어갈 수도, 걸어갈 수도 없었다. 더군다나 류스테피일은 그를 때리려고 맹렬히 달려왔다.

목수와 같이 왔던 모든 사람들이 그에게 달려들었다. 모두가 그를 죽이려고 했다. 신부는 긴 막대기를 손에 들고 멀리서 지휘를 하며 그를 때렸다.

그는 신음하면서 몸을 이리저리 뒤틀었다. 사람들은 한 덩어리가 되어 그에게 몰려들었는데 몇 사람은 창을 가지고 이쪽에, 다른 몇 사람은 도끼를 가지고 저쪽에, 대장장이는 망치와 집게를 가져왔고, 또 다른 사람들은 삽과 호미를 가지고 왔다. 그들은 곰을 두들기고 소리지르고 또 두들겼다. 곰은 고통과 불안 때문에 내깔긴 똥으로 온몸이 범벅이 되어버렸다.

한 사람도 뒤로 물러서지 않고 모두가 나서서 곰을 괴롭혔다. 꾸부정다리 쉰로페와 벌렁코 루돌프가 제일 험악했다. 그리고 게롤트는 나무 도리깨를 억센 손가락 사이에서 휘둘러 대고 있었고, 그 옆에는 뚱뚱보 퀴켈라이라 불리우는 그의 처남이 서 있었는데, 이들이 가장 많이 곰을 두들겼다. 아벨 크바크와 유테 부인도 합세하여 수고를 아끼지 않았다. 탈케 로드덴 크박스도 통을 가지고 그 불쌍한 곰을 두들겼다.

위에 언급된 사람들뿐만 아니라, 남녀 할 것 없이 모두가 이곳으로 달려왔고, 곰을 죽이려 했다. 퀵켈라이가 가장 고함을 많이 질렀다. 그는 자신을 고귀한 존재로 생각했다.

왜냐하면 뒷문 옆에 서 있는 빌리게투르드 부인이(모두가 알고 있는 일로) 어머니였고, 그의 아버지를 아는 자는 아무도 없었다. 그렇지만 농부들 생각으로는, 그루터기 치우는 인부인, 검둥이 산더가 아버지가 아닐까 하고 말들을 했다. 그는 혼자 있을 때면 용감한 친구였다.

돌멩이들도 또한 무수히 날아들었다. 그것은 절망에 빠진 곰을 사방에서 몰아붙였다. 그런데 이번에는 류스테피일의 동생이 뛰어나와 길고 두툼한 몽둥이로 곰의 대갈통을 까무러칠 정도로 갈겼다. 그러나 곰은 그 억센 몽둥이질에 벌떡 일어나, 미친 듯이 여인들 사이로 돌진해 갔다. 그러자 여인들은 서로 비틀거리고 넘어지며 소리를 질렀다. 그리고 몇 사람은 깊은 물 속으로 뛰어 들었다. 그 때 신부가 소리를 질러 말했다.

"보시오, 저 아래 요리사 유테 부인이 외투를 입은 채 헤엄을 치고 있소, 그리고 실 감는 막대기는 여기 있소! 오, 도와주시오, 남자분들이여! 수고의 대가로 맥주 두 통과 대사면(大赦免) 그리고 자비를 주겠소."

모두들 곰이 죽은 것으로 여기고 급히 여인들을 향해 물 속으로 뛰어들었다. 그리고 다섯 여자들을 마른땅으로 끌어올렸다.

남자들이 강가에서 그 일에 열중하고 있는 사이에, 곰은 극심한 괴로움 때문에 물 속으로 기어갔다. 그리고 말할 수 없는 고통으로 끙끙 앓는 소리를 내었다. 그는 뭇매를 참고, 그렇게 비참하게 맞느니 차라리 익사해버리고 싶었다. 그는 수영이라는 것을 한 번도 해본 적이 없었다. 그래서 곧 생이 끝나기를 희망했다.

그런 추측과는 반대로 그는 자신이 헤엄칠 수 있음을 알았다. 그래서 다행히 그는 물에서 떠가게 되었다. 모든 농부들이 이 광경을 보고 소리질렀다. 그리고 그들은 화를 내며 여인네들을 비난했다.

"이거야말로 우리에게 영원한 치욕이다! 여자들은 집에나 머물러 있었더라면 좋았을 걸! 자, 저걸 봐, 곰이 도망가고 있잖아."

그들은 통나무를 살펴보려고 다가갔다. 그 안에서 그들은 곰 대가리에서 그리고 앞발에서 벗겨지고 떨어진 가죽과 털을 발견하고는 웃었다. 그리고 소리쳤다.

"너는 틀림없이 우리에게 다시 올 것이다. 곰의 양귀를 저당물로 보관합시다!"

그들이 곰의 재난에 대해 조롱을 했어도, 곰은 불행에서 벗어난 것이 기뻤다. 그는 자기를 두들겨 팬 농부들을 저주했고, 양귀와 앞발의 고통을 탄식했다. 그를 배반한 라이네케를 저주하면서 계속 헤엄쳐 갔다. 급하게 흐르는 거센 강물이 그를 잠깐사이에 거의 일 마일이나 하류로 실어갔다.

그래서 그는 같은 쪽 강가의 뭍으로 기어 나와 가쁜 숨을 몰아쉬었다.

이보다 더 곤궁한 짐승을 일찍이 태양은 본 적이 있었을까! 그는 더 이상 아침을 볼 수 없으리라 생각했다. 그는 갑자기 죽을 것이라고 믿었다. 그래서 소리쳤다.

"오, 라이네케, 악독한 배반자! 위선자!"

그와 더불어 그는 매질을 하던 농부들을 생각했고 통나무를 생각했으며 라이네케의 술책을 저주했다.

그러나 여우 라이네케는 곰에게 꿀을 마련해 준다는 교활한 꾀로 그의 숙부를 재난으로 몰아 넣은 후 닭들이 있는 곳으로 달려갔다. 그는 그 장소를 알고 있었다. 그리고 하나를 붙잡아, 재빨리 그 노획물을 아래로 끌어 내려서 곧바로 잡아먹고, 계속 강가에서 다른 일거리를 바쁘게 찾아 다녔다. 그리고 물을 마시고는 생각했다.

"그 버릇없는 곰 녀석을 그런 식으로 농가에 데려다 준 것이 얼마나 기쁜지 모르겠구나! 류스테피일이 그 녀석에게 도끼 맛을 잘 보여 주었으리라 장담할 수 있다. 곰 녀석은 끊임없이 나에게 적의를 품고 있음이 분명했어. 나는 그것을 다시 보복했지. 나는 그를 항상 숙부라고 불렀는데, 이제 그는 통나무 속에서 죽었을 것이다. 이거야말로 내가 일생을 두고 기뻐할 일이다. 그는 이제 더 이상 불만을 털어 놓거나 해를 끼치지 못할 것이다!"

그렇게 그가 거닐면서 강변을 내려다보자 곰이 뒹굴고 있는 모습이 보였다. 브라운이 살아서 빠져 나온 것은 그의 가슴에 화를 들끓게 했다. 그리고 소리쳤다.

"류스테피일, 너, 칠칠치 못한 녀석! 너, 뻔뻔스런 놈!

저런 먹이를 물리치다니? 기름지고 맛좋은 먹이요, 많은 훌륭한 남자가 소망하는 먹이를 그리고 그렇게 쉽게 손아귀에 들어 온 것을.

그렇지만 너의 환영에 저 정직한 브라운은 저당물을 남겨놓았구나!"

여우는 브라운이 탄식하며, 기진맥진해서 피 흘리는 것을 바라보고, 마음이 바뀌어 곰을 소리쳐 불렀다.

"숙부님, 다시 보게 되었군요? 류스테피일 집에서 무얼 잊었습니까? 말해 주시면 나는 그에게 당신이 어디 있는지 알리겠습니다. 그렇지만 나는 말하지 않을 수 없습니다.

당신이 그 남자에게서 틀림없이 많은 꿀을 훔쳤다는 것을, 아니면 꿀값을 제대로 지불했는지요?

어떻게 된 일입니까? 아니! 그 색칠은 또 무엇입니까? 흉한 몰골이군요! 꿀이 맛이 없었습니까? 같은 가격으로는 아직 많은 것을 살 수 있습니다! 그런데, 숙부님 어서 말 좀 해보십시오. 당신이 최근에 어떤 수도회에 몸을 바치게 되어서, 그런 테없는 붉은 모자를 머리에 쓰기 시작했는지요? 당신이 수도원 원장입니까? 틀림없이 당신 머리를 삭발했던 이발사가 당신 귀를 물어 뜯어 내버렸군요. 내가 보기에 당신은 머리털도 잃어버렸군요. 뺨과 털과 장갑도, 어디에 그것을 걸어 놓았습니까?" 이처럼 브라운은 수많은 조롱의 말을 잇달아 들어야 했다. 그러나 괴로움 때문에 말도 할 수 없었고 달리 도움될 방법도 없었다. 그는 더 이상 듣지 않기 위해 물 속으로 기어 들어가 급류에 떠밀려 아래로 아래로 내려가, 평평한 강변에 도달했다. 그곳에서 그는 상처 입은 몸으로 비참하게 누워 큰 소리로 탄식하며 독백을 했다.

"누군가 나를 죽여주었으면!

왕의 궁전까지 여행을 해야 하는데 걸을 수가 없구나, 이렇게 라이네케의 악독한 배반으로 인해 치욕을 당하고 머물러 있어야 하다니,

살아서 이 상태를 벗어나기만 하면 맹세코 네가 가슴을 치며 후회하도록 해주겠다!"

그는 혼신의 힘을 다해 끔찍한 괴로움을 참으며 나흘 동안이나 몸을 질질 끌면서 마침내 궁전에 도착했다.

왕은 곰의 처참한 몰골을 보았을 때 소리쳤다.

"하느님 맙소사! 그대 브라운이 아닌가? 어떻게 그대는 그런 치욕스런 모습으로 오게 되었는가?"

"유감스럽게도 폐하께서 보시는 바대로 비참하게 되었습니다. 악당 라이네케가 저를 이토록 치욕적으로 배반했습니다!"

왕은 격분해서 말했다.

"나는 맹세코 가차없이 그 범죄를 응징하겠다. 브라운 같은 신하를 라이네케가 해치다니? 나의 명예를, 내 왕관을 걸고서라도 맹세하노니! 브라운이 정당하게 요구하는 것은 모두 라이네케가 보상해야 한다. 내가 이 말을 지키지 않는다면, 맹세코 더 이상 칼을 차지 않겠다!"

그리고 왕은 회의를 소집해서 숙의한 후 곧 그 범행에 대한 형벌을 정하도록 명을 내렸다. 모든 신하들은 왕의 심정을 헤아려 깊이 숙고한 후 라이네케에 대한 탄원이나 고발에 대해 그의 권리를 수호하기 위해 자진해서 출두하도록 다시 한 번 촉구할 것과 이 말을 영리하고 민첩한 고양이 힌째가 라이네케에게 전달하도록 간언했다.

왕은 신하들의 말에 따르기로 하고 힌째에게 말했다.

"신하들의 의견이 정당하다고 생각된다! 만약에 그가 이번에도 명을 어겨서 마지막 세 번째로 출두요구를 받게 된다면 그 자신과 그의 모든 종족은 영원한 재난을 각오해야 할 것이다.

그가 현명하다면 시기를 놓치지 말고 와야 할 것이다. 그대는 그에게 따끔하게 교훈을 주도록 하라! 다른 사람은 무시해도, 그대의 조언은 들을 것이다."

그러나 힌째가 대답했다.

"제가 그에게 간다면 치욕이 될 수도 있고, 이익이 될 수도 있습니다. 그래서 저로서는 가는 것이 좋을지, 그만두는 것이 좋을지 잘 모르겠습니다. 제 생각으로는 제가 너무 작기 때문에 누군가 다른 자를 보내시는 게 더 좋을 것 같습니다. 곰 브라운은 크고 강하면서도 그 자를 끌어올 수 없었습니다. 제가 어찌 그 일을 수행할 수 있겠습니까? 저를 빼주시기 바랍니다."

"그대는 나를 속이지 말라. 작은 자에게는 큰 사람에게 없는 계교와 현명함이 풍부한 법이니라. 그대는 비록 거인은 아니지만 영리하고 박식하잖은가."

그러자 고양이는 복종하고 말했다.

"폐하의 뜻에 따르겠습니다! 제가 가는 길에 행운의 표시를 볼 수 있다면, 여행은 성공하게 될 것입니다."

3곡

왕의 두 번째 사자 고양이 힌째

고양이 힌째는 한 마장쯤 길을 걸어갔을 때, 멀리서 날아오는 까마귀 한 마리를 보고 소리쳤다.

"고귀한 새여! 그대에게 행운을! 오, 날개 방향을 돌려 내 오른 편으로 날아가 다오!"

그러나 그 새는 고양이의 왼쪽 편으로 날아가 나무 위에 앉아 울어 댔다. 힌째는 대단히 실망했다. 그는 그의 불행이 예고된 것으로 믿었다. 그렇지만 그는 스스로 모두가 흔히 그렇듯이 용기를 북돋우었다. 계속해서 그는 말레파르투스로 향했다. 그곳에서 라이네케가 집 앞에 앉아 있는 것을 발견하고, 인사하면서 말했다.

"풍요하고 선한 신께서, 당신께 행복한 저녁을 선사하시길!

왕께서, 당신이 저와 함께 성으로 오는 것을 거절한다면 죽음을 면치 못할 것이라 했습니다. 더욱이 당신에게 당부하도록 하신 말씀은

고소인들과 맞서 재판에 나설 것과, 그렇지 않을 경우 당신 일족이 처벌을 받게 되리라는 것입니다."

"여기 온 것을 환영합니다. 나의 가장 사랑스런 조카님! 나의 소망에 따라 신의 축복을 누리길."

그러나 그는 그의 음험한 가슴속에서 전혀 딴 생각을 하고 있었다. 새로운 술책을 계획해서 왕의 사자를 다시 망신시켜 궁전으로 보내려고 했다. 그는 고양이를 항상 조카라고 부르며 말했다.

"조카님, 그대를 위한 음식으로 무엇을 내놓아야 할까요? 배가 부르면 잠도 잘 잘 수 있습니다. 내가 한 번 주인으로서 접대를 하고,

내일 낮에 둘이서 궁전으로 갔으면 좋겠다는 게 내 생각입니다. 내 친척들 가운데 내가 정말 신뢰할 수 있는 자는 아무도 없답니다.

식욕이 왕성한 곰은 내게 와서 아주 오만스럽게 굴었지요. 그는 잔인하고 강해서 그의 옆에서 감히 여행을 하기에는 내가 너무 약세인 것 같았습니다. 그러나 이제는 기꺼이 그대와 같이 가겠습니다. 내일 아침 일찍 길을 떠나도록 하겠소. 그것이 나에겐 최상의 방책으로 여겨집니다."

힌째가 이어서 말했다.

"우리가 잠시도 지체 말고 이대로 곧장 궁전으로 가는 것이 더 좋을 것 같습니다. 들판엔 달빛이 환하고 길들은 습기 없이 말끔하답니다."

"나는 밤에 하는 여행을 위험스럽게 여깁니다. 낮에는 모두들 친절하게 인사를 하지만 어둠 속에서는 우리의 길을 막을지도 모르니까요. 그것은 전혀 최상의 방책이 아닐 것입니다."

"그렇다면 여우님, 내가 여기 머문다면, 무얼 먹을 것인지 알려주시겠소?"

"가난한 살림살이지만 그대가 머문다면 나는 신선한 꿀이 가득 든 벌집을 골라서 내오겠소. 가장 깨끗한 것으로 골라서 말이오."

그러자 고양이는 투덜거리며 대꾸했다.

"나는 그런 것은 전혀 먹지 않습니다. 당신 집에 먹을 것이 없다면 쥐나 한 마리 내 주시오! 그것이라면 나는 그저 만족이요. 그리고 꿀은 다른 자를 위해 저장해 두십시오."

"쥐들을 그렇게 즐겨 먹습니까? 그것이 진정이라면 그대로 시중들겠소. 내 이웃인 목사의 집에 헛간이 있는데 그 안에 쥐들이 있어요. 나는 목사가 쥐들을 수레에서 몰아 낼 수가 없어 탄식하는 소리를 들었습니다. 쥐들이 밤낮으로 그를 점점 더 괴롭힌다고요."

고양이가 경솔하게 말했다.

"내게 친절을 베푸는 뜻으로 나를 그 쥐들에게 데려다 주십시오! 왜냐하면 내게는 쥐가 어느 사냥 고기보다도 맛이 좋은 최상품입니다."

"정말 그러시다면 그대는 훌륭한 식사를 즐길 수 있습니다. 당신을 어떻게 대접할 수 있는지 알았으니, 곧 가도록 합시다."

힌째는 그를 믿고 따라갔다. 그들은 목사 집의 헛간이 있는 흙벽으로 다가갔다. 라이네케는 어제 그것을 교묘하게 뚫고 그 구멍으로 목사가 잠든 틈을 타 닭들 중 가장 좋은 놈을 훔쳤던 것이다. 그 사실을 안 목사의 어린 아들 마르틴이 복수하려고 벼르고 있었다. 그는 뚫린 구멍에 교묘하게 올가미를 메어 놓았다. 그리고서 그는 다시 들어오는 도둑에게 닭을 잃은 복수를 단단히 벼르고 있었다.

라이네케는 그것을 알고 조심했다.

"친애하는 조카님, 곧바로 이 구멍으로 들어가시오. 나는 그대가 쥐를 잡는 동안 망을 보겠소. 그대는 어둠 속에서 떼지어 다니는 쥐들을 붙잡을 수 있을 것입니다. 오! 저 찍찍대는 소리를 들어보시오!

배가 부르거든 그 때 돌아오시오. 당신은 나를 다시 보게 될 것이오. 오늘 저녁 우리는 서로 헤어져서는 안됩니다. 왜냐하면 내일 일찍 그리고 빨리 유쾌한 대화를 나누며 길을 떠나야 하니까요."

고양이가 말했다.

"당신은 여기를 안전하게 기어 들어갈 수 있다고 믿습니까? 왜냐하면 그 사이 목사가 흉계를 꾸몄을 수도 있습니다."

그러자 악당 여우가 말했다.

"그 누가 그것을 알 수 있단 말이오! 그렇게 마음이 약하시오? 돌아갑시다. 내 마누라가 당신을 맞이하여 맛있는 음식을 훌륭하게 장만할 것입니다. 비록 쥐가 아니더라도 기꺼이 먹도록 합시다"

그러나 고양이 힌째는 라이네케의 조롱하는 언사에 부끄러워져서 구멍으로 뛰어들었고, 곧바로 올가미에 걸려버렸다.

이처럼 라이네케에게 온 손님들은 악의에 찬 대접을 받았다.

힌째는 밧줄을 그의 목에 느끼자, 기겁을 하고 겁에 질려 너무 무분별하게 서둘렀다. 그래서 그가 있는 힘을 다해 껑충 뛰어오르자 밧줄이 조여져 버렸다.

그는 라이네케를 처절하게 불렀다. 그는 구멍 밖에서 그것을 듣고 심술궂게 기뻐하며 구멍에다 대고 말했다.

"힌째, 쥐 맛이 어떻소? 아주 토실토실한 놈을 잡았으리라 믿는데, 어린 마르틴은 당신이 그의 쥐를 먹는 것을 알기만 하면, 틀림없이 양념으로 겨자를 가져올 거요. 그는 공손한 어린애랍니다.

궁전에서 식사할 때 그렇게 노래를 부릅니까? 그것 참 이상하군요. 내가 그대를 함정에 빠뜨린 것처럼 이제그림을 이 구멍 속에서 볼 수 있다면 얼마나 좋을까? 그는 나에게 저지른 나쁜 짓을 모두 보상해야만 한다!"

그리고 라이네케는 가버렸다. 그러나 그는 도적질만 하고 다니지는 않았다.

간통, 강탈, 살인과 배반, 이것을 그는 죄로 여기지 않았다. 그리고 벌써 꾸며 둔 계획이 있었다.

그는 아름다운 기이래문트를 두 가지 의도를 가지고 방문하고자 했다. 첫째는 이제그림이 실제로 무엇을 고발했는가를 그녀에게서 알아내고 싶었고, 둘째는 지나간 불륜의 관계를 다시 맺는 것이었다.

그는 이제그림이 마침 궁전에 간 사이를 이용하려고 했던 것이다. 왜냐하면, 누가 의심할 것인가? 그 추악한 여우에 대한 암 늑대의 애착이 늑대에게 분노의 불을 부쳤다는 것을. 라이네케는 암 늑대의 집으로 갔으나 그녀는 집에 없었다.

"잘 있었느냐! 의붓아들아!"

그는 어린 늑대들에게 꼭 필요한 만큼만 친절하게 고개를 끄덕이고 그의 계획을 위해 서둘러 떠났다.

기이래문트 부인은 아침에 날이 샐 때쯤 와서 물었다.

"나를 찾는 자가 아무도 없었느냐?"

"방금, 라이네케 수도사가 왔다 갔습니다. 그는 어머니와 이야기하고자 했습니다. 여기에 있는 우리 모두를 의붓아들이라고 불렀습니다."

그러자 기이래문트가 외쳤다.

"그는 대가를 치르지 않으면 안돼!"

그리고는 급히 이 뻔뻔스런 행위를 보복하기 위해 서둘러 뒤쫓아 갔다. 그녀는 그가 잘 가는 곳이 어딘지 알고 있었다. 곧 그를 따라잡고서 분노에 차 말했다.

"도대체 그게 무슨 말입니까? 그대는 양심도 없이 그 따위 욕지거리를 내 아이들 앞에서 말할 수 있단 말입니까? 그에 대해 사과하시오!"

이처럼 격하게 말하고 그에게 아주 노한 얼굴을 해 보였다. 그녀는 그의 수염을 물었다. 그러자 그는 이빨의 힘을 느끼고 그녀에게서 벗어나려고 달아났다. 그녀는 날쌔게 뒤따라 가서 덤벼들었다. 이렇게 해서 사연이 생겼던 것이다.

근처에는 허물어진 성이 한 채 있었는데, 둘은 급히 그 안으로 기어 들어갔다. 그런데 탑 곁의 담장이 너무 오래되어 틈새가 나 있었다.

라이네케는 그 안으로 기어 들어갔다. 그 틈새가 너무 좁아서 그는 혼자 애를 써서 들어가지 않으면 안됐다. 그러자 크고 강한 암 늑대도 급히 머리를 틈새로 밀어 넣었다. 몸을 틀며 밀치고 깨고 잡아당기고 하면서 뒤를 쫓으려고 했다. 그런데 그녀의 몸이 점점 조여져서 앞으로도 뒤로도 나갈 수가 없게 되었다.

라이네케는 그것을 보고 다른 편으로 길을 돌아 달려와서 뒤에서 그녀를 괴롭혔다. 그러나 그녀는 말하는 데는 조금도 불편하지 않아 그를 꾸짖었다.

"악당 같은 행동을 하다니! 이 도둑놈아!"

그러자 라이네케가 응답했다.

"아직 이런 일이 한 번도 일어나지 않았다면, 지금 일어나도 괜찮아!"

지금 라이네케가 한 것 같이 자기 부인을 놔두고 다른 부인에게 이따위 짓을 하는 것은 결코 명예로운 일이 못되었다. 어쨌든 모든 것이 그 악당에게서 비롯된 것이었다.

마침내 암 늑대가 틈새에서 빠져 나왔을 때, 라이네케는 이미 그곳을 떠나 버리고 없었다. 그래서 암 늑대는 자기의 권리를 잃지 않았으며 명예를 지켰다고 생각했다. 그러나 그녀는 이중으로 겼던 것이다.

이제는 다시 힌째에게로 눈을 돌려보자. 그 가련한 자는 그가 사로 잡혔다고 느끼자 고양이들의 습관대로 구슬프게 탄식했다. 그것을 어린 마르틴이 듣고 침대에서 벌떡 뛰어 일어났다.

"이런 기쁜 일이! 올가미를 마침 알맞은 시간에 구멍 앞에 매달았구나. 도둑이 잡혔다! 기필코 그 녀석은 훔친 닭을 보상해야 한다."

어린 마르틴은 환호성을 지르고, 재빨리 촛불에 불을 부쳤다. 이어서 그는 아버지와 어머니 그리고 모든 하인들을 소리쳐서 깨웠다.

"여우가 잡혔다! 그에게 복수합시다."

그들은 어른, 애 할 것 없이 모두 모여들었다. 심지어 목사까지 일어나 외투를 급히 입었다. 두 개의 촛불을 들고 여자 요리사가 앞에 달려갔고 어린 마르틴은 급하게 몽둥이 하나를 집어들고 고양이에게 달려와서 머리와 몸뚱이를 닥치는 대로 두들기고 한 쪽 눈을 때려서 튀어나오게 해버렸다. 모두가 그를 두들겨 팼고 목사도 뾰족한 갈퀴를 가지고 급히 달려와서 그 도둑을 찔러 죽일 작정이었다.

힌째는 이제 죽었구나 생각했다. 그는 발악을 하면서 목사의 넓적

다리 사이로 뛰어올라 이빨로 물고 또 위협적으로 할퀴었다. 목사에게 잔인하게 상처를 입히고 빠진 눈의 복수를 했다.

목사는 소리지르며 쓰러져 땅바닥에 기절해버렸다.

여자 요리사는 어쩔 줄 모른 채 욕을 해댔다. 악마가 그녀에게 장난으로 이런 놀이를 마련했다고. 그리고는 두 번, 세 번 맹세했다. 만약 주인에게 불행한 일이 일어나지만 않는다면 그녀의 얼마 안 되는 재산을 모두 잃어도 좋다고, 심지어 그녀가 가지고만 있다면 그것이 금덩어리라도 전혀 후회하지 않겠다고 맹세했다. 그녀는 그가 없이는 살고 싶지 않았다. 그래서 그녀는 주인의 치욕과 심한 상처를 슬퍼했다.

마침내 사람들은 몹시 탄식하면서 목사를 침대로 데려갔고, 올가미에 걸린 힌째를 내버려둔 채 잊어버렸다.

이제 고양이 힌째는 온몸이 쑤시도록 얻어맞고 심하게 상처를 입은 채, 거의 반죽음 상태의 곤경 속에서 자신이 혼자 있게 된 것을 알아차리게 되자, 생명에 대한 애착으로 올가미를 꼭 붙잡고 날째게 갉았다.

'이 큰 불행에서 풀려날 수 있을까?' 하고 생각했다.

그는 마침내 밧줄을 끊을 수 있었다. 얼마나 행운이었던가! 그는 수많은 괴로움을 겪어야 했던 그 장소에서 급히 도망을 쳐서, 황망히 구멍에서 튀어나와 왕의 궁전으로 가는 길을 재촉하여 아침이 되어서야 겨우 도착했다.

그는 분노에 차서 자신을 꾸짖었다.

"저 악독한 배반자 라이네케의 술책으로 이 지경을 당하다니, 너는 도대체 악마에게 씌었단 말이냐! 매를 맞아 눈이 멀고 온몸이 고통으로 멍든 치욕을 당하고 돌아오다니. 이 부끄러움을 어찌할꼬!"

그러나 왕은 불같이 노여워하며 그 배반자에게 자비 없는 죽음을 내리고자 했다. 그래서 자문들을 소집하게 했고, 현명한 그의 남작들이 모이자, 왕은 물었다.

"이미 수많은 죄를 진 그 악당을 어떻게 재판에 데려 올 수 있겠는가?"

라이네케에 대한 수많은 불만이 쌓였을 때 오소리 그림바르트가 말했다.

"이 법정에는 라이네케의 악행에 원한을 갖고 있는 많은 신하들이 있는 줄로 압니다. 그렇지만 어느 누구도 그 자유로운 남자의 권리를 다치게 할 수는 없습니다.

이제 세 번째로 그의 출두를 요구해야 합니다. 그런데도 만약 그가 오지 않는다면, 그 때 재판은 그의 죄를 인정해도 됩니다."

그러자 왕이 말했다.

"이들 중 어느 누가 도대체 이 음험한 자에게 세 번째 소환령을 전하겠다고 나서겠는가?

누가 한 쪽 눈을 잃고자 원하겠는가? 이 악독한 배반자에게 생명을 걸만큼 대담한 자가 있단 말인가?

모두가 몸을 다치고도 끝내 라이네케를 데려오지 못했지 않느냐? 그래서 나는 아무도 나설 자가 없으리라 믿는다."

오소리가 큰 소리로 대답했다.

"폐하, 만약 폐하께서 그것을 저에게 맡겨주신다면 저는 곧 폐하의 명을 전하겠습니다. 어떻게든 되겠지요. 폐하께선 저를 공적으로 보내시렵니까, 아니면 제가 스스로 온 것처럼 갈까요? 명령만 하십시오."

그래서 왕은 오소리로 결정을 내렸다.

"그렇다면 가도록 하라! 그대는 모든 탄원내용을 다 들었을 터이니, 현명하게 일을 착수하기 바란다. 그 녀석은 대단히 위험스러우니까"

"어쨌든 한 번 부딪혀 보겠습니다. 그리고 가능한 한 그를 데려오겠습니다."

이렇게 해서 그는 말레파르투스 성채로 갔다. 그곳에서 라이네케가 그의 아내, 그의 아이들과 같이 있는 것을 발견하고 그는 말했다.

"라이네케 숙부, 뵙게 되어서 반갑습니다. 당신은 박식하시고 현자이며, 영리한 분입니다. 우리는 당신이 왕의 소환을 무시해 버린 것을 경탄하고 있습니다. 이것은 조롱 삼아 해보는 말입니다.

이제 때가 되었다고 생각지 않습니까? 계속해서 당신에 대한 탄원과 나쁜 소문이 세상에 퍼지고 있습니다. 그래서 충고 드립니다. 저와 같이 궁전으로 가십시다. 더 이상 지체하는 것은 이롭지 않습니다. 헤아릴 수 없이 많은 탄원들이 왕 앞에 쇄도하고 있습니다.

오늘 당신은 세 번째로 소환되었습니다. 만약 출두하지 않으신다면 그대로 판결을 받게됩니다. 그리고 왕은 그의 신하들을 이끌고 와서, 당신을 포위하고 말레파르투스 성채에서 당신을 괴롭힐 것입니다. 그렇게되면 당신은 아내와 어린애들 그리고 재물과 생명을 모두 잃게 될 것입니다.

당신은 왕에게서 도망칠 수 없습니다. 그러니 나와 함께 궁전으로 가는 것이 최선책인 것 같습니다. 그곳에서 전환시킬 수도 있습니다. 당신은 그 전환 방도를 궁리해 자신을 구할 수도 있을 것입니다.

당신은 다른 재판에서도 이보다 훨씬 더 큰 모함도 이겨냈었습니다. 그리고 항상 그러한 일에서 운 좋게 빠져 나와 당신의 적에게 망신을 안겨 주었습니다."

그림바르트가 말을 마치자 라이네케가 그에 대해 말했다.

"숙부, 그대는 내가 스스로 나의 권리를 지키기 위해 궁전에 출두하도록 좋은 충고를 해 주었소. 왕이 나에게 자비를 베풀기를 바라겠소. 왕은 내가 그에게 얼마나 유용한지 잘 알고 있소. 또한 왕은 내가 바로 그 때문에 다른 자들에게 얼마나 미움을 받는가도 알고 있소. 면담이 이루어지기만 하면, 그는 그의 분노를 곧 가슴속에서 억누를 기분이 되리라는 것도 나는 잘 알고 있소.

왜냐하면 많은 신하들이 왕을 수행하며, 그에게 자문하기 위해 오지만 한 번도 그의 마음에 든 적이 없소. 그들은 모여도 조언이나 사리분별을 찾아내지 못하기 때문이오.

좌우간 내가 참석한 회의에서는 언제나 내 판단에 따라 결과가 이루어졌소. 왕과 신하들은 처리하기 힘든 사건의 현명한 처리방법을 숙고하기 위해 모이지만, 결국은 라이네케가 그것을 찾아내지 않으면 안되니까, 모두가 나를 시기하는 거요. 유감스럽게도 나는 그들을 두려워하지 않을 수 없소.

그들은 나를 죽이겠다고 맹세하고 있고, 더군다나 가장 다루기 어려운 자들이 궁전에 모여있기 때문이오. 바로 그 점이 나를 걱정스럽게 하고 있소. 그들은 열 명도 넘고 강한 자들이오. 어떻게 나 혼자서 그 많은 수를 당할 수 있겠소? 그래서 나는 항상 주저해 왔던 것이오. 그럼에도 불구하고 나는 내 사건을 변호하기 위해 그대와 같이 궁전으로 가는 것이 더 좋다고 생각하오. 그것이 차라리 머뭇거리다 아내와 어린애들을 불안과 위험에 빠뜨리는 것보다는 훨씬 더 나에게 명예로울 것 같소. 우리는 모든 것을 잃을지도 모르오. 왜냐하면 왕은 나보다 훨씬 강한 세력을 갖고 있고, 그것이 무엇이 되었든 간에 나에게 명령하면, 나는 따르지 않을 수 없소. 우리는 어쩌면 우리의 적들과 그럴싸한 협상을 맺도록 시도해 볼 수도 있을 거요."

계속해서 라이네케는 말했다.

"여보, 에르맬린, 당신께 부탁하오, 어린애들에게 마음을 써 주시오. 특히 가장 어린 라인하르트에게, 그의 주둥이에는 이빨이 아주 예쁘게 나고 있소. 나는 라인하르트가 이 아비를 꼭 닮게 되길 희망하오. 그리고 여기 똑같이 사랑스런 개구쟁이 로셀도. 오! 내가 떠난 사이에 어린애들을 잘 돌보아 주시오. 다행히 내가 돌아오게 되면 당신의 노고를 잊지 않겠소. 그러니 당신은 내 말을 부디 따라 주길 바라오."

이렇게 그는 아내 에르맬린과 두 아이를 그곳에 둔 채 작별하고, 그의 동행자 그림바르트와 함께 길을 서둘렀다.

그는 준비도 없이 집을 떠났다. 그것이 여우 아내의 가슴을 아프게 했다.

둘이서 아직 한 시간 정도도 못 왔을 때, 라이네케가 그림바르트에게 말했다.

"나의 가장 귀중하신 숙부님, 가장 귀한 친구님, 나는 걱정 때문에 몸이 떨린다는 것을 당신에게 고백하지 않을 수 없습니다.

내가 정말 죽음을 향해 가고 있다는 두렵고도 불안한 생각에서 벗어날 수가 없습니다. 그래서 나는 내가 저질렀던 많은 죄를 다시 한 번 생각하게 됩니다.

아! 그대는 내가 지금 느끼는 이 불안을 믿을 수 없을 것이오. 참회하게 해주시오. 내 이야기를 들어주시오. 이 근방에서는 달리 고해신부를 찾을 수가 없습니다. 만약 내가 모든 것을 진심에서 참회한다면, 나는 더 이상 나쁜 자로서 왕 앞에 서지 않을 수도 있을 것입니다."

"우선 강탈과 도둑질, 모든 악의에 찬 배반과 몸에 밴 술책을 부리지 않겠다고 맹세하십시오. 그렇지 않으면 당신의 참회는 아무 소용이 없을 것입니다."

"잘 알고 있소. 시작할 테니 신중하게 들어주시오.

하나님 아버지 그리고 성모 마리아께 고백합니다. 제가 수탉과 고양이 그리고 여러 동료들을 실로 많은 술책을 써서 괴롭힌 것을 고백하오니 죄를 사하여 주시기 바랍니다."

"내가 이해할 수 있도록 독일어로 말하십시오"

"내가 어떻게 그것을 부인할 수 있겠습니까! 물론 지금 살고 있는 모든 동물들에게 죄를 지었습니다. 저는 숙부인 곰을 통나무 속에 갇히게 했고, 그래서 그의 살가죽은 피가 흘렀고 기진맥진 할 정도로 매를 맞았습니다.

나는 힌째를 쥐가 있는 곳으로 데리고 가서 혼자 올가미에 메이게 했습니다. 그는 온갖 고초를 겪어야 했고 눈을 하나 잃어버렸습니다.

해닝 역시 나를 고발할 권리가 있습니다. 나는 그의 아이들을 훔쳤습니다. 크거나 작거나, 발견하는 대로 그리고 그들을 맛있게 잘 먹었습니다.

나는 왕도 소중히 여기지 않았습니다. 수많은 술책을 왕과 왕비에게까지 대담하게 부렸습니다. 후에 왕비만이 그것을 잊어버렸습니다.

그리고 계속 고백합니다.

나는 늑대 이제그림에게 온갖 노력을 다해 망신주었습니다. 일일이 다 고백하기엔 시간이 없습니다. 하여간 나는 그를 늘 비꼬면서 숙부라 불렀습니다. 우리는 전혀 친척이 아니면서도 말입니다. 한 번은, 그것은 벌써 6년이 지났습니다만 그는 내가 살고 있던 앨크마르에 있는 수도원으로 저를 찾아와서는 도움을 청했습니다.

그 때 그는 성직자가 되려고 생각했기 때문입니다. 그는 그것을 그저 자신을 위한 직업 정도로 생각했습니다. 그리고 종을 당겼습니다. 종소리가 그를 무척 기쁘게 했습니다. 그래서 나는 그의 앞발을 종에다 밧줄과 함께 묶었습니다. 그는 만족했고 일어서서 그걸 잡아당기며 즐거워했습니다. 종치는 것을 배우는 것 같았습니다.

그렇지만 그의 솜씨가 그의 명예를 손상시켰습니다. 왜냐하면 그가 종을 멍청스럽게도 미친 듯이 쳐댔기 때문에 사람들이 놀라 이 거리 저 거리에서 급히 달려 나왔습니다. 그들은 커다란 불상사가 일어났다고 믿었던 것입니다.

모두가 와서 늑대를 발견했고 그가 성직을 택하려고 한다는 설명도 하기 전에, 정신없이 달려온 사람들에 의해 거의 반죽음을 당하도록 두들겨 맞았습니다.

그럼에도 그 바보는 뜻을 굽히지 않고 나에게 명예를 걸고 그의 삭발을 도와 줄 것을 부탁했습니다. 그래서 나는 그의 정수리 위의 머리털을 태우게 했습니다. 그로 인해 그의 살가죽이 쭈그러들었습니다. 이런 식으로 나는 그에게 몽둥이질과 충격을 치욕적으로 안겨주었습니다. 나는 그에게 또 물고기 잡는 법을 가르쳤습니다만 그것 역시 그의 몸에 해를 끼쳤습니다.

또 한 번은 그가 저를 따라 율리혀르 땅에 왔습니다. 우리는 그 근방에서 가장 부유한 목사의 집으로 숨어들어 갔습니다.

그 남자는 양식 창고에 맛있는 넓적다리 고기를 가지고 있었고, 그 곁에는 가장 연한 돼지 옆구리 살이 길게 보관되어 있었으며, 그리고 함지 속에는 소금에 절인 신선한 살코기 한덩이가 담겨 있었습니다.

이제그림은 마침내 돌담을 통과해서 편안하게 안으로 들어갈 수 있는 틈새를 만드는 데 성공했습니다. 그리고 나는 그를 격려했고, 그의 탐욕도 그를 재촉했습니다. 그러나 그 때 그는 지나친 탐욕을 자제할 수 없어 너무 지나치게 포식을 한 까닭에 그의 터질 듯한 배가 처음 들어왔던 틈새로 다시 나오는 것을 불가능하게 했습니다.

아, 그는 얼마나 그 틈새를 원망스럽게 한탄했는지, 그 틈새는 그가 배고플 때에는 들어가게 했지만 배부를 때에는 나올 수 없게 했던 것입니다.

그 때 나는 마을을 아주 소란스럽게 해서, 사람들이 늑대의 자취를 발견하도록 부추겼습니다. 나는 목사의 거실로 뛰어들어가 식사를 하는 그와 마주쳤습니다. 잘 익은 살찐 닭 한 마리가 마침 그의 앞에 놓여 있었는데, 나는 그것을 휙 낚아채서 들고 나왔습니다.

황망스럽게 목사는 나를 뒤쫓아오다가 요란스런 소리를 내며 식사와 음료수가 차려진 식탁을 넘어뜨렸습니다.

'두들겨라, 던져라, 잡아라, 찔러라!'

　격노한 목사는 소리치며 쫓아오다 넘어져 분노를 식히며(그는 물웅덩이를 못 보았습니다) 누워있었습니다. 그러자 모두가 달려오며 소리쳤습니다.

　"저놈 잡아라!"

　나는 앞서서 달아났고 나를 뒤쫓은 모두가 나의 목숨을 뺏을 생각들이었습니다. 목사가 제일 소리를 많이 질렀습니다.

　"저 대담한 도적놈! 저 놈이 내 식탁에서 닭을 훔쳐갔소!"

　그렇게 해서 나는 양식창고까지 앞서서 달려가 그곳에서 본의 아니게 닭을 땅에 떨어뜨렸습니다. 유감스럽게도 나에게 너무 무거웠던 것입니다. 덕분에 나는 가벼운 몸으로 도망쳤습니다.

그러나 그들은 닭을 발견했고 목사가 그것을 집어들었을 때, 양식 창고에 늑대가 있는 것을 알아차렸습니다. 다른 사람들도 늑대를 보았습니다. 목사가 모두에게 소리쳤습니다.

"이쪽으로 오시오! 저 놈을 때려잡으시오. 다른 도둑놈이, 저기 늑대 한 놈이 우리 손에 들어왔소. 그가 여기를 벗어난다면 우리의 체면을 더럽히는 일이오. 정말로 온 율리혀르 땅에서 모두가 우리의 손해를 비웃을 것이오."

늑대는 그가 할 수 있는 궁리를 다했습니다만 여기저기서 몸뚱이와 아픈 상처 위에 소나기처럼 매가 쏟아졌습니다.

모두가 있는 힘을 다해 소리를 질렀습니다. 나머지 농부들이 함께 달려와 그를 땅바닥에 거의 죽을 정도로 때려 눕혔습니다. 그는 일생 이보다 더 큰 고통은 결코 겪어보지 못했습니다. 그가 목사에게 어떻게 베이컨과 햄 값을 치르는가를, 누군가가 화폭에 그린다면 그것은 진기한 관람거리가 될 수 있었을 것입니다.

그들은 그를 길거리에 내던지고 아무렇게나 질질 끌고 갔습니다. 그는 살아있다고 할 수가 없었습니다. 그는 똥물로 뒤범벅이어서 사람들은 혐오스러워 그를 밖으로 던져버렸습니다. 그는 진창구덩이 속에 누워있었습니다. 왜냐하면 그들은 그가 죽었다고 믿었습니다. 얼마나 오랫동안이었는지는 잘 모르겠습니다. 그가 자신의 처참함을 알아차리기 전까지는 그와 같은 굴욕적인 인사불성 속에 있었습니다.

그가 어떻게 빠져 나왔는지 나는 도저히 알 수가 없었습니다. 그렇지만 그후(일 년쯤 지났을 것입니다) 그는 변함없이 성실하게 내 말을 따르겠다고 맹세했습니다. 단지 그것이 오래 계속되지는 않았습니다만, 나는 그가 왜 그런 맹세를 했는지 쉽게 간파할 수 있었습니다. 그는 닭을 한 번 마음껏 먹어 보았으면 했던 것입니다.

그래서 나는 그를 보기 좋게 속이기 위해 진지하게 어떤 집의 대들보를 자세하게 설명해 주었습니다. 그 위에 수탉 한 마리가 저녁이면 늘 일곱 마리 암탉들 옆에 앉아 있는 곳을 말입니다.

나는 그를 그곳으로 조용히 인도했습니다. 시계가 열두 시를 알릴 때였지요. 창의 덧문은 가느다란 나무막대로 버텨진 채 아직 열려 있었습니다(나는 그것을 알고 있었습니다). 나는 내가 마치 안으로 들어갈 것처럼 했다가는 몸을 구부리고 숙부를 먼저 가게했습니다. 그리고 말했습니다.

'마음놓고 안으로 들어가시지요. 수확을 얻으려거든 부지런해야 합니다. 됐습니다. 당신은 살찐 암탉을 발견할 것입니다.'

아주 유유하게 그는 안으로 기어 들어가서 조용히 여기저기를 만져보고는 마침내 노한 말투로 말했습니다.

'오! 그대는 나를 잘못 인도했다. 나는 전혀 닭털을 발견할 수가 없단 말야.'

나는 말했습니다.

'앞에 앉아 있는 것들은 내가 집어냈습니다. 다른 닭들은 뒤쪽에 앉아있습니다. 참을성 있게 앞으로 더 가서 조심스레 발을 내딛어 보시오.'

물론 그 대들보는 우리들이 그 위를 걷기에는 퍽 가늘었습니다. 나는 그를 늘 앞서 가게 했고 나는 물러섰다가 뒤로 돌아가 다시 창으

로 나가서 버팀목을 끌어당겨 버렸습니다. 덧문이 꽈당! 하고 닫혀
져 버렸습니다. 그 바람에 늑대는 소스라치게 놀라 공포에 몸을 떨면
서 좁은 대들보에서 땅으로 쿵! 하고 떨어졌습니다.

　그러자 사람들이 놀라 잠에서 깨었습니다. 그들은 불 곁에서 자고
있었습니다.

　'뭐야, 무엇이 창에서 떨어졌느냐?'

　모두가 소리치고 민첩하게 일어나 급히 램프에 불을 붙였습니다.
그들은 구석에서 늑대를 발견하고는 육포가 되도록 흠씬 두들겨 팼
습니다. 그가 어떻게 도망 나왔는지 지금도 신기할 뿐입니다.

계속 내가 당신에게 고백할 것은 기이래문트 부인을 은근히 또는 공공연히 자주 방문했다는 사실입니다. 그것은 물론 중단되었어야 할 일입니다. 오! 결코 일어나서는 안되는 일이었는데! 왜냐하면 그녀가 살고 있는 한 그 불명예는 무겁게 그녀를 짓누를 테니까요.

나는 그대에게 내가 기억할 수 있는 것들 중 내 영혼을 짓누르는 모든 것을 이제 다 고백했습니다. 나를 속죄하게 해 주십시오. 부탁드립니다. 나는 겸손하게 당신이 내게 부과하는 어떤 어려운 참회도 수행하겠습니다."

그림바르트는 이미 그와 같은 경우에 어떻게 대처하는지 알고 있었다. 그는 길가의 나뭇가지를 꺾어들고 말했다.

"숙부님, 이제 내가 보여주는 대로 이 잔가지로 당신 등을 세 번 때리고 나서 땅에 내려 놓고, 세 번 그 위를 뛰어 넘으십시오. 그리고는 부드럽게 그 잔가지에 키스하고 순종의 모습을 보이십시오. 이러한 참회의식을 난 당신에게 부과합니다. 그러면 당신은 죄악과 형벌로부터 벗어날 것이오. 나는 그대에게 그대가 행했던 모든 것을 신의 이름으로 용서합니다."

라이네케가 속죄의식을 선선히 치르고 나자 그림바르트가 말했다.

"숙부님, 당신의 개심을 선한 행동으로 옮기고, 시편을 읽고 열심히 교회를 다닐 것이며, 정해진 날에는 단식을 하십시오. 누군가 당신에게 길을 물어오면 가르쳐주고, 가난한 자에게는 기꺼이 선심을 베풀고 죄악의 삶을, 즉 모든 강탈과 도적질, 배반과 악한 유혹을 그

만 둘 것을 나에게 맹세하십시오. 그러면 당신은 틀림없이 은총을 받
게 될 것입니다."

"그렇게 행하도록 맹세하겠습니다." 라이네케가 말했다.

이렇게 고해가 끝나자 그들은 계속해서 왕의 궁전을 향해 갔다. 경
건한 그림바르트와 여우는 검붉은 흙이 기름지게 펼쳐있는 들을 지
나오면서 수도원이 길 오른편에 있는 것을 보았다. 그곳에서는 수녀
들이 조석으로 신에게 기도드리고, 마당에는 많은 암탉과 수탉 그리
고 살찐 거세한 식용 수탉들도 함께 사육하고 있었는데, 이들은 이따

금 담 밖에 흩어져서 먹이를 찾고 있었다. 라이네케는 이전에 곧잘 그들을 방문하곤 했었다. 그는 그림바르트에게 말했다.

"우리에게 가장 빠른 길은 저 담 옆을 지나가는 것입니다."

그 때 그는 공터에서 산보하고 있는 닭을 생각하고 있었다. 그는 그림바르트를 인도해서 닭들에게 접근해 갔다. 교활한 여우는 탐욕스런 눈을 번득거렸다. 특히 그는 다른 닭들 뒤에서 산보하고 있는 어리고 살찐 수탉 한 마리가 마음에 들어 그것을 뚫어지게 주시하다가 날쌔게 뒤에서 덮쳤다. 그러자 깃털이 흩어졌다.

그러나 그림바르트는 격분해서 그가 치욕스럽게도 또다시 범행을

저지른 것을 질책했다.

"또 그런 행동을 하십니까? 복 받지 못할 숙부로군요. 당신은 고해성사를 한 후 얼마 되지도 않았는데 벌써 닭 한 마리 때문에 죄를 지으려 하십니까? 고해성사를 하게 해 준 것이 나에겐 정말 후회막급입니다!"

"나는 잠깐 방심하여 그만 일을 저질렀습니다! 오 귀중하신 숙부님, 내 죄를 자비로써 사하여 주시길 신에게 기원하여 주십시오. 두 번 다시 이런 일을 하지 않겠으며, 이 닭은 기꺼이 놓아주겠습니다."

그들은 수도원을 돌아 그들이 가야 할 길로 접어들었다. 그리고 좁은 다리 위를 건너가야 했는데, 라이네케는 또 다시 닭들이 있는 쪽을 돌아보면서 자신을 억제하려고 무척 애를 썼다.

누군가가 그의 머리를 베었다면, 곧장 닭들 쪽으로 날아갔을 것이다. 그토록 그의 욕망은 강렬했다. 그림바르트가 그것을 보고 외쳤다.

"조카님, 또 어디에다 눈을 팔고 있는지요? 참으로 흉측한 대식가로군요!"

그러자 라이네케가 말했다.

"기분이 몹시 상했군요, 숙부님! 너무 성급하게 굴지 마시고 나의 기도를 방해하지 마십시오. 내가 주기도문 외우는 것을 허용해 주십시오. 내가 수녀들에게서, 그 경건한 여인들에게서 계교를 써 빼앗았던 닭과 거위들의 영혼을 위해 말입니다."

그림바르트는 침묵했고 여우 라이네케는 닭들을 보고 있는 동안은 머리를 돌릴 줄을 몰랐다. 마침내 그들은 오른쪽 길로 다시 돌아가 궁전으로 갔다.

　라이네케는 이제 왕의 성을 바라보자, 내심 암울해졌다. 그것은 가
슴을 조여오는 죄책감 때문이었다.

4곡

왕의 세 번째 사자 오소리 그림바르트와
여우의 변호

라이네케가 정말 온다는 것이 알려졌을 때, 큰 무리들도 작은 무리들도 그를 보고자 몰려 나왔다. 그에게 호의를 가진 자는 몇 안되고 거의 모두가 불만을 가진 자들이었다. 그러나 라이네케는 전혀 대수롭지 않게 여겼다.

적어도 그는 이렇게 대담한 행동으로 오소리 그림바르트와 함께 여유 있게 국도를 걸어온 것이었다. 그는 용기 있게 안으로 들어왔으며, 마치 그가 왕의 아들인 것처럼 태연했다. 그리고 그가 저지른 모든 범행에도 마치 사면이라도 받은 듯이, 그는 노벨 왕 앞으로 와서 궁전의 신하들 한가운데에 섰고, 이어 자신의 출두를 알릴 수 있었다.

그리고 라이네케는 말하기 시작했다.

"고귀하고 자비로우신 폐하!

폐하께서는 고귀하고 위대하시며 명예와 위엄에선 제일 가는 분이십니다. 그래서 저는 폐하께 오늘 공정하게 제 말을 들어주실 것을 기원합니다.

폐하께서는 일찍이 저보다 더 충실한 신하를 발견하신 적이 없습니다. 감히 저는 그것을 주장할 수 있습니다.

그런 이유만으로 저는 이 궁전에 저를 방해하는 자들이 많이 있음을 잘 압니다. 그런 적들의 거짓말을, 그들이 원하는 바대로 전하께서 믿으신다면 저는 전하의 우정을 잃게 될지도 모릅니다. 그러나 다행스럽게도 전하께서는 모든 진술을 숙고하시고, 기소인의 진술뿐만 아니라 피고인의 진술도 똑같이 들어주십니다. 만약 저들이 제 등 뒤에서 많은 것을 거짓으로 말씀드렸다면, 그래도 저는 의연한 심정으로 다음과 같이 생각하겠습니다. 제 충성을 폐하께서는 충분히 잘 알고 계시며, 그 충성심이 나에게 박해를 불러일으킨 것이라고요!"

"닥쳐라!

쓸데없는 수다와 아첨은 그만두어라. 그대의 범행은 두말 할 필요도 없으며, 그대를 기다리는 것은 오직 벌뿐이니라. 그대는 내가 모든 동물들에게 선포하고 맹세했던 평화를 지켰는가?

여기 이 수탉을 보라! 그대는 수탉에게서 그의 어린애들을 차례로 잡아갔다. 이 뻔뻔스럽고 파렴치한 도둑놈아!

그대가 나에게 얼마나 호감을 가졌는가, 그대는 내 명예를 조롱하고, 내 신하들을 해치는 것으로 증명하려 했는가.

가여운 힌째는 건강을 잃어버렸다. 부상당한 브라운은 아직도 고통으로부터 회복되지 못하고 있다. 그러나 나는 그대를 더 이상 비난하지 않겠다. 왜냐하면 여기에 수많은 고소인도 있고, 헤아릴 수 없을 만큼 증명된 범행들이 있기 때문이다. 그대는 결코 벗어날 수는 없을 것이다."

"전하, 그 때문에 제가 벌을 받아야 합니까?

브라운이 머리에 털이 빠지고 피를 흘린 채 돌아온 것이 제 책임입니까? 그는 위험을 무릅쓰고 뻔뻔스럽게 류스테피일의 꿀을 다 먹으려고 했기에 그 얼간이 같은 농부들이 그를 흠씬 두들겨 팬 것이지요. 그래도 그의 사지는 튼튼하고 힘이 셉니다. 그가 물 속으로 도망가기 전에, 농부들이 그를 때리고 욕했을 때, 그는 건장한 남자로서 창피를 당연히 감지해야 했습니다.

그리고 고양이 힌째의 경우도, 제가 존경하는 마음으로 맞이하여 힘자라는 데까지 접대했습니다만 도벽을 억제하지 못하고, 저의 경고를 무시한 채 목사의 거실로 밤중에 기어 들어가 그곳에서 봉변을 당했던 것입니다. 그 자의 바보 같은 행동 때문에 제가 벌을 받아야 합니까?

그것은 정말 전하의 왕관을 욕되게 하는 일이라 아니할 수 없습니다. 그렇지만 전하께서는 저를 전하의 뜻대로 처리하실 수 있고 그리고 사건이 비록 분명하다 해도 임의로 하실 수 있습니다. 그것은 이익이 될 수도 있고 또는 해가 될 수도 있습니다. 저를 끓는 물에 넣어 삶으시든, 구우시든, 눈을 멀게 하시든 혹은 제가 교수형이나 참수형을 당해야 한다면 그래야 되겠지요! 우린 모두 전하의 지배 하에 있으며, 전하는 우리를 뜻대로 하실 수 있으니까요. 전하께선 권세있고 강하십니다. 약자가 무엇을 거부할 수 있겠습니까?

전하께서 저를 죽이신다 해도 그 이득은 정말 보잘 것 없는 것이 될 것입니다. 그렇지만 원하시는 대로 하십시오. 저는 재판도 판결도 꺼리지 않겠습니다."

그 때 숫양 밸린이 말을 시작했다.

"때가 왔습니다. 우리도 고발하도록 합시다."

그러자 이제그림이 그의 친척들, 고양이 힌째, 곰 브라운 그리고 무리를 이룬 동물들과 함께 나왔다. 또한 나귀 볼대빈이 나왔고, 토끼 람패, 개 바켈로스 그리고 불독 뢴, 염소 메트케, 숫염소 헤르멘, 게다가 다람쥐, 족제비 그리고 큰 족제비도 나왔다. 또한 황소와 말도 예외는 아니었다.

그밖에도 많은 야생 동물들을 볼 수 있었다. 숫사슴과 노루 그리고 해리(海狸) 보케르트, 담비, 집토끼, 산돼지 등 모두가 함께 밀려들어 왔고, 황새 바르톨트, 갈가마귀 마르카르트 그리고 두루미 뤼트케가 뒤따랐고 또한 오리 튑케, 거위 알하이트 그리고 많은 다른 동물들도 그들의 소송거리를 가지고 출두했다.

슬픔에 찬 수탉 해닝은 그의 몇 안 되는 아이들과 함께 격렬하게 탄원했다. 이토록 수많은 새들과 동물들이 몰려 왔기 때문에 일일이 그 이름들을 열거할 수 없을 정도였다.

모두가 여우를 공박했고, 그의 범행을 폭로하고 그가 처벌되는 것을 보고자 했다. 그들은 격렬한 말투로 왕 앞으로 몰려와 수많은 탄원을 했고 지난 이야기와 새로운 이야기들을 털어놓았다. 일찍이 어느 누구도 왕이 주재하는 하루 동안의 공판 일에 이토록 많은 항고를 들어 본 적이 없었다.

라이네케는 일어서서 그에 대해 아주 교묘하게 응답을 잘 해냈다. 왜냐하면 그가 발언을 하면 그 우아한 변호의 말은 마치 진실된 것처럼 청산유수로 흘러나왔기 때문이었다.

그는 모든 것을 하찮은 것으로 또 그것을 헛수고로 만들어 버릴 줄을 알았다. 그가 하는 말을 듣노라면 놀랍게도 그가 변호하는 것을 믿게 되었다. 더군다나 그는 그 밖의 정당성과 탄원할 거리를 많이 갖고 있었다.

그러나 최종적으로 진실하고 공정한 자들이 라이네케에게 반대해서 들고일어나, 그에게 불리한 증언을 했다. 그래서 그의 모든 범행은 백일하에 드러났다. 이제는 어쩔 도리가 없었다. 어전회의에서 만장일치로 다음 같은 결정이 내려졌기 때문이었다.

'여우 라이네케는 죽을 죄를 지었으니 그를 사로잡아 묶어서 목을 메달아 치욕스런 죽음으로 그 대가를 치르도록 해야 한다!'

이제는 라이네케 자신이 궁지에 몰려버렸다. 그의 현란한 언변은 크게 도움이 되지 못했던 것이다. 왕은 그 판결을 몸소 선고했다. 그들이 그를 붙잡아 묶자, 그 버릇 나쁜 죄인에게는 가련한 종말이 눈앞에 아른거렸다.

이제 판결과 법에 따라 구속된 라이네케가 거기 서 있고, 그의 적들은 한시 바삐 그를 죽음으로 몰아 넣으려고 활기를 띠는 반면 원숭이 마르틴, 오소리 그림바르트 그리고 많은 라이네케의 혈족들인 친구들은 막막한 상태로 서서 풀이 죽은 채 슬퍼하고 있었다. 그들은 마지못해 판결을 들었고, 모두가 슬픔에 잠겼다.

그것은 생각보다 훨씬 심한 것이었다. 왜냐하면 라이네케는 일급 남작들 중 하나였는데, 이제는 모든 명예와 위엄을 박탈당하고, 치욕스런 죽음으로 벌을 받아야 하는 것이다. 그 모습이 얼마나 그의 친척들을 격분시켰던가! 그들 모두 함께 왕에게 하직을 하고 하나도 남김없이 궁전을 떠나버렸다.

많은 기사들이 궁전을 떠나버린 것이 왕으로서는 기분이 언짢았다. 그들은 라이네케의 처형에 대단한 불만을 품고 떠나버린 친척들임이 분명했다. 그래서 왕은 그의 심복들 가운데 하나에게 말했다.

"물론 라이네케는 음흉하다. 그러나 그의 많은 친척들이 이 궁전에 없어서는 안 된다는 점을 고려했어야 했다."

그러나 이제그림, 브라운 그리고 고양이 힌체는 포박된 자를 놓고 부산을 피웠다. 그들은 왕이 선고한 치욕의 형벌을 그들의 적에게 집행하려고 했었다. 그들은 서둘러 여우를 밖으로 데리고 나왔고, 멀리 있는 교수대를 보았다. 그 때 고양이가 화를 못이기며 늑대에게 말했다.

"이제그림 씨, 잘 생각하십시오. 라이네케가 그 당시 모든 일을 어떻게 꾸미고 행했는지, 또 얼마나 당신의 형제를 증오해서 교수대로 보냈는가, 또 얼마나 즐거워하며 당신의 형제를 끌고 나갔던가! 그로 하여금 진 빚을 갚게 하는데 주저치 마십시오.

그리고 브라운 씨, 잊지 마십시오. 그는 당신을 악랄하게 배반했고, 당신을 류스테피일의 뜰에서 남녀 할 것 없이 거칠고 노한 사람들에게 건네주어 구타당하게 하고 상처를 입게 했으며, 게다가 그것이 온 세상에 알려져 치욕을 주었지요. 주의하시고 정신 바짝 차리시기 바랍니다! 만약 그가 오늘 우리에게서 벗어난다면, 그의 꽤와 교활한 책략은 그를 자유롭게 할 수 있을 것이며, 우리에게는 통쾌한 복수의 순간이 두 번 다시 오지 않을 것입니다. 그가 우리에게 진 죄를 모두 서둘러서 복수하도록 합시다."

이제그림이 말했다.

"말이 무슨 소용이 있겠소? 나에게 빨리 억센 밧줄 올가미를 준비해주시오. 그의 고통을 단축시킵시다."

이처럼 그들은 여우에게 적대감에 찬 말을 주고받으며 나아갔다. 그러나 라이네케는 그들이 말하는 것을 말없이 듣고 있었다. 그는 마침내 입을 열었다.

"그대들은 그토록 나를 미워하고 잔인하고 극단적인 복수심에 차 도무지 끝을 모르는구나! 난 정말 놀라지 않을 수 없소!

힌체는 억센 밧줄이 어떻다는 것을 잘 알고 있을 것이오. 왜냐하면 그는 목사의 집에서 쥐들을 잡으려 뛰어들었다가 망신을 당하고 도망쳐 나왔을 때, 몸소 체험을 해 보았을 테니까.

그러나 이제그림, 당신과 브라운은 친구를 죽음으로 보내려고 정말 너무 서두르는구면. 그대들은 일이 다 잘되리라 여기는구나."

왕은 궁전의 모든 신하들과 함께 판결의 집행을 보기 위해 일어섰다. 그 행렬에 여왕도 시녀들에 둘러싸여 함께 했다. 그들 뒤로는 빈부를 가릴 것 없이 수많은 무리가 몰려왔는데, 모두가 라이네케의 죽음을 원했고 그것을 보려고 했다.

그러는 사이 이제그림은 그의 친척, 친구들과 이야기하며 그들에게 주의를 주었다. 굳게 서로 단결해서 결박된 여우에게서 잠시도 눈을 떼는 일이 없도록 하라고. 그들은 영악한 여우가 도망치지나 않을까 늘 두려웠기 때문이었다.

늑대는 그의 부인에게 특히 엄하게 명령했다.

"그대는 생명을 걸고 나를 잘 지켜보며 이 악당을 지키는 것을 도우시오. 만약 그가 도망을 친다면 우리는 더할 수 없는 망신을 당하게 될 것이오."

그 다음 그는 곰 브라운에게 말했다.

"그 녀석이 얼마나 그대를 조롱했는지 생각해보시오. 이제 그대는 그 모든 것에 충분한 이자를 붙여 갚아 줄 수 있습니다.

고양이 힌쩨가 기어올라가 저 위에 밧줄을 매달 것이오. 그 녀석을 붙잡고 내 옆에 서 있으시오. 나는 사다리를 끌고 오겠소. 몇 분 후면 이 악당은 정말 끝장이오."

브라운이 대답했다.

"사다리만 갖다 세우시오. 그 녀석은 내가 붙들고 있을 테니."

그러자 라이네케가 말했다.

"이것들 보시오! 그대들은 그대들의 숙부를 황천길로 보내기 위해 정말 열심이군요! 그 보다는 차라리 그를 보호하고 두둔하여, 만약 그가 곤경에 빠졌다면 그를 가엾게 여겨야 할텐데 말이오. 마음 같아선 자비라도 구해보고 싶으나 그게 무슨 소용이 있겠소?

이제그림은 나를 얼마나 미워했던지 자기 부인에게까지 나를 붙들어 도망갈 길을 막으라고 명령 했소. 그녀가 지난 일을 생각한다면 진실로 나를 해칠 수는 없을 것이오.

그러나 이제 내게 일어날 일은 곧 일어나 버렸으면 싶소. 나의 아버님도 이런 식으로 끔찍한 고난을 당하셨는데, 마지막은 눈 깜짝할 사이에 끝났소. 물론 이렇게 많은 자들이 죽어 가는 그 분 곁에 있지는 않았소. 그런데 그대들은 나를 좀더 오랫동안 살아있게 하는군요. 그것은 틀림없이 그대들에게 수치가 될 것이오."

그러자 곰이 말했다.

"모두 들었소. 이 악당이 얼마나 뻔뻔스럽게 말하는지? 점점 가관이오. 그의 마지막이 다가왔는데도 말이오!"

그 때 라이네케는 점점 불안해졌다.

'오! 내가 이 진퇴양난의 곤경에서 재빨리 무엇인가 행운이 될 새로운 것을 궁리해 낼 수 있다면, 그래서 왕이 나에게 관대하게 목숨을 살려주고 이 잔인한 적들에겐, 이 세 녀석들에겐 재앙과 치욕을 줄 수가 있다면!

생각할 수 있는 것은 다 생각해보고 도움이 될 수 있는 것은 다 이용해보자! 여기에 내 목숨이 걸려있다. 위험이 코앞에 있는데, 어떻게 내가 빠져나가야 할까? 모든 악행은 나에게 쌓일 대로 쌓여있고 왕은 그것 때문에 화가 나있고, 내 친구들은 떠나버렸고, 적들이 득세하고 있으니 나는 선한 일이라곤 별로 한 적이 없고, 왕의 권력과 그의 고문들의 사리판단도 정말이지 대수롭게 여긴 적이 없었다.

나는 많은 잘못을 저지르고도 내 불행이 행복이 되기를 바랬다. 내게 말을 할 수 있는 기회만 온다면 그들은 나를 매달지는 못할 텐데. 나는 희망을 버리지 않겠다.'

그리고 나서 그는 사다리로부터 군중 쪽으로 몸을 돌리고는 소리쳤다.

"내 눈앞에는 죽음이 놓여있으며, 나는 도망가지는 않을 것입니다. 다만 나는 이 세상을 떠나기 전에 내 말을 듣는 모두에게 몇 가지를 부탁하고 싶습니다.

나는 여러분 앞에서 진실하게 또 한 번 내 죄를 마지막으로 자백하고 내가 저지른 모든 악행을 정직하게 회개하고 싶습니다. 그래서 다른 누군가가 내가 몰래 저지른 이런저런 알려지지 않은 범행 때문에 장차 문책 받지 않도록 말입니다. 나는 아직도 많은 범행을 숨기고 있습니다만, 신이 자비를 내리신다면 나에게 그 범행들이 생각나리라 희망합니다!"

많은 자들이 그를 불쌍히 여겼다. 그들은 서로 말했다.

"그 정도의 부탁이라면 대수로운 것이 아니고, 시간도 오래 걸리지 않을 텐데!"

그들은 왕에게 청을 했고, 왕은 그것을 허락했다.

그러자 라이네케의 가슴은 다시 약간 가뿐하게 되었다. 그는 첫 출발이 잘 되기를 희망했다. 곧 그는 그에게 허용된 장소에서 말을 시작했다.

"전능하신 주님이시여! 이제 나를 도와주소서! 이 많은 군중들 가운데 내가 해를 끼치지 않은 자는 한 사람도 없습니다.

우선 내가 아직 어린 개구쟁이였고 젖 빠는 버릇조차 채 없어지지 않았을 때, 나는 가축 무리 곁에서 자유롭게 흩어져 노는 어린 양이나 염소들에게 탐욕을 가졌었습니다. 그들의 울음소리를 기분 좋게 듣고 있으면, 그 때마다 맛있는 음식에 대한 욕심으로 견딜 수가 없어, 그들과 빨리 사귀었습니다. 나는 새끼 양 한 마리를 물어 죽여서 피를 빨아먹었습니다. 그것은 정말로 맛이 좋았습니다.

　나는 계속해서 어린 염소 네 마리를 잡아먹었고, 또 계속해서 그런 짓을 했습니다. 뿐만 아니라 새, 닭, 오리, 거위 등도 눈에 뜨이기만 하면 닥치는 대로 잡아먹었습니다. 심지어는 내가 잡았다가도 먹고 싶지 않았던 것은 모래 속에 파묻었습니다.

　그후 나는 다음과 같은 일을 겪게 되었습니다. 어느 겨울 라인강가에서 나는 이제그림을 알게 되었는데, 그는 나무들 뒤에서 잠복하고 있었습니다. 곧 그는 내가 자기와 같은 종족이라는 것을 확신했으며, 심지어 그는 가문에서 나의 항렬까지도 계산할 수 있었습니다.

　그것이 내 마음에 들었고, 우리는 동맹을 맺고 진실한 친구로서 여행하기로 서로 맹세했습니다, 그러나 그 때문에 나는 많은 손해를 입어야만 했습니다. 우리는 함께 평야를 헤매고 다녔으며, 그 때 그는 큰 것을 훔쳤고, 나는 작은 것을 훔쳤습니다. 우리가 획득한 것은 공동소유여야 했습니다.

　그러나 그것은 공정한 의미에서 공동소유라고는 할 수 없었습니다. 그는 제멋대로 분배를 했답니다. 나는 한 번도 절반을 받아본 적이 없습니다. 나는 더 심한 것도 체험했습니다. 그가 송아지를 약탈하거나 숫양을 사냥했을 때, 포만감에 차 앉아 있는 그를 발견하거나, 그가 방금 잡은 염소를 다 먹어치우고 있을 때, 숫염소가 그의 발톱 아래 누워 버둥거릴 때, 그는 이빨을 드러내고 으르렁대면서 언짢아하며 나를 쫓아버렸습니다. 그래서 나의 몫은 언제나 그의 것이 되어버렸습니다.

　항상 그런 식이었습니다. 구운 고기도 모두 그의 차지가 되었습니다. 심지어 우리가 공동으로 황소를 잡거나 송아지를 포획하는 일이 생길 때면, 곧 그의 부인과 일곱 명이나 되는 자식들이 나타나서는 전리품에 달려들어 나를 같이 먹지 못하도록 뒷전으로 밀어 내버리곤 했습니다.

갈비 한 대도 내게는 차례가 오지 않았지요. 그들은 뼈가 앙상하도록 모두 먹어치웠기 때문입니다. 그 모든 것을 나는 참아야 했습니다. 그러나 그 때문에 배를 곯지는 않았습니다.

나는 은밀하게 숨겨둔 굉장한 보물, 즉 안전한 장소에 보관하고 있는 금과 은으로 먹이를 마련 할 수 있었습니다. 나는 그것을 충분히 가지고 있습니다. 정말 어떤 수레로도 그 많은 보물을 다 실어 나를 수 없습니다. 비록 일곱 번을 운반한다 해도.”

보물에 관해 이야기가 나오자 왕은 귀를 기울여 듣고는 몸을 굽혀 말했다.

“언제부터 그것이 그대의 것이 되었는가? 말해보라! 보물에 관해서 말이다.”

“이 비밀을 폐하께는 숨기지 않겠습니다. 제게 그것이 무슨 소용이 되겠습니까! 이제 저는 이 값진 재물 중 아무것도 가져갈 수 없으니까요.

폐하께서 명령하신대로 다 말씀드리겠습니다. 한 번은 밝혀져야만 할 일이니까요. 이해관계를 떠나 저는 그 엄청난 비밀을 더 이상 은폐하고 싶지 않습니다. 그것은 제가 그 보물을 훔친 것이기 때문입니다.

왕이시여!

한때, 많은 자들이 폐하를 살해하려고 공모를 했었으며, 만약 그 시기에 보물이 약삭빠르게 훔쳐지지 않았더라면, 그 엄청난 사건은 발생했을 것입니다.

자비로우신 폐하시여!

당신의 생명과 안녕이 그 보물에 달려 있었다는 점을 명심하시기 바랍니다. 내가 그 보물을 훔쳤을 때, 그것은 유감스럽게도 저의 아버지를 커다란 위험으로 빠뜨렸으며, 결국 그를 그 때 이르게 슬픈 죽음으로 이끌어가 영원한 치욕이 되게 했던 것입니다. 그러나 자비로우신 폐하시여, 그것은 폐하를 위해서는 유익한 것이었습니다."

여왕은 그녀 남편의 살해 음모에 대한 끔찍한 비밀과 배반 그리고 보물에 관한 얽히고 설킨 이야기에 등골이 서늘해졌고 또 그가 말한 모든 것을 듣고 깜짝 놀랐다. 그리고 라이네케에게 소리쳤다.

"그대에게 경고하는 바이다. 라이네케, 깊이 생각하라! 길고 긴 죽음의 길이 그대 앞에 있다. 참회하고 영혼의 짐을 벗도록 하라. 한치의 틀림도 없이 진실대로 살해에 대해 분명하게 이야기해 보아라."

그러자 왕이 덧붙였다.

"모두들 조용히 하라! 라이네케를 다시 내려오게 해서 내게 가까이 오도록 하라. 그 일은 내 자신에 관한 것이므로 들어보도록 하겠다."

그 말을 들은 라이네케는 다시 마음이 약간 놓였다. 그는 그에게 적의를 품고 있는 자들에게 참을 수 없는 불쾌감을 나타내면서 사다리를 내려왔다. 그는 곧 왕과 왕비에게 가까이 갔고, 그들은 그 사건이 어떻게 일어나게 되었는가를 급히 물었다.

그 때 그는 새빨간 거짓말을 새롭게 준비했다.

'내가 왕과 왕비의 총애를 다시 받을 수만 있다면, 그리고 동시에 나를 죽음으로 몰아 넣으려 했던 적들을 오히려 파멸로 이끌 수 있는 술책이 성취만 된다면, 그것은 나를 모든 위험에서 구원하게 되리라. 이건 정말이지 기대하지 않았던 이득이 아니라 할 수 없다. 이제 필요한 것은 오직 거짓말뿐이다. 그것도 엄청난 거짓말.'

여왕은 조바심을 내며 라이네케에게 계속 질문을 했다.

"어떻게 된 일인지를 분명하게 알리도록 하라!

진실을 말하라, 양심을 생각하고 영혼의 짐을 벗도록 하라!"

"저는 기꺼이 보고 드리고자 합니다. 저는 이제 죽지 않으면 안되고, 그것을 돌이킬 방법은 전혀 없으니까요. 제가 생의 마지막에서 내 영혼에게 짐을 지우고 영원한 벌을 받게한다면 그것은 우매한 행위일 것입니다. 보다 현명한 것은 죄를 고백하는 일일텐데, 그렇게 되면 유감스럽게도 저는 사랑하는 친척들과 친구들을 고발하지 않을 수 없습니다만, 아! 어쩔 수 없는 일입니다. 지옥의 고통이 저를 위협하고 있으니!"

이상의 대화로 왕의 마음은 이미 무거워졌다. 그래서 그는 말했다.

"진실을 말하겠는가?"

그러자 라이네케는 위장된 태도로 이에 대답했다.

"저는 죄인이긴 합니다만 진실을 말하겠습니다. 폐하를 속여서 제게 무슨 이득이 있겠습니까? 제 자신도 또한 영원히 저주를 받게 될 것입니다. 폐하께서 잘 알고 계시듯이 제가 죽지 않으면 안 된다는 것은 이미 결정되었습니다. 저는 죽음을 보고 있기에 속이지 않겠습니다. 왜냐하면 선도 악도 저에겐 도움이 될 수 없기 때문입니다."

라이네케는 떨면서 이렇게 말했고, 절망적인 모습을 했다.

그러자 여왕이 말했다.

"그의 가슴 죄는 불안감이 애처롭습니다. 폐하!

그를 자비롭게 보시길 바랍니다. 그리고 그의 자백으로 우리가 많은 재난을 피할 수 있다는 점을 고려하시길 바랍니다. 이야기의 내막을 빠르면 빠를수록 좋으니 우리에게 알리게 하십시오. 모두들 침묵하게 하고 그에게 공개적으로 말하게 하십시오."

왕이 명하자, 전체 군중은 침묵했다. 라이네케가 말했다.

"폐하께서 좋으시다면 자비로우신 왕이시여, 제가 말씀드리는 것을 들으시기 바랍니다. 설령 제 이야기가 증서나 서류가 없는 것이라 해도 그것은 진실되고 있는 그대로입니다. 폐하께선 반역음모에 대해 듣게 될 것이고 저는 누구도 두둔할 생각은 없습니다."

5곡

보물 이야기

이제 여우가 자신의 범행을 다시 은폐하고 다른 자들을 해치기 위하여 어떻게 변신하는가, 그 술책을 듣기로 하자.

그는 황당무계한 거짓말을 궁리해내어, 저 세상에 있는 아버지를 욕되게 하였으며 변함없이 그의 편을 들어주었던 가장 성실한 친구 오소리에게 엄청난 누명을 씌워 괴롭혔다. 자신의 이야기에 신빙성을 주고 또 자신의 고소인들에게 복수하기 위하여 그는 수단과 방법을 가리지 않았다.

"저의 아버님은 옛날에 위대한 왕 엠리히의 보물을 은밀한 방법으로 발견해내는 행운을 가졌습니다만, 그 습득물은 그에게 전혀 이로움을 가져다주지 못했습니다. 왜냐하면 그는 거대한 재산에 자만하게 되어 그 때부터 자기 또래들을 더 이상 존중하지 않고, 자기 동료들을 대단히 멸시하게 되었고, 그래서 보다 뛰어난 친구들을 찾게 되었습니다.

그는 고양이 힌째를 사신으로 거친 아르데넨지방으로 보내 곰 브라운을 찾아 그에게 충성을 약속하고, 플란데른에 와서 왕이 되어 주십사 모셔오도록 했습니다.

브라운은 그 서찰을 읽고서 진심으로 기뻐했습니다. 그는 희희낙락하며 당당하고 재빨리 플란데른에 나타났습니다. 그는 이미 오랫동안 그런 것을 생각하고 있었기 때문입니다. 그는 그곳에서 저의 아버님을 만났고, 아버님은 그를 기쁘게 맞아들인 후, 곧 이제그림과 현명한 그림바르트에게 사절을 보내 그들을 오게 했습니다.

그런 다음 넷이서 그 문제를 함께 의논했습니다. 그 때 그곳에 있었던 다섯 번째 인물은 고양이 힌째였습니다. 이프테라고 불리는 조그만 마을 하나가 있었는데, 그들이 모여서 담판을 했던 곳은 이프테와 겐트의 바로 그 중간지역이었습니다.

그들의 회합은 길고도 어두운 밤에 은밀히 이루어졌습니다.

신과 함께 한 것이 아니었습니다! 그것은 악마와 함께였습니다. 제 아버님은 그들을 떳떳치 못한 황금의 힘으로 휘어잡고 있었습니다.

그들은 왕을 죽이기로 결정하고, 군건하고 영원한 결속을 함께 맹세했으며, 다섯 모두 이제그림의 두뇌를 믿기로 했습니다. 즉 그들은 곰 브라운을 왕으로 선출하고, 아아헨[역주:독일 중부의 왕들의 휴양지]에서 황금왕관을 씌워 옥좌에 앉히고, 그에게 제국을 장엄하게 약속했던 것입니다.

　왕의 친구들이나 그의 친척들 가운데 누군가가 그것을 반대하려
한다면, 제 아버님이 그를 구슬리거나 매수하고, 그래도 안되면 없애
버리기로 했습니다.

　그것을 제가 알게 되었습니다. 왜냐하면 그림바르트가 한번은 아
침나절인데 거나하게 취해서 입을 헤프게 놀린 것입니다. 그 멍청이
는 자기 마누라에게 모든 비밀을 지껄여버렸습니다. 그리고 나서 그
녀에게 아무에게도 말하지 말라고 당부하고는 그것으로 충분하리라
믿었습니다. 그녀는 그후 곧 제 아내를 만났고, 제 아내는 세 명의 왕
의 이름을 대며 엄숙한 서약을 했고, 좋을 때나 궂을 때나 명예와 신

의를 걸고 누구에게도 말하지 않겠다고 약속했습니다. 그렇게 해서 제 아내는 그녀에게서 모든 것을 알아냈습니다.

그녀와 마찬가지로 제 아내 역시 약속을 지키지 않았습니다. 그녀는 저를 보자, 자기가 얻어들은 것을 이야기해 주었고, 제가 그 말을 사실이라고 쉽게 믿게 하려고 증거까지 제시했습니다. 그러나 그로 인해 저는 더욱 난처하게 되었습니다.

저는 그 때 개구리들의 울음소리가 하늘에 계신 신의 귀에까지 들리게 했던 이야기를 생각했습니다.

개구리들은 온 나라에서 자유를 누리며 살아왔는데 이제는 왕을 원했고, 그의 지도 아래 살기를 원했습니다. 그 때 신은 그들의 말을 듣고 황새를 보내 주었는데, 그는 쉴새없이 개구리들을 박해하고, 미워하고, 자유라곤 조금도 허용치 않았습니다. 황새는 그들을 무자비하게 다루었습니다. 그제야 그 바보들은 탄원을 하려했습니다만, 유감스럽게도 너무 때가 늦어버렸습니다. 왜냐하면 이제는 왕이 그들을 억압하고 있었기 때문입니다."

라이네케는 큰소리로 전체 군중을 향해 말했고, 모든 동물들이 그의 말을 듣고 있었다. 그는 이야기를 계속했다.

"모두를 위해 저는 그것을 두려워했습니다. 사실 그렇게 될 수도 있었을 것입니다.

폐하! 저는 폐하를 위해 힘을 다했고 그리고 보다 나은 보답을 소망했습니다. 브라운의 음모는 저에게 명백해졌습니다. 그의 음험한 성향 또 그의 수많은 악행들도 말입니다. 저는 최악의 경우를 우려

했던 것이지요. 그가 왕이 되었더라면, 우리는 모두 파멸했을 것입니다.

'우리들의 왕께선 고귀한 가문출신으로 강력하며 자비로우신데'라고 저는 조용히 생각했습니다. '곰을, 그 형편없는 건달녀석을, 그렇게 높이 받든다는 것은 비극적인 전환이다.' 두서너 주일을 저는 그 일에 대해서 생각하고 그것을 막으려고 했습니다.

특히 제가 잘 파악할 수 있었던 것은, 제 아버님이 보물을 보유하고 있는 한 많은 인원을 모으게 되고, 그 게임에서 틀림없이 승리하여, 우리는 왕을 잃게 되리라는 것이었습니다. 그래서 저는 보물이 감춰져있는 장소를 찾는 일에 주의를 기울였습니다. 그 보물을 비밀리에 훔쳐내기 위해서였습니다. 늙은 술책꾼인 제 아버님이 들판으로 나가 추위와 더위, 습기나 건조함도 아랑곳하지 않고 밤낮으로 숲을 향해 달려갔을 때, 저는 그 뒤를 따라 길을 탐지해냈습니다.

그러던 중 한번은 그 보물을 어떻게 발견할까 하는 걱정과 궁리를 하며 땅에 숨어 누워있었습니다. 그 때 저는 아버님이 바위 틈새에서 기어 나오는 것을 보았습니다. 그는 바위 사이로 깊은 동굴을 벗어나왔습니다. 저는 그곳에 몰래 몸을 숨긴 채 있어서, 그는 자기 혼자뿐인 것으로 믿었습니다.

그는 사방을 둘러보고 아무도 발견치 못하자, 작업을 시작했는데, 여러분 그것을 잘 들어보시기 바랍니다.

그는 모래로 다시 구덩이를 틀어막고 교묘하게 주위의 땅과 똑같이 만들 수 있었습니다.

직접 그것을 보지 않은 자가 알아본다는 것은 불가능했습니다. 그

리고는 그곳에서 떠나기 전에 그의 발자국이 남아있는 장소를 대단
히 교묘하게 꼬리로 쓸고, 입으로 그 흔적을 뭉그러트렸습니다.

저는 그렇게 하는 것을 그날 처음으로 술수에 능한 저의 아버지에
게서 배웠습니다. 그와 같이 그는 책략과 재략 그리고 모든 못된 짓
거리에 능수 능란했습니다. 그렇게 하고서 그는 그의 용무를 위해 급
히 서둘러 가버렸습니다.

그 때 저는 혹 이 근처에 그 어마어마한 보물이 있지 않을까 하고
생각했습니다. 저는 급히 그곳으로 다가가 작업에 착수했습니다. 저

는 잠시 후 바위 틈새를 제 앞발로 열었습니다. 그리고 호기심에 가득 차 안으로 기어 들어갔습니다. 거기서 저는 값진 물건들을 발견했습니다. 넘칠 듯이 반짝이는 은이며 붉은 빛의 금을 말입니다! 정말이지 이곳의 가장 연장자라 할지라도 그와 같이 많은 보물을 본적이 없을 것입니다.

저는 아내와 함께 일을 시작했습니다. 우리는 밤낮을 가리지 않고 들어 나르거나 끌어 날랐습니다. 우리에겐 짐수레나 마차가 없었기 때문이었지요. 그래서 많은 노력과 고통을 치르지 않으면 안되었습니다. 아내 에르멜린은 충실하게 그것을 견뎌내었습니다. 마침내 우리는 그 보물을 적당하다고 여겨지는 장소에 옮겼습니다. 그 사이 저의 아버님은 매일같이 왕을 배반한 그자들과 어울렸습니다. 그들이 무엇을 결정했는가를 여러분들이 듣게되면 놀라실 것입니다.

브라운과 이제그림은 곧 여러 지역에 용병을 유혹하는 공개장을 보냈습니다. 그들이 무리를 지어 급히 온다면, 브라운은 그들에게 군복무의 임무를 주고, 급료도 미리 후하게 지급하겠다는 것이었습니다. 그래서 제 아버님은 여러 곳을 돌아다니며 그 공개장을 보였습니다. 그의 보물이 안전하게 숨겨져 있다고 믿고 있었던 것입니다. 그러나 보물은 이제 옮겨져 버렸습니다. 그가 동료들과 함께 샅샅이 뒤진다 해도 한 푼도 찾을 수 없었을 것입니다.

아버지는 자신의 행위를 전혀 후회하지 않고, 엘베강과 라인강 사이의 수많은 지역들을 뛰어다니며, 수많은 용병들을 찾아내어 고용했습니다. 돈 덕으로 그의 말은 위력을 지닐 수 있었던 것입니다.

마침내 여름이 되자, 제 아버님은 동료들에게 돌아왔습니다. 그는 그 동안 겪었던 고난과 걱정 그리고 공포에 관해 이야기했습니다. 특히 작센의 높은 성 앞에서 하마터면 목숨을 잃을 뻔한 이야기를 말입니다.

그곳에선 말 탄 사냥꾼과 개들이 그를 날마다 추격해서, 그는 간신히 그 위기를 모면 할 수 있었던 것입니다. 이어서 아버님은 득의양양하여 네 명의 배반자들에게 그가 금과 약속으로 끌어들이게 된 무리들의 명단을 보여주었습니다. 이 소식은 브라운을 기쁘게 했고, 다섯이 함께 그것을 읽었습니다. 그것은 다음과 같았습니다. 이제그림의 용감한 친척들 가운데 천이백 명이 입을 벌린 채 날카로운 이빨을 드러내고서 오게 될 것입니다. 더욱이 고양이들과 곰들은 모두 브라운 편에 섰습니다. 작센과 튀링겐의 모든 담비와 오소리가 복종할 것입니다. 그러나 그와 같은 것은 급료 한달 치를 선불한다는 조건 때문이라고 할 수 있었습니다. 그들은 모두가 그 대가로 힘을 다해 첫 명령에 복종하겠다고 했습니다. 다행스럽게도 제가 그 계획을 저지한 것입니다! 왜냐하면 모든 일을 다 마친 후에, 제 아버님은 급히 들판으로 달려가 보물을 다시 살펴보고자 했습니다. 거기서 비로소 걱정이 시작되었습니다. 그는 구덩이를 파고 보물을 찾아보았습니다. 그렇지만 아무리 땅을 오래 파도 발견되는 것은 없었습니다. 그의 노력이 헛된 것을 알자, 그는 절망에 빠졌습니다. 보물은 없어져 버렸고, 아무 곳에서도 찾을 수가 없었기 때문입니다.

분노와 수치 때문에 - 그 회상은 얼마나 저를 밤낮으로 괴롭혔는지 모릅니다 - 제 아버님은 스스로 목을 매달았던 것입니다.

이 모든 것을 저는 악한 행위를 저지하고자 행했던 것입니다. 그것이 이제 저를 곤궁에 빠뜨린 것입니다. 그렇다고 후회하는 것은 아닙니다. 그러나 이제그림과 브라운은, 이 탐욕장이들은 폐하 곁에 고문으로 가장 가까이 앉아있군요.

그런데 라이네케는! 오 불쌍한 자여,

네가 왕을 구하기 위하여 육친인 아버지를 희생시킨 대가로 나에게 지금 어떤 사례가 주어지고 있단 말인가! 도대체 어느 곳에서 폐하의 생명을 살리기 위해 자신을 기꺼이 바친 자들을 찾아볼 수 있단 말입니까?"

그러나 왕과 왕비는 보물을 얻는 일에 커다란 호기심을 가졌다. 그들은 라이네케의 옆으로 다가와 보물에 대해서 더 자세히 말하도록 다그쳐 물었다.

"말하라, 그대는 어디에 보물을 두었는가? 우리는 그것을 알고자 하노라".

라이네케는 그에 대해 자신의 의견을 말했다.

"저를 심판한 왕에게 엄청난 보물을 보여드린들 제게 무슨 도움이 될 수 있겠습니까? 폐하는 나의 적들을, 내 생명을 빼앗기 위해 폐하를 거짓으로 괴롭힌 그 도둑들과 살인자들을 더 믿고 계신 마당인데요."

그러자 여왕이 말했다

"아니오, 그렇지 않소! 그렇게 되어서는 안될 것이오!

폐하께선 그대를 살려주시고, 지난 일을 잊을 것이오. 그는 자신을 억제하고 더 이상 노하지 않을 것이오. 그렇지만 그대는 이후로 보다 현명하게 행동을 하고, 성실하게 왕의 분부를 받들도록 하오."

"왕비마마, 이 자리에서 폐하께 청해주시겠다고 저에게 약속해주십시오. 폐하가 저를 다시 사면한다는 것과 제가 유감스럽게도 그에게 범했던 모든 범행과 죄 그리고 모든 불쾌한 일을 다시는 생각하시지 않겠다는 것을, 그렇다면 폐하는 저의 충성을 통해 우리 시대의 어떠한 왕도 소유하지 못한 부를 얻게 되실 것입니다. 그것은 엄청난 보물입니다. 제가 장소를 가리켜 드리면 당신들은 놀라실 것입니다."

"그를 믿지 말라. 그렇지만 그가 도둑질이나, 거짓이나 약탈에 관해 이야기를 하면 믿어도 좋다. 왜냐하면 그보다 더 큰 거짓말쟁이는 어디에도 없을 테니까."

그러자 여왕이 말했다.

"사실, 그의 지금까지의 생활은 신뢰를 얻을 만한 것이 못되었습니다. 그렇지만 생각해 보십시오. 지금 그는 그의 숙부 오소리와 자신의 아버지를 문죄하고 그들의 악행을 폭로하지 않았습니까? 만약 그가 원하기만 했다면, 그들을 두둔하고 다른 자들에 관해서 그와 같은 이야기를 할 수도 있었을 것입니다. 그는 그렇게 어리석게 거짓말을 하지는 않을 것입니다."

"왕비의 의견이 그렇다면, 그리고 그런 상황에서 보다 큰 불행이 발생하지 않은 것을 정말 천만다행으로 그대가 생각한다면, 그대가 말한대로 하겠소. 그리고 라이네케의 범죄와 그의 상처받은 사건을 내가 책임지도록 하겠오. 나는 한번 믿으면 끝까지 그럴 것이오! 이 말을 그가 명심해도 좋소.

나는 왕관을 걸고 맹세하는 바이오! 만약 그가 후일 다시 악행을 저지르고 거짓말을 할 경우 그는 영원히 후회해야 할 것이요. 그의 십촌간의 친척까지도 모두 벌을 받게 될 것이고, 어느 누구도 무사하지는 못할 것이오. 그들은 불행과 치욕 그리고 무거운 심판을 받게 될 것이오!"

왕의 생각이 얼마나 빠르게 바뀌는가를 라이네케가 보았을 때, 그는 용기가 솟았다.

"자비로우신 폐하시여, 며칠 후면 사실이 밝혀질 이야기를 폐하께 거짓고할 정도로 제가 우매하게 행동하겠습니까?"

왕은 그 말을 믿었다. 그래서 왕은 우선 라이네케 아버지의 역적음모를, 다음으로 라이네케 자신의 범행을 용서해 주었다. 라이네케는 한없이 기뻤다. 결국 그는 적절한 순간에 적의 폭력에서 벗어났고 재앙을 피할 수 있었기 때문이었다.

"고귀하신 폐하시여, 자비로우신 군주시여!

폐하와 왕비께서 이 천한 몸을 위해 베푸신 모든 것에 신께서 보답해 주시길 바라며, 저는 그것을 명심하겠습니다. 그리고 항상 지극히 고마운 마음으로 보답하겠습니다. 왜냐하면 모든 나라와 제국을 통틀어 이 태양 아래 어느 누구도 폐하 내외분을 제외하고 제가 그 어마어마한 보물을 기꺼이 드릴 자는 없기 때문입니다. 폐하 내외분께서는 저에게 모든 것을 자비로 베풀어 주셨습니다! 그 보답으로 저는 기꺼이 엠리히 왕의 보물을 손 하나 대지 않고 있던 그대로 드리겠습니다.

그것이 어디에 있는지 이제 진실을 말씀드리겠습니다. 잘 들으시기 바랍니다!

플란데른의 동쪽에는 황무지가 있는데, 그 안에는 숲이 하나 있습니다. 휘스테를로라고 불리는 곳이지요. 이 이름을 명심하시기 바랍니다! 게다가 샘이 하나 있는데 크레켈보른이라고 하지요. 두 분께선 이 둘이 서로 멀리 떨어져 있지 않다는 것을 곧 아시게 될 것입니다. 이곳은 일 년을 통틀어 누구하나 얼씬대지 않는 곳입니다. 그곳에는 오직 올빼미와 부엉이만 살고있고, 여기에 저는 보물을 묻어 놓았습니다. 그 장소는 크레켈보른이라 불리니까 유념해 두셨다가 그 표시를 이용하시기 바랍니다.

왕비와 함께 직접 그곳으로 가시기 바랍니다. 누군가를 대신 보낸다는 것은 안전치 못할 것입니다. 그리고 자칫 엄청난 손해를 입을 수도 있을 테니, 저는 직접 가시기를 청합니다. 직접 가셔야 합니다. 크레켈보른에 가시면 두 그루의 어린 자작나무가 있을 것입니다. 그러면 주의하십시오! 그중 한 그루가 샘으로부터 멀지 않은 곳에 서 있습니다. 그러면, 폐하, 똑바로 그 자작나무를 향해 가십시오. 그 아래 보물이 묻혀있습니다. 긁어서 파헤치기만 하십시오. 처음에는 뿌리에서 이끼를 발견하게 되실 것이고, 그 다음 곧 최상의 값진 세공품들을 찾게 되실 것입니다. 금으로 된 예술적이고도 아름다운 것들입니다. 또한 엠리히 왕의 왕관도 발견하게 되실 것입니다. 곰의 뜻대로 이루어졌더라면, 그가 쓰기로 했던 것입니다. 게다가 수많은 장신구와 보석들, 금으로 된 예술작품들을 보시게 될 것입니다.

이제 그런 것은 더 이상 만들어지지 않습니다. 누가 그 값을 지불하려고 하겠습니까?

오! 자비로우신 폐하, 그 모든 재화를 한꺼번에 보시게 된다면, 물론 저는 그것을 확신합니다만, 폐하께선 저의 정직을 생각하시게 될 것입니다. '라이네케는 정직한 여우였구먼! 그가 이렇게 현명하게 이끼 아래 보물을 파묻어 놓다니, 오! 그가 살고자 하는 어디에서나 항상 행복하기를!' 하고 폐하께선 생각하실 것입니다."

이렇게 그 위선자는 말했다. 그러자 왕이 말했다.

"그대가 나를 동반해야 한다. 어떻게 나 혼자서 그 장소를 찾을 수 있단 말인가? 나는 아아헨이나 뤼벡 그리고 쾰른, 파리에 관해서는 익히 들어보았지만, 휘스테를로에 관해서는 내 생애에 한번도 들어본 적이 없다. 크레켈보른에 관해서도 마찬가지고. 네가 또다시 거짓말을 하고 그와 같은 이름을 꾸며내었다고 걱정해서는 안 된단 말인가?"

라이네케는 왕의 의심에 찬 이야기를 듣자마자 말했다.

"저는 폐하께 그 보물을 요르단에서 찾아야 한다는 식으로, 여기서 그렇게 먼 곳을 가리켜 드리지 않았습니다. 어째서 제가 의심스럽게 보이신단 말입니까?

곧, 저도 폐하 곁에 있겠습니다만, 모든 것은 플란데른에서 발견될 것입니다. 우리들 중 몇 사람에게 질문해 보십시오. 다른 사람이 그것을 확인하는 게 좋을 것 같습니다. 크레켈보른! 휘스테를로! 라고 저는 말했습니다. 정말 그런 이름들입니다."

이어서 그는 토끼 람페를 불렀다. 그러자 그는 떨면서 머뭇거렸다. 라이네케가 소리쳤다.

"안심하고 나오시오. 폐하께서 그대를 간절히 바라고 계시오. 폐하께서 원하신다면, 그대는 최근에 행한 맹세와 의무에 따라 진실을 말해야 할 것이오. 그러니 그대가 알고 있는 대로 낱낱이 말씀드리고, 휘스테를로와 크레켈보른이 어디에 있는지 말해보시오! 모두가 들을 수 있도록 말이오."

"그것은 기꺼이 말씀드릴 수 있습니다. 크레켈보른은 황무지에서 휘스테를로 가까이 있습니다. 사람들은 곱사등이 시몬네트가 위조 동전을 만들기 위하여 그의 대담한 패거리들과 함께 오랫동안 머물렀던 그 숲을 휘스테를로라고 부릅니다. 제가 개 뤼렌 때문에 큰 곤경에 빠져 도망쳤을 때, 그곳에서 추위와 굶주림으로 무척 고생을 했습니다."

"그대는 다시 자리로 돌아가도 좋소. 그대는 왕에게 충분하게 보고를 드렸소."

왕은 라이네케에게 말했다.

"내가 너무 성급해서 그대의 말을 의심한 것을 용서하길 바란다. 자 곧 나를 그곳으로 안내하도록 준비하라."

"얼마나 행복한 일인 줄 모르겠습니다. 폐하와 함께 걸어서 플란데른까지 수행하는 것은 오늘의 저에게는 정말 어울리는 일입니다. 그러나 그것은 폐하께 죄가 되는 일이옵니다. 대단히 부끄럽습니다만 밝히지 않을 수 없군요. 아직도 오래오래 침묵하고 싶습니다만, 이제그림은 얼마 전에 수도사로 성직을 받았습니다. 그러나 신에게 봉사하는 것이 아니고 그는 먹는 일에만 봉사를 해서 수도원이 거의 거들이 날 정도였습니다. 그에게는 6인분의 식사가 제공되었습니다만, 모든 것이 너무 적었습니다. 그는 저에게 배고픔과 괴로움을 하소연했습니다.

마침내 제가 그의 초췌하고 병든 모습을 보았을 때 불쌍한 마음이 들었답니다. 그래서 착실히 그를 도와주었습니다. 그는 저의 가까운 친척이니까요. 그로 인해 저는 지금 교황의 파문을 당한 상태입니다. 폐하의 양해를 얻어, 이제 저는 즉시 저의 영혼을 구하고 싶습니다. 그래서 내일 동이 트면 자비와 사면을 청하기 위하여 순례자로서 로마에 가고 싶습니다. 그리고 거기서부터 바다를 건너 성지로 가겠습니다. 그렇게 해서 저의 모든 죄가 사면되면 다시 집으로 돌아오겠습니다.

그렇게 되면 명예롭게 폐하 곁에 서도 좋을 것입니다. 그렇지만 제가 오늘 당장 폐하와 함께 간다면, 모두가 다음과 같이 말하게 될 것입니다. '왕은 지금 라이네케와 함께 얼마나 서두르고 계신가! 그는 조금 전에 죽음의 선고를 당한 자이며, 특히 무엇보다도 교황의 파문에 걸려있는 자인데! 자비로우신 폐하, 폐하께선 그것을 충분히 인식하실 것입니다. 그러니 잠깐 여유를 두었으면 합니다."

"그렇다. 나로선 금시초문이로군. 그대가 파문을 당한 상태에 있다면, 내가 그대와 함께 간다는 것은 비난이 될 수도 있다. 람패나 혹은 다른 자가 나를 크레켈보른으로 안내할 수 있을 것이다. 그러나 라이네케, 그대가 파문으로부터 벗어나려고 하는 것은 유익하고 좋은 일이라 생각한다. 나는 그대가 내일 일찍 떠나도록 휴가를 주겠다. 나는 그대의 순례를 방해하고 싶지는 않으니까.

그것은 그대가 악으로부터 선으로 개전하려는 것으로 여겨지기 때문이다. 신이 그 계획을 축복하시고 또 그대의 여행이 무사하길 바라겠노라!"

6곡

여우의 눈물

이처럼 라이네케는 다시 왕의 총애를 얻게 되었다. 왕은 높은 바위 위에 올라서서 말하려고 모든 동물들에게 침묵하라고 했다. 그들은 풀밭에 지위와 출신가문에 따라 자리를 잡고 앉았다.

라이네케는 왕비 곁에 서 있었다. 왕은 대단히 신중하게 말하기 시작했다.

"조용히 내 말을 듣도록 하라. 새들과 동물들, 가난한 자도 부자도 또 큰 무리도 작은 무리도 내 말을 잘 듣도록 하라. 궁전에서나 집안에서 나의 남작들과 나의 동료들도 모두! 라이네케는 여기 나의 휘하에 있다. 조금 전까지만 해도 모두들 그를 처형하려고 생각했지만, 그는 이 법정에서 많은 비밀을 밝혀 주었다. 그래서 나는 그를 믿고, 숙고한 끝에 그에게 다시 은총을 베풀고자 한다. 나의 왕비인 여왕도 또한 그를 위해 그것을 간절히 청해왔다. 그래서 나는 그에게 은총을

베풀어, 그와 완전히 화해를 하고, 사면을 하며 생명과 재산을 주고
자 한다. 앞으로 나의 평화가 그를 보호하고 옹호할 것이다. 이제 모
두에게 일생을 두고 지킬 것을 명하노라.

그대들은 라이네케를, 그의 아내와 어린애들까지도 낮이든 밤이든
어디서든지 만나면 항상 존경해야 한다. 더욱이 나는 라이네케 문제
에 관해서는 이제 더 이상의 탄원을 듣지 않겠다. 그가 악행을 저질
렀지만, 그것은 이제 지난 일이다. 그는 틀림없이 개전의 정을 보일
것이다. 왜냐하면 그는 내일 일찍 지팡이와 배낭을 메고서 경건한 순
례자로서 로마로 갈 것이고 그곳에서 다시 바다를 건너 갈 것이다.
또한 그는 그의 죄많은 행동에 대해 완전한 사면을 얻기 전까지는 돌
아오지 않을 것이다."

흰째가 그 말을 듣고 노해서 브라운과 이제그림 쪽으로 몸을 돌렸
다. 그리고 소리쳤다.
"이제 모든 노력이 수포로 돌아갔습니다!
오, 차라리 여기서 멀리 떨어져 있다면! 라이네케가 다시 총애를
받게되면 우리 셋을 해치기 위하여 온갖 술책을 쓸 것입니다. 나는
이미 한쪽 눈을 잃었는데 나머지마저 잃을까 두렵습니다!"
"이 경우 내가 보기에는 좋은 방책이 없습니다"
브라운이 말했다. 그리고 이에 대해 이제그림도 말했다.
"일이 묘하게 되어 버렸습니다! 우리 모두 지금 왕에게 갑시다."
그는 불쾌한 심정을 억제하지 못하고 브라운과 함께 곧 왕과 왕비
앞에 다가가 라이네케를 매도하는 많은 이야기를 강렬하게 전개했

다. 그러자 왕이 말했다.

"그대들은 듣지 못했는가? 나는 그를 새로이 자비로 받아들였다."

왕은 노한 음성으로 말하고 즉시 둘을 붙잡아 묶어 가두도록 했다. 왜냐하면 왕은 라이네케로부터 들은 이야기와 그들의 역적음모를 생각해냈기 때문이었다.

이처럼 라이네케 문제는 이 순간에 완전히 돌변하고 말았다. 그는 자유로운 몸으로 풀려났고, 그의 고소자들은 감옥의 신세로 떨어져 버렸다. 심지어 그는 음험하게도 곰에게서 자신의 여행을 위한 배낭을 만들 수 있는 가죽을 곰 발바닥에서 널찍하게 뜯어 낼 수 있었다.

이처럼 그는 순례자로서 부족함이 없었음에도 왕비에게 신발까지 마련할 수 있도록 청을 드리며 말했다.

"자비로우신 왕비시여, 당신은 저를 당신의 순례자로 인정하셨습니다. 제가 그 여행을 성공리에 할 수 있도록 도와주시기 바랍니다. 이제그림은 네 개의 튼튼한 신발을 갖고 있습니다. 그가 그 중 두 개만 저의 여행을 위해 양보하는 것은 너무나 당연한 것이라 할 수 있습니다.

자비로우신 왕비시여, 저의 주군이신 폐하를 통해 그것을 마련하도록 해주십시오. 기이래문트 부인도 그녀가 가진 네 개 중 두 개는 필요가 없습니다. 그녀는 주부인지라 대부분 집안에만 머물러 있기 때문입니다."

왕비는 라이네케의 요청을 지당한 것으로 여겼다. 그리고 관대하게 말했다.

"그들은 정말 신발 한 켤레 정도는 없이 지낼 수도 있다!"

라이네케는 그에 대해 감사했고 기쁘게 허리를 굽히며 말했다.

"제가 이제 네 개의 튼튼한 신발을 얻게 되면, 더 이상 머뭇거리고 싶지 않습니다. 제가 순례자로서 곧 행하게 될 모든 선행은 왕비님도, 자비로우신 폐하께서도 그 몫을 함께 나누시게 될 것입니다. 우리는 순례지에서 어떤 방식으로든 우리를 도와준 모든 이들을 위해 기도할 의무가 있습니다. 신께서 당신의 친절에 보답해 주시길!"

이런 연유로 해서 이제그림은 앞쪽 두 발에서 그의 신발을 복사뼈까지 잃게 되었다. 그 같은 신세를 기이래문트 부인도 면할 수가 없었다. 그녀는 뒷발의 신을 벗어야 했다.

이처럼 그들 둘은 발바닥 가죽과 발톱을 잃고 비참하게 브라운과 함께 누워 죽음을 생각하고 있었다. 그러나 그 위선자는 신발과 배낭을 획득한 후, 가까이 다가와 또 한번 특히 암 늑대를 조롱했다. 그리고 조용히 말했다.

"사랑하는 부인! 자 보시오. 얼마나 그대의 신발이 내게 멋지게 어울리는지, 이것이 오래 견디기를 바라오. 그대들은 나를 파멸시키기 위해 많은 수고를 했었소. 그러나 나는 다시 노력을 했고, 파멸에서 벗어나는데 성공을 했소.

그대들이 그 일로 기뻐했었다면, 이제는 내가 기뻐할 차례요. 세상만사 다 그런 것이니 적응할 수 있어야 하오. 이제 내가 여행을 떠나면, 날마다 다정했던 친척들을 감사한 마음으로 기억할 것입니다. 그대는 나에게 기꺼이 신발을 주었소.

그 일이 후회가 되지 않도록 하겠소. 내가 죄의 사면을 얻게되면, 그대와 몫을 나누겠소. 나는 그것을 로마에서 그리고 바다 너머 성지에서 가져오겠소."

기이래문트 부인은 몹시 고통스럽게 누워, 거의 말을 할 수 없을 정도였으나, 기운을 내서 한숨을 쉬며 말했다.
"우리의 죄를 벌하도록, 신이 그대에게 모든 것을 이루어 주셨습니다."
그러나 이제그림은 브라운과 함께 침묵을 지키면서 누워 있었다. 둘은 비참하게 묶인 채 상처를 입고 있었다. 그리고 적에 의해 조롱을 당했다. 고양이 힌째는 거기에 끼어있지 않았다. 라이네케는 그에게도 앙갚음 할 수 있기를 간절히 바랐었는데 말이다.

다음날 아침 이 위선자는 그의 친척들이 잃은 신발에 부지런히 색칠을 하고서, 급히 어전에 나타나 말했다.
"폐하의 종은 순례의 길을 떠날 준비를 마쳤습니다. 폐하께선 이제 자비를 베풀어, 폐하의 목사에게 제가 확신을 가지고 여기서 떠날 수 있도록 저를 축복해 주시고, 저의 출발과 도착을 축복해 주도록 명령해 주십시오!"
왕은 숫양을 그의 목사로 임명하였다. 그는 모든 종교적인 일을 처리했고, 왕은 또 그를 서기로도 봉직케 했다. 그는 밸린이라 불렸는데 왕은 그를 불러오게 한 후 말했다.
"여기 있는 라이네케의 여행을 축복하기 위해 곧 성서 몇 구절을 읽도록 하라. 그는 로마로 가서 그 다음 바다를 건너갈 것이다. 그에게 배낭을 걸어주고 손에는 지팡이를 쥐어 주도록 하라."

"폐하, 폐하께서는 라이네케가 아직 파문으로부터 풀려나지 못한 것을 간과하고 계십니다. 제가 그를 축복하면 그것은 곧 주교에게 알려지게 되고, 제게 벌을 줄 수 있는 권한을 가진 그로부터 저는 고통을 당하게 될 것입니다. 그러나 저는 라이네케 자신에 관해서는 왈가왈부하지 않겠습니다. 그런 일이 당연하게 중재될 수도 있는 것이고 또 그것으로 해서 제가 주교 오네구른트님으로부터 전혀 비난을 받지 않는다면, 또 그에 대해 수도원장 로세문트님이나 수석사제 라피아무스님도 화를 내시지 않는다면 저는 기꺼이 폐하의 명령을 따르겠습니다."

"무슨 사설이 그렇게 요란한가? 그대는 실속 없는 수다만 떨고 있다. 그대가 라이네케를 위해 아무것도 읽지 않는다면, 그것은 나의 뜻을 거슬리는 것이다! 성당에 있는 주교가 나와 무슨 상관이 있느냐? 라이네케가 로마로 순례를 떠나는데, 그대가 그것을 방해하고자 하는가?"

밸린은 두려운 듯이 귀 뒤를 긁적거렸다. 그는 왕의 분노가 두려워서 곧 성서를 펴, 순례자를 위해 읽기 시작했으나 그렇게 진지한 태도는 아니었다. 어쨌거나 라이네케가 바란 바대로 그럭저럭 되었다고는 생각 할 수 있었다. 축복의 구절이 낭송되었고 이어 그 순례자에게 배낭과 지팡이도 주어져 모든 준비는 끝난 셈이었다. 이처럼 그는 성지순례를 거짓 위장했던 것이다.

거짓 눈물이 그 악당의 뺨을 타고 흘러내려, 마치 그가 쓰라린 참

회라도 하는 것처럼 턱수염을 적셨다. 물론 그를 괴롭힌 것은, 그를 고발한 모두를 한꺼번에 불행으로 빠뜨리지 못하고 다만 셋에게만 보복을 했다는 점이었다. 그렇지만 그는 일어서서 모두가 충심으로 그를 위해 기도해 줄 것을 청하고 급히 떠날 채비를 했다. 그는 마음에 가책을 느꼈고 두려워졌던 것이다. 그 때 왕이 말했다.

"라이네케, 그대는 왜 그렇게 서두르는가! 무슨 이유라도 있는가?"

"좋은 일을 하려는 자는 결코 멈춰서는 안됩니다. 폐하께 휴가를 청합니다. 지금이야말로 적당한 시간입니다. 폐하, 이제 떠나도록 허락해 주십시오."

"휴가를 허락하노라."

왕은 궁전의 모든 신하들에게 명령을 내려 그 거짓 순례자를 짧은 노정 동안 동행하게 했다. 그 동안 브라운과 이제그림은 둘 다 갇힌 채 비탄과 고통 속에 누워있었다.

라이네케는 이와 같이 왕의 총애를 온전히 다시 획득하고서 위풍도 당당하게 궁전을 나왔다. 배낭과 지팡이를 가지고 예루살렘에 있는 예수 그리스도의 묘를 향해 순례를 떠나는 듯 보였지만, 그곳에서 그는 아아헨의 오월주(五月柱)〔역자주: 봄이나 초여름 관습에 따라 만드는 초록 장식줄기〕처럼 아무것도 할 일이 없었다. 그의 은밀한 의도는 완전히 다른 것이었다. 이제 그는 왕을 마음대로 속이는 것이 성취되었다.

모든 고소인들이 그가 떠날 때 뒤를 따라야 했고, 또한 그를 정중히 동행해야만 했다.

그는 여전히 술책을 버릴 수가 없어 헤어지면서 말했다.

"자비로우신 폐하시여, 폐하께서는 저 두 반역자가 도망가지 못하도록 주의를 게을리 마시고, 그들을 지하감옥에 붙들어 메어놓으시기 바랍니다. 그들이 풀려나게 되면, 그 끔찍한 일을 중단하지 않을 것입니다.

폐하, 그리되면 폐하의 생명이 위험에 처하게 됩니다. 깊이 숙고하시길 바랍니다!"

그러고 나서 그는 조용하고 경건한 태도로 그곳을 떠났다. 마치 다른 것은 전혀 알지 못한다는 듯이 천진스런 모습이었다. 이어서 왕도 그의 궁궐로 돌아갔고 모든 동물들도 그의 뒤를 따라갔다. 그들은 왕의 명령대로 짧은 노정을 라이네케와 동행했던 것이다.

그 악당은 그 때 불안하고 슬픈 태도를 지었기 때문에 마음씨 선량한 많은 자들의 동정심을 불러일으켰다. 특히 토끼 람패는 대단히 슬퍼했다. 그 때 악당이 말했다.

"다정한 람패 씨, 우리 이제 헤어져야 합니까? 그대와 숫양 밸린께서 오늘 저와 함께 좀더 멀리 길을 같이 가 주신다면 얼마나 좋겠습니까! 그대들은 나에게 공동으로 협력해서 최상의 선행을 보여주었습니다. 그대들은 마음이 편안한 동반자요, 정직한 사람들입니다. 모두가 그대들에 관해서는 착한 점만 말하고 있으니, 그것이 나에게 존경심을 갖게 합니다. 그대들은 신앙심 깊고 성스런 계율에 따라 행동합니다. 그대들은 마치 내가 은자로 살았던 것처럼 그렇게 살며, 채소로만 만족해 하고, 항상 잎과 풀로 배고픔을 채우고 결코 빵이나 고기 또는 다른 특별한 음식은 원하지를 않습니다."

이처럼 그는 칭찬으로 두 약자를 우롱할 수 있었다. 둘은 그와 함께 그의 집으로 가게되었고, 말레파르투스 성 앞에 도달했다. 라이네케는 숫양에게 말했다.

"밸린 씨, 여기 밖에 머물러서 풀과 채소를 마음껏 드시기 바랍니다. 이 산에는 많은 식물들이 자랍니다. 싱싱하고 맛이 좋답니다. 나는 람패를 데리고 안으로 들어가겠습니다. 그렇지만 그에게는 슬퍼하게 될 내 아내를 위로해 주도록 부탁할 작정입니다. 만약 내가 순례자로서 로마로 간다는 것을 알게 되면, 그녀는 절망에 빠질 것입니다."

여우는 감언이설로 그 둘을 속였다. 그는 람패를 안으로 데리고 들어갔다. 그곳에서 그는 아주 근심에 사로잡혀, 애들 곁에 누워 슬퍼하는 아내를 발견했다. 왜냐하면 그녀는 라이네케가 궁전으로부터 다시 돌아오리라고는 믿지 않았기 때문이었다. 그러나 이제 그녀는 배낭과 지팡이를 가진 그를 보았다. 그것은 그녀에게 기적같이 여겨졌다.

"라이네케, 당신 말 좀 하세요, 도대체 이게 어찌된 일입니까? 무슨 일이 있었습니까?"

"이미 나는 선고를 받고 붙잡혀서 묶여있었소. 그러나 왕께서 은혜를 베풀어 나를 다시 자유롭게 해주셨소. 그래서 나는 순례자로 떠나왔고, 궁전에는 브라운과 이제그림 둘이 남아 있소. 그리고 왕은 나에게 보상으로 람패를 주었소. 우리는 그를 원하는 대로 할 수 있소. 마지막으로 왕께서 '람패는 그대를 배반한 자다.' 라고 확정판결을 내렸기 때문이오. 그래서 그는 중벌을 받게 될 것이고, 나에게 모든 것을 보상해야 할 처지요."

그러나 람패는 위협적인 말을 듣고 깜짝 놀라 당황해서 자신을 구하기 위해 급히 도망가려고 했다. 라이네케는 급히 문을 가로막았다. 살인자가 가련한 토끼의 목을 움켜잡자, 토끼는 처참할 정도로 큰소리로 도움을 청했다.

"오, 도와주시오. 밸린! 나는 이제 파멸이오! 순례자가 나를 죽이려하오!"

　그러나 그의 외침은 오래가지 못했다. 라이네케가 곧 그의 목을 물어뜯었기 때문이었다. 그는 친구를 이렇게 대접했다. 그리고 여우는 말했다.

　"자 모두 오너라. 빨리 먹도록 하자. 토끼는 기름지고 아주 맛이 좋단다. 토끼는 정말 처음으로 한 번 유용하게 쓰이는구나. 어리석은 놈. 나는 오랫동안 네 녀석을 이렇게 별러왔다. 그러나 이제 다 이루어졌으니, 이 배반자가 날 고소해도 좋다!"

　라이네케는 아내와 어린애들과 함께 달려들어서 급히 토끼 가죽을 벗겨내고, 아주 만족하게 토끼를 먹었다. 암 여우에게 토끼는 너무나 맛있었다. 그래서 그녀는 거듭거듭 외쳤다.

"왕과 왕비께 감사드립니다! 우리는 그들의 은혜로 성찬을 가졌습니다. 신이 그들에게 보답해 주시길!"

"자 양껏 드오, 이번엔 넉넉하오. 우리 모두 배부르게 먹을 수 있소, 그리고 나는 더 많은 것을 가져올 생각이오. 왜냐하면 이 라이네케에게 접근해서 나를 해치려고 생각했던 모든 자들은 결국 그 값을 치르지 않으면 안될 테니 말이오."

"나는 당신이 어떻게 풀려나게 되었는지 물어보고 싶습니다."

"내가 어떻게 멋지게 왕의 마음을 바꾸고 그와 왕비를 속였는지 이야기하기로 든다면 여러 시간이 필요할 것이오. 나는 당신에게 거짓말은 않겠소. 왕과 나 사이의 우정은 아주 약하고 오래 지속되지 않을 것이오. 만약 그가 사실을 알게되면, 그는 무섭게 격분할 것이요. 왕이 나를 다시 그의 세력 안으로 잡아넣는다면, 어떠한 금은보화로도 나를 구할 수는 없을 것이오. 틀림없이 그는 나를 추적해서 사로잡으려 할 것이요. 어떠한 자비도 나는 기대해서는 안되오. 나는 그것을 너무나 잘 알고 있소. 그는 반드시 내 목을 매달 것이니, 우리는 우리들의 생명을 구해야만 하오.

슈바벤으로 도망가도록 합시다! 그곳에서는 아무도 우리를 모르오. 그곳에서 그 고장의 풍습에 따라 삽시다. 신이여 도와주소서! 그곳에는 달콤한 음식과 좋은 것이 가득하오. 닭, 거위, 토끼, 집토끼 그리고 설탕과 대추, 무화과, 건포도 또 온갖 종류의 크고 작은 새들이 있소. 그 고장에선 버터와 달걀을 넣어 빵을 굽는다오. 물은 맑고 깨끗하고, 공기는 청명하고 온화하며, 물고기도 충분하오.

그들은 갈리넨(암탉)[역주: 라이네케는 물고기 이름대신 익살맞게 닭 이름들을 라틴어로 말함]이라 부르고, 또 어떤 것들은 풀루스(병아리), 갈루스(수탉) 그리고 아나스(오리)요. 누가 그것들 이름을 모두 부를 수 있겠오? 물고기들은 내 입맛에는 그만이오! 그곳에서라면 나는 물 속에 깊이 잠수할 필요가 없소! 내가 은둔자로 처신했을 때 나는 늘 그것을 잡아먹었소. 여보, 마누라, 우리가 마음놓고 평화를 누리려면, 그쪽으로 가야만 하오. 식구 모두 나를 따르지 않으면 안되오. 나를 이해해주길 바라오. 왕은 이번에는 나를 다시 놓아주도록 했소. 내가 터무니없는 거짓말로 그를 속였기 때문이오.

나는 엠리히 왕의 엄청난 보물을 넘겨주겠다고 약속을 했오. 나는 그것이 크레켈보른에 있다고 가르쳐 주었다오. 그들이 보물을 찾으려고, 그곳에 가게되면, 유감스럽지만 이것도 저것도 발견하지 못하고, 헛되이 땅만 파게 될 것이고, 왕은 얼마나 많이 속았는가를 알게 되어, 정말 무섭게 격분하게 될 것이요. 내가 풀려나기 전 어떤 거짓말을 생각해냈는가를 당신은 상상할 수 있을 것이오.

정말 그것은 생사가 걸린 문제였소! 한번도 나는 그보다 더 위험한 곤경에 빠진 적이 없었고, 또 그보다 더 무시무시하게 두려웠던 적은 없었소. 나는 이제 두 번 다시 그러한 위험을 당하고 싶지 않소. 무슨 일이 일어나더라도, 또다시 나를 왕의 권력에 내맡기기 위하여, 궁전으로 속아서 가는 일만은 결코 없을 것이오. 정말이지 재앙을 만난 나의 엄지손가락을 그의 입에서 빼내기 위해서는 최상의 수완이 필요했었소."

그러자 아내 에르맬린이 수심에 잠겨 말했다.

"장차 어떻게 될까요? 우리는 어딜 가더라도 가난하고 낮이 섭니다. 여기선 모든 것이 우리의 뜻대로 입니다. 당신은 농부들의 주인 노릇을 계속할 수 있습니다. 그럼에도 꼭 모험을 감행해야 합니까? 사실, 불확실한 것을 구하기 위해 확실한 것을 버린다는 것은 권장할 일도 찬양할 일도 아닙니다. 여기서 우리는 충분히 안전하게 살 수 있습니다! 성채는 얼마나 튼튼합니까!

왕이 군대를 끌고 우리를 침입해 오고 무력으로 길을 점령한다 해도, 우리는 여전히 수많은 샛길을 알고 있습니다. 모두가 비밀통로들이어서 무사히 빠져 나갈 수 있습니다. 그것은 당신이 너무나 잘 아는 일, 내가 이러쿵저러쿵 더 말할 필요가 있겠습니까?

우리를 힘과 권력으로 손안에 넣으려면, 많은 난관을 겪어야 할 것입니다. 나는 그 정도는 전혀 걱정하지 않습니다. 그러나 당신이 바다 넘어 순례지에 가겠다고 맹세한 것이 나를 슬프게 합니다. 나는 도저히 마음을 가다듬을 수 없군요. 이 일을 장차 어떻게 하면 좋을까요!"

"사랑하는 부인, 그렇게 걱정하지 마오! 내 말을 주의해서 잘 들으시오. '파멸하는 것보다는 서약하는 것이 더 좋으니라!' 라고 옛날 한 현자가 고해소(告解所)에서 말했소. 강요된 선서는 별 의미가 없는 것이오. 그 따위 맹세는 나를 조금도 방해할 수 없을 것이오! 당신이 말한 대로 나는 집에 머물겠소.

사실 나는 로마에서 별 볼일도 없고, 또 내가 수많은 맹세를 했다 해도, 결코 예루살렘을 보고 싶지도 않소. 나는 당신 곁에 머무르겠

소! 그리고 그것이 두말 할 것도 없이 더 편안하오. 내가 있는 이곳
보다 더 좋은 곳은 발견할 수가 없을 것이오. 왕이 나에게 괴로움을
주고자 한다면 나는 그것을 기다리지 않으며 안되오. 그는 나에게 너
무 강하고 세력도 거대하오. 그렇지만 다시 그를 속여서, 어릿광대의
방울 달린 벙거지를 그의 양귀까지 덮어 씌우는 것은 성공할 수 있
소. 그렇게 되면 그것은 그가 원했던 것보다 훨씬 나쁜 상태라는 것
을 알아차리게 될 것이오. 맹세하겠소!"

문밖에 있던 밸린은 초조해져서 질책하기 시작했다.
"람패, 안 갈 작정이오? 자 어서 나오시오! 빨리 가도록 합시다?"
라이네케는 그 말을 듣고 급히 나와 말했다.
"여보시오, 밸린, 람패가 당신에게 양해해 달라고 간절히 부탁을
했습니다. 그는 안에서 그의 백모님과의 해후를 기뻐하고 있소. 당신
은 기꺼이 그것을 허락할 것이라고 람패는 말했오. 조용히 먼저 가시
오. 그의 백모인 에르멜린은 그를 곧 보내지는 않을 것이오. 그대는
그와 같은 기쁨을 방해해서는 안될 것이요."
그러자 밸린이 다급하게 물었다.
"나는 람패의 고함소리를 들었소. 그게 무슨 소리였소? 나는 람패
의 소리를 들었소. 그는 나에게 소리쳤소. '밸린! 도와주시오! 도와
줘!' 그대가 그에게 나쁜 짓을 한 것은 아니요?"
그러자 영악한 라이네케가 말했다.
"내 말을 잘 들으시오! 나는 맹세했던 순례에 관해 말했소. 그 때
나의 부인이 그 말을 듣고 완전히 절망상태가 되어 치명적인 충격에

사로잡힌 채 우리 앞에 기절해 누워있었소. 람패는 그것을 보고 놀란 나머지 정신없이 소리쳤던 것이오. '도와주시오, 밸린, 밸린! 오. 지체하지 마시오. 내 백모님이 다시는 살아날 것 같지가 않소!'"

그러자 다시 밸린이 말했다.

"내가 아는 바로는, 그는 겁에 질려 소리를 질렀소."

"그는 솜털하나 다치지 않았소."

그 거짓말쟁이는 맹세를 했다.

"람패에게 무슨 나쁜 일이 생긴다면 차라리 내 자신이 그 일을 당하겠소. 아시겠소?"

라이네케는 이어서 말했다.

"폐하께서는, 내가 집에 돌아가거든 중대한 문제들에 대한 내 생각을 몇 장의 서찰로 그에게 보고해 달라고 청을 하셨소. 여보 조카님, 그 편지를 전해주시오. 나는 그것을 다 썼으니 말이오. 나는 그 안에 좋은 일들에 대해 이야기했고 가장 현명한 충고를 그에게 썼소. 람패는 무한히 만족하고 있소. 나는 즐겁게 그가 그의 백모와 함께 옛날 이야기들을 회상하는 것을 들었소. 어떻게나 수다를 떠는지! 그들은 그래도 충분치 못했오! 그들은 먹고 마시고, 서로를 반가워하고 있었소. 그 사이에 나는 편지를 썼다오."

"여보시오, 라이네케, 그대가 쓴 편지를 잘 보관해야 하는데 그것을 넣을 주머니가 없소. 만약 내가 봉인을 찢거나 한다면 화를 당하게 될텐데."

"그것은 내가 만들 수 있소. 내 생각으로는 내가 브라운의 가죽으로 만든 배낭이 마침 어울릴 것 같소. 그것은 두텁고 튼튼하니 그 안에다 편지를 넣겠소. 그것에 대해 폐하는 그대에게 특별히 보상을 하시게 될 것이요. 폐하는 그대를 정중하게 맞을 것이고, 그대는 세 번이나 환영을 받을 것이요."

숫양 밸린은 모든 것을 믿었다. 그래서 라이네케는 다시 집안으로 급히 들어와 배낭을 들고 그 안에다 재빨리 살해된 람패의 머리를 집어넣고, 어떻게 하면 밸린에게 배낭을 열어보지 못하게 할까 하고 궁리를 했다. 그래서 그는 다시 나오면서 말했다.

"배낭을 오직 목에만 메고, 조카님 행여 편지를 보려고 욕심은 내지 마시오. 그런 호기심은 화를 부르게 될 것이니 말이오. 왜냐하면 내가 편지를 꼼꼼히 봉해 놓았으니, 그대로 가져가야 할 것이요. 나도 배낭을 열 수가 없소! 내가 매듭을 정교하게 매었기 때문이라오. 나는 폐하와 나 사이의 중요한 일에는 늘 그렇게 처리를 한다오. 폐하께선 가죽끈을 보시고 언제나 그랬던 대로 짜 맞추어져 있으면 그대는 믿음직한 사신으로서 자비와 선물을 받게 될 것이요.

그렇소. 그대가 왕을 만나게 되고 그의 곁에서 보다 신망을 얻고 싶거든, 마치 그대가 심사숙고해서 이 편지에 관여한 것처럼 그가 알아채도록 하시오. 나를 도와준 것처럼 말이오. 그것은 그대를 이롭고 명예롭게 할 것이요."

밸린은 너무나 기뻐서, 그가 서 있던 자리에서 환희에 벅차 이리저리 껑충껑충 뛰면서 말했다.

"라이네케! 조카님, 이제야 그대가 나를 사랑하고, 나에게 영광을 주려함을 알았소. 내가 그토록 좋은 생각들과 아름답고 우아한 말을 함께 가져가면 궁전의 모든 신하들 앞에서 칭찬을 받게 될 것이오.

왜냐하면 나는 그대처럼 글을 아름답고 우아하게 쓸 줄을 모르기 때문이오. 그렇지만 그들은 그것을 내가 쓴 걸로 알것이오.

감사하오. 내가 당신을 따라 여기에 온 것이 이처럼 좋을 줄은 몰랐소. 이제 말해보시오. 무슨 할 말이 더 있는지? 람패가 이 시간에 여기서부터 나와 같이 갈 수 없는지?"

"갈 수 없소! 내 말을 믿으시오!"

악당은 말했다.

"아직 그것은 불가능하오. 천천히 먼저 가시면, 람패는, 내가 그에게 몇 가지 중대한 일을 은밀히 맡기는 대로 곧 당신을 뒤따라가게 될 것이오."

"신께서 늘 함께 하시기를!

자, 그렇다면 혼자 가겠소이다."

밸린은 급히 떠나 정오쯤 해서 궁궐에 도착했다.

왕이 밸린을 보고 동시에 배낭을 바라보았을 때 말했다.

"말하라, 밸린, 그대는 어디서 오는 길이며, 라이네케는 어디에 있느냐? 그대는 라이네케의 배낭을 메고 있는데 어찌된 일이냐?"

"자비로우신 폐하, 그는 저에게 두 통의 편지를 전해달라고 했습니다. 우리는 그것을 함께 생각했었습니다. 폐하께서는 아주 중대한 것들이 공들여 쓰여져 있는 것을 보시게 될 것입니다. 그리고 그 편지에 들어있는 것에는 저도 조언을 했습니다. 여기 배낭에 그것이 들어 있습니다. 그는 매듭을 묶어 놓았습니다."

왕은 곧 해리에게 명해 그것을 풀도록 했다. 그는 공증인이며 왕의 서기로서 보케르트라고 불렸다. 그의 일은 어렵고 중대한 편지들을 어전에서 읽는 것이었다. 그는 많은 언어를 이해하고 있었기 때문이었다. 왕은 또한 힌쩨도 그곳에 오도록 했다. 그래서 보케르트가 힌쩨와 힘을 합하여 매듭을 풀자, 그들은 살해된 토끼의 머리에 깜짝 놀라 끄집어내 들고 소리쳤다.

"이걸 편지라고 하다니! 정말 끔찍하구나! 누가 이걸 썼단 말인가? 누가 이걸 설명할 수 있는가? 이것은 람패의 머리입니다. 그건 누가 보아도 틀림없습니다."

왕과 왕비는 경악했다. 왕은 머리를 떨어뜨리고 말했다.

"오! 라이네케! 내가 네놈을 다시 붙잡을 수 있다면."

왕과 왕비는 한없이 탄식했다.

"라이네케가 나를 속였구나!

오! 나는 그 녀석의 뻔뻔스런 거짓말을 믿지 않았어야 했는데!"

왕은 소리치면서 외쳤다. 그는 어쩔 줄을 몰라했다. 그와 함께 모든 동물들도 몹시 당혹해했다. 그러나 왕의 가까운 친척인 루파르두스가 말을 꺼냈다.

"맹세코 말씀드리지만! 나는 폐하께서 왜 그렇게 탄식하시는지 이해할 수 없습니다. 그리고 왕비께서도. 두 분 다 비통한 생각을 버리시길 바랍니다. 용기를 내십시오! 자칫하면 모두 앞에서 수치를 당하시게 될 것입니다. 당신은 군주가 아니십니까? 여기 있는 모두가 당신에게 순종하지 않으면 안됩니다."

"옳은 말씀이오, 내가 진심으로 탄식하는데 대해 그렇게 언짢게 생각지 마시오. 나는 유감스럽게도 잘못을 저질렀소. 그 배반자는 내 친구들을 벌하도록 나를 뻔뻔스런 거짓말로 우롱했소. 두 친구가 해를 당한 채 누워 있소. 브라운과 이제그림 말이오. 어떻게 내가 마음 깊이 후회하지 않을 수 있겠소? 내가 궁전의 으뜸가는 남작들을 그렇게 곤궁에 빠뜨린 것과 그 거짓말쟁이를 그토록 전폭적으로 믿은 것 그리고 조심성 없이 행동한 것 등은 모두가 나의 명예를 실추시킨 짓이오. 내가 너무 성급하게 왕비의 말을 따랐소. 그녀는 속아넘어가 그를 위해 부탁을 하고, 간청을 했소.

오! 내가 좀더 의연하게 일을 처리해야 했었는데! 이제는 후회를 해도 너무 늦었소. 어떤 충고도 소용이 없소."

그러자 루파르두스가 말했다.

"폐하, 제 청을 들으시고, 더 이상 슬퍼하지 마십시오! 나쁜 일은 다시 바르게 될 수 있습니다. 곰과 늑대 그리고 암 늑대에게 보상으로 숫양을 주십시오. 왜냐하면 밸린은 아주 공개적으로 그리고 뻔뻔스럽게도 그가 람패의 죽음에 관여했다고 고백했기 때문입니다. 그는 이제 그 값을 치러야 합니다! 그리고 우리 모두 함께 라이네케에게로 돌격해서 가능한 한 그 자를 사로잡아, 곧바로 목을 매달아야 합니다. 그가 말을 하도록 두면 제멋대로 지껄이게 될 것이고, 그렇게 되면 목을 매달 수 없게 됩니다. 그래야만 저는 고통받고 있는 저들을 화해시킬 수 있다고 확신합니다."

왕은 그 말을 듣고 기뻐하면서 루파르두스에게 말했다.

"그대의 조언은 내 마음에 드오. 그러니 급히 가서 두 남작을 내게로 데려오도록 하오. 그들은 다시 명예를 회복해서 회의 때 내 옆에 앉도록 해야겠소. 그리고 여기 궁전에 있었던 모든 동물들을 하나도 빠짐없이 소환토록 하오.

모두들 라이네케가 얼마나 뻔뻔스레 거짓말을 했으며, 어떻게 여길 빠져나가 밸린과 함께 간 람패를 죽였는가를 직접 알도록 해야겠소.

모두는 늑대와 곰을 공경하는 마음으로 맞이해야 할 것이며, 나는 보상으로 그들에게, 그대가 조언한 대로 배반자 밸린과 그의 친척들을 영원히 주겠소."

그래서 루파르두스는 서둘러 가서 묶여있는 브라운과 이제그림을 만났다. 그는 그들을 풀어주고 말했다.

"위안의 좋은 소식을 듣도록 하오! 나는 폐하의 확고한 평화와 구류면제의 명을 가져왔소. 그대들은 내 말을 잘 듣기 바라오.

폐하께서 그대들에게 고통을 주었다면, 그것은 폐하 자신에게도 괴로운 일이오. 폐하께선 그것을 그대들에게 전하라 하셨고 그대들의 마음을 기쁘게 해주라고 하셨소. 그래서 보상으로 그대들은 밸린과 그의 종족들을 또 모든 친척들도 함께 영원히 받게 되었소. 숲에서건, 들에서건 즉시 그들을 붙잡을 수 있소. 그들을 발견하게 되면 그들은 모두 그대들에게 주어진 것입니다.

그 다음 자비로운 폐하께서는 그대들을 배반한 라이네케를 어떠한 방법을 써서 해치더라도 괜찮다는 것을 그대들에게 허락하셨소. 그와 그의 아내, 어린애들 그리고 모든 그의 친척들을 그대들이 만나게 되면 어디에서든지 박해를 가해도 좋소. 아무도 그대들을 방해하지 않을 것이오.

이 값진 자유를 나는 왕의 이름으로 그대들에게 알리는 것이오. 왕과 그를 따르는 모두가 그것을 지킬 것이오! 이제는 그대들을 불쾌하게 했던 일들을 잊어버리고 왕에게 충성하고 그의 말을 따를 것을 맹세하도록 하오. 그대들이 명예를 걸고 맹세할 수 있다면, 폐하께서는 그대들을 결코 다시는 해치지 않을 것이오. 충고하건대 이 제안을 수락하도록 하시오."

이렇게 해서 보상은 결정되었다. 숫양 밸린은 그 보상을 자신의 목으로 지불해야만 했고, 모든 그의 친척들은 앞으로 언제나 이제그림의 강력한 동족에 의해 박해를 당하게 되었다. 이렇게 해서 영원한 증오가 시작되었다. 이제 늑대들은 망설임이나 부끄럼 없이 새끼 양, 어미 양 가리지 않고 사정없이 달려들었다. 그들은 그러한 권리가 그들 편에 있다고 믿었다.

그들의 분노는 아무것도 용서하지 않았으며, 결코 화해될 수가 없었다. 왕은 브라운과 이제그림을 그리고 그들의 명예를 위해 궁전회의를 열 이틀간이나 연장시키게 했다. 왕은 그들의 마음을 풀어주는 데 그가 얼마나 진지하게 노력했는가를 널리 알리고자 했다.

7곡

사자 왕 노벨의 분노

이제 궁전은 대단히 잘 정돈되고 훌륭하게 준비를 했으며, 많은 기사들이 그곳으로 왔다. 모든 동물들을 뒤따라 온갖 새들이 날아왔다. 그들 모두는 고통을 이겨낸 브라운과 이제그림을 높이 공경했다. 일찍이 서로 모여 사귀는 최상의 모임이 흥겨운 축제 분위기 속에서 이루어졌다. 트럼펫과 북소리가 울려 퍼졌고, 모두가 흔쾌히 궁중무용을 즐겼다. 원하는 것은 넘치도록 준비되어 있었다.

사신들은 연달아 각처로 달려가 손님들을 초대했고, 초대받은 새들과 짐승들은 쌍쌍이 짝을 지어 밤낮으로 길을 서둘러 왔다.

그러나 여우 라이네케는 집에만 꾹 박혀 있었다. 이 거짓 순례자는 궁전으로 갈 생각을 하지 않았다. 그를 반가워할 자는 아무도 없었기 때문이다. 오랜 습관대로 술책을 꾸미는 일이 이 악당에게는 더 마음에 들었다. 궁전에서는 더없이 아름다운 노래들이 울려 퍼졌고, 손님들에겐 음식과 술이 넘칠 듯이 대접되었으며, 마상 경기와 칼싸움 경기가 벌어졌다. 모두가 한 덩어리가 되어 춤추고 노래를 불렀고 사이사이로 피리 소리가 요란하게 울려 퍼졌다. 왕은 그의 넓은 방에서 유쾌하게 그것을 내려다보았다. 그렇게 법석대는 것이 그의 기분에 흡족하여 흔쾌하게 그 광경을 보았다.

이렇게 해서 8일이 지나갔는데(왕은 그의 일급 남작들과 함께 식탁에 앉아 있었고, 그 옆에는 왕비가 앉아 있었다) 그 때 온몸에 피를 흘리며 집토끼가 어전으로 다가와 슬픔을 참지 못하며 말했다.

"주인이신 폐하! 그리고 여기 계신 모든 분들이여! 저를 불쌍히 여기소서!

여러분들은 제가 이번에 라이네케로부터 받은 그 악독한 배반과 살인 행위를 거의 믿지 못할 것입니다. 어제 저는 그와 마주치게 되었습니다. 여섯 시 정도였습니다. 그 때 저는 말레파르투스 성 앞의 길을 지나가고 있었습니다. 저는 그 길을 평화롭게 지나갈 수 있다고 생각했습니다. 그는 순례자의 옷차림을 한 채 아침 기도서를 읽고 있는 것처럼 하면서 그의 성문 앞에 앉아 있었습니다. 그 때 저는 급히 제가 가던 길을 지나 폐하의 궁전으로 오려고 했습니다.

그는 저를 보자 곧 몸을 일으켜 제 앞을 막았습니다. 저는 그가 인사를 하려는 줄로 생각했습니다. 그런데 그는 저를 앞발로 사정없이 움켜잡았습니다. 양쪽 귀 사이에 저는 억센 발톱을 느끼고 정말 목숨을 잃는구나, 생각했습니다. 발톱은 길고도 날카로웠습니다. 그는 저를 땅바닥에 내려 눌렀습니다.

다행히도 저는 그의 완력에서 벗어나 몸이 자유로워지자 도망을 칠 수 있었습니다. 그는 으르렁거리며 뒤를 쫓아와 나를 붙잡겠다고 맹세를 했습니다. 저는 숨이 턱에 닿도록 도망을 쳤습니다만 불행히도 그에게 한쪽 귀를 잃고 말았습니다. 그래서 이처럼 머리에서 피를 흘리며 왔습니다.

보십시오, 이 네 개의 할퀸 구멍들을! 그가 얼마나 격렬하게 달려들었는지 모두들 이해하실 것입니다. 저는 하마터면 그곳에서 죽음을 당할 뻔했습니다. 이제는 위험을 생각하고 폐하의 통행권을 숙고해야 합니다! 이토록 도적들이 길을 점령하고 모두를 헤치는 판에,

누가 여행을 하려 할 것이며, 누가 폐하의 궁전으로 오려 하겠습
니까?"

이렇게 집토끼가 말을 마치자마자 말많은 까마귀 메르케나우가 들
어와 말했다.

"위엄이 높고 자비로우신 폐하시여!

저는 슬픈 이야기를 폐하께 가져왔습니다. 슬픔과 불안 때문에 무
슨 말을 해야 할지 모르겠습니다. 너무 두려워서 아직도 가슴이 터질
것 같습니다. 그토록 슬픈 일을 저는 오늘 당했습니다. 저는 아내 샤
르페넵베와 함께 오늘 아침 일찍 길을 가고 있었습니다. 그런데 라이
네케가 황야에서 죽은 듯이 두 눈을 까뒤집고 누워 있었습니다. 쫙

벌린 입에서는 혓바닥이 삐쳐 나와 있었습니다. 그 때 저는 깜짝 놀라서 큰 소리를 지르기 시작했습니다. 그는 꿈적도 하지 않았습니다. 저는 소리지르고 탄식하며 외쳤습니다.

'오, 이런 슬픈 일이, 오!

아, 그가 죽다니! 얼마나 슬픈 일인가! 얼마나 유감스런 일인가!'

제 아내도 역시 슬퍼했습니다. 우리는 함께 연민의 정에 잠겼습니다. 저는 그의 배와 머리를 만져 보았고, 제 아내도 마찬가지로 다가와 그에게 생명의 숨길이 남아 있는지 들어보려고 그의 턱에 귀를 대고 엿들었으나 아무런 소리도 듣지 못했습니다.

우리 둘은 그 점에 대해서 맹세할 수 있습니다. 그런데 이제 불행을 들어보십시오. 그녀가 슬퍼하며 방심한 채 그 악당의 입 근처에 부리를 가까이하자 그것을 알아차린 이 원수는 잔인하게도 그녀에게 덤벼들어 머리를 물어뜯어 버렸습니다. 얼마나 놀랐는지 말하고 싶지도 않습니다.

'오, 저런! 오, 저런!'

저는 소리치며 울부짖었습니다. 그 때 그는 날쌔게 몸을 날려 단숨에 저를 향해 달려들었습니다. 그러자 저는 있는 힘을 다해 급히 도망을 쳤습니다. 제가 그렇게 날쌔지 않았더라면, 저도 마찬가지로 붙잡혔을 것입니다. 간신히 저는 그 살인자의 발톱을 벗어나 급히 나무 위로 날아갔습니다! 하지만 오, 차라리 이 불쌍한 목숨을 구하지 않았더라면! 저는 아내가 그 악당의 발톱에 잡혀 있는 것을 보았습니다.

아! 그는 포획물을 곧 삼켜 버렸습니다. 그는 아직도 몇 마리 더 먹고 싶은 듯 매우 탐욕스럽고 굶주려 보였습니다. 다리 하나 뼈조각 하나 남기지 않았습니다. 그와 같은 고통을 저는 목격했습니다! 그는 먹고 난 후 급히 그곳에서 사라졌지만, 저는 떠날 수가 없어 슬픔에 찬 가슴으로 그 자리로 날아갔습니다. 거기서 저는 다만 아내의 피와 깃털을 몇 가닥 발견했을 뿐입니다. 저는 깃털을 그 범행의 증거로 여기 가져왔습니다.

아, 불쌍히 여기소서, 자비로우신 폐하시여, 이번에도 범죄자를 용서하시고 정당한 복수를 망설이신다면 폐하의 평화와 보호는 그 위엄을 잃게 될 것입니다.

그것에 대해 이러쿵저러쿵 이야기된다면 폐하께선 불쾌해질 것입니다. 왜냐하면 벌을 줄 수 있는 권한을 가진 자가 벌을 주지 않는다면 그 범죄의 책임이 그에게 있다라고 말할 것이기 때문입니다. 더욱이 그렇게 되면 모두가 주인 행세를 하려들 것입니다. 폐하의 위엄은 훼손될 것입니다. 숙고하시기 바랍니다."

이렇게 궁전은 선량한 집토끼와 까마귀의 탄원을 듣게 되었다. 노벨 왕은 진노하며 외쳤다.

"내 진정한 신의를 걸고 맹세하거니와, 이 파렴치한을 내가 벌하겠다. 그런 짓은 오랫동안 내버려둬선 안 된다! 나의 안전 보장과 명령을 조롱하다니! 그것을 참을 수는 없다. 나는 그 악당을 너무 가볍게 믿고, 그를 석방하도록 해서, 그 자신이 순례자로서의 준비를 갖추고 마치 로마로 가는 것처럼 이곳을 떠난 것을 보았다. 그 거짓말쟁이가 그토록 우리에게 모든 것을 거짓으로 믿게 했다니! 그 녀석은 어떻게 왕비의 중재를 그리 쉽게 얻을 수 있었단 말인가! 그녀가 나를 설득했고, 그래서 그는 그만 석방되어 버렸다. 그러나 나는 아녀자의 조언에 따른 것을 쓰디쓰게 후회하는 마지막 인물이 되지는 않을 것이다. 만약에 우리가 그 악당을 더 이상 벌받지 않고 뛰어다니게 내버려둔다면, 우리 모두가 부끄러워해야 한다.

그는 항상 악한이었고 앞으로도 변함이 없을 것이다. 그대들 모두 함께, 우리가 어떻게 그를 붙잡아 처형할 것인가를 논의하기 바라노라! 우리가 진지하게 그 문제를 다룬다면, 곧 해결할 수 있을 것이다."

왕의 이 말은 이제그림과 브라운의 마음을 흡족하게 했다. 그리고 생각했다.

'이제야 일이 끝장을 보게 될 것 같구나!'

그러나 그들은 감히 말할 용기가 나지 않았다. 그들은 왕이 기분을 상해 극도로 화를 내고 있는 것을 보았기 때문이었다. 그러자 여왕이 드디어 말했다.

"자비로우신 폐하시여, 그렇게 성급하게 화를 내시거나 맹세의 말을 하셔서는 안됩니다. 자칫 폐하의 위신을 해치고 폐하의 말씀이 그 의미를 잃을까 두렵습니다. 왜냐하면 우리는 아직 진실을 백일하에 본 적이 없습니다. 피고의 말도 우선 들어볼 수 있어야 합니다. 만약 그가 출두를 한다면, 라이네케를 험담했던 많은 자들이 침묵을 지킬지도 모릅니다. 양편의 말을 항상 들을 수 있어야 합니다. 많은 뻔뻔스런 자들이 자신의 범죄를 은폐하기 위하여 탄원을 하기 때문입니다. 저는 라이네케를 영리하고 사려가 깊다고 여깁니다. 저는 악을 생각지 않고 항상 폐하의 최선만을 염두에 두고 있습니다. 비록 그것이 지금 다르게 나타났지만 말입니다.

물론 그의 생활이 많은 비난을 받고 있습니다만, 그의 조언은 따를 만한 것이었습니다. 더군다나 그의 종족들이 확고하게 단결돼 있는 것도 염두에 두셔야 할 줄 압니다. 따라서 그 사건은 성급하게 다룬다고 해서 개선되어지지는 않습니다. 폐하께서 결정하신 것은, 결국에 주인이요 군주로서 성취하시게 될 것입니다."

루파르두스가 이어서 말했다.

"폐하께선 많은 이야기를 들으셨으니, 이제 이 사람의 말도 들으시기 바랍니다. 그를 출두하도록 하십시오. 그리고 폐하께서 그 다음 결정하신 것을 곧 수행토록 하십시오. 아마 여기 모인 모든 신하들이 고귀하신 왕비님과 함께 그와 같은 생각이리라 여겨집니다."

이제그림이 다음에 말했다.

"모두가 최상의 조언을 해야 할 줄 압니다! 루파르두스 씨, 내 말을 들어보시오. 만약 라이네케가 지금 여기 있어 이 둘의 이중 고소를 벗어난다 해도 그의 생명을 잃게 하는 것은 내게는 아주 쉬운 일입니다. 하지만 우리가 그를 수중에 넣을 때까지 나는 침묵하겠습니다. 그대들은 잊었소? 그가 폐하를 어떻게 보물 운운하며 속였는지? 폐하께선 그 보물을 크레켈보른 옆에 있는 휘스테를로에서 찾았어야 했습니다. 그러나 그것은 정말 터무니없는 거짓말이었습니다. 그는 모두를 속였고, 나와 브라운에게는 치욕을 주었습니다. 그러나 나는 목숨을 걸 각오입니다. 그 거짓말쟁이는 황야에 출몰해 이리저리 배회하면서 약탈과 살인을 행하고 있습니다.

폐하와 모든 신하들이 좋다고 여기신다면 그를 여기 오도록 하십시오. 그러나 그가 진정으로 궁전에 오려고 했다면 이미 여기 나타났을 것입니다. 폐하의 사신들이 각처로 다니면서 손님들을 초청했는데도 그는 집에 박혀 있었습니다."

그러자 왕이 말했다.

"왜, 우리가 오랫동안 여기서 그를 기다려야 한단 말인가? 그대들 모두는 6일날 나를 따를 준비를 하라. 이것은 명령이니라! 나는 이제 진정으로 이 불평에 끝장을 내고자 한다. 여러 신하들은 어떻게 생각하는가? 그가 마침내는 나라를 파멸시키지 않으리라고 단언할 수 있겠는가? 모두들 할 수 있는 한 준비를 잘 하고 갑옷을 착용하고, 칼과 창과 각종 무기로 무장하고 나오도록 하라. 그리고 용감하고 늠름하게 행동하라! 모두들 내가 출정 중에 기사 서임식을 할 수 있다는 점을 기억하고 훈장을 받도록 하라.

우리는 말레파르투스 성을 점령하자. 그가 집에 무엇을 가지고 있는가, 보도록 하자."

그러자 모두가 함께 소리쳤다.

"명령대로 따르겠나이다!"

이렇게 왕과 그의 신하들은 말레파르투스 성체로 몰려가 여우를 응징할 생각이었다. 그러나 회의에 앉아 있었던 그림바르트는 은밀히 자리를 빠져나와, 라이네케에게 그 소식을 전해 주려고 급히 갔다. 그는 슬픔에 차 길을 가면서 혼자 탄식하고 말했다.

"아, 이제 어찌 될 것인가, 숙부님! 온 종족이 진정으로 슬퍼합니다. 당신은 우리 모두의 지도자이십니다! 재판에서 당신은 우리를 대변해 주셨고, 우리는 안전했습니다. 아무도 당신과 당신의 그 노련함에는 맞설 수 없었습니다."

그는 성에 도착해서 라이네케가 밖에 앉아 있는 것을 보았다. 그는 이제 막 두 마리의 어린 비둘기를 붙잡았던 것이다. 그들은 둥지에서 밖으로 날아 보려고 시도를 했는데, 아직은 날개가 너무 짧은 탓으로 땅바닥으로 떨어졌고, 다시 위로 올라갈 상태가 못되어서 라이네케가 그들을 붙잡았던 것이다.

그는 자주 사냥을 하려고 주위를 돌아다녔던 것이다. 그 때 그는 멀리서 그림바르트가 오는 것을 보고, 기다렸다가 인사를 한 후 말했다.

"조카여, 내 모든 종족을 대신해 그대가 오는 것을 환영하오! 무엇 때문에 그렇게 달려오는가? 숨까지 헐떡거리며! 무슨 새로운 일이라도 있었소?"

"내가 드릴 소식은 좋은 것이 아니오. 보시다시피 나는 놀라움에 차 달려왔습니다. 당신은 생명과 재산을 모두 잃게 되었습니다! 나는 왕의 분노를 보았습니다. 그는 당신을 붙잡아 처형하겠다고 맹세를 했습니다.

그는 모두에게 명령을 내려서 6일날 활과 창, 총과 수레로 무장을 하고 여기 나타나도록 명령을 내렸습니다. 모든 것이 당신을 향해 덮쳐 오고 있습니다. 시기를 놓치지 말고 잘 생각하십시오!

내가 당신의 불행을 염려하는 동안, 이제그림과 브라운은 다시 왕과 더 좋은 신뢰 관계를 회복하고 모든 것이 그들이 원하는 대로 되고 있습니다. 이제그림은 당신을 가장 흉악한 살인자요 강도로 소리 높여 욕하고, 왕을 충동질하고 있습니다.

그는 총사령관이 될 것입니다. 당신은 그것을 몇 주 후면 보게 될 것입니다.

집토끼도 왔었고 또 까마귀도, 그들은 당신을 상대로 대단한 비난을 어전에서 했습니다. 그래서 이번에 왕이 당신을 체포하면 당신은 더 이상 살 수가 없습니다. 나는 그것이 두렵습니다."

"그것이 전부요? 그 정도라면 나에게는 아무것도 불안하지 않소. 왕이 그의 전체 고문들과 함께 거듭거듭 다짐하고 맹세한다 해도 말이오. 내가 몸소 거기에 나타나기만 한다면, 나는 그들 모두를 제압할 수 있소. 왜냐하면 그들이 조언을 하고 또 조언을 해도 아무도 적절한 것을 모르니 말이오.

사랑하는 조카여, 그 일은 내버려두고, 날 따라와 그대에게 주는 것이 무엇인지나 보기 바라오. 나는 방금 어리고 통통한 비둘기를 잡았소. 이것은 나에게 무엇보다도 가장 맛있는 것이라오! 소화가 잘 되기 때문에 그냥 삼키기만 하면 되오. 뼈는 달콤하고, 입에서 살살 녹을 거요. 반은 우유고 반은 피오. 가벼운 식사 거리가 될 것이오. 내 마누라도 같은 취향이오. 자, 오시오, 그녀가 우리를 친절하게 맞아 줄 거요. 그렇지만 그대가 무슨 일로 여기 왔는지 눈치채게 해서는 안됩니다! 사소한 일도 그녀 가슴을 놀라게 하고 괴롭게 만들 테니 말이오.

내일 내가 그대와 같이 궁전으로 가겠소. 내가 바라는 것은, 사랑하는 조카여, 그대가 나를 친척답게 도와주는 것이오."

"내 생명과 재산을 걸고 기꺼이 당신을 도울 의무가 있습니다."

오소리가 말하자, 라이네케가 대답했다.

"그대의 말 가슴에 새겨 두겠소. 내가 오래 산다면, 그대를 이롭게 하겠소!"

"항상 당당하게 사람들 앞에서 최선을 다해 당신 일을 방어하십시오. 그들은 당신 말을 들을 것입니다. 루파르두스 역시 그 점에 동의 했으므로 당신이 충분히 방어하기 전까지는 당신을 벌할 수 없습니다. 왕비 역시 똑같은 의견이었습니다. 형세를 잘 파악해서 이용하도록 하십시오!"

"걱정 마시오. 모든 것이 분명하게 판명될 거요. 분노한 왕이 내 말을 들으면 마음이 변할 것이고, 결국에는 나에게 이롭게 될 테니까."

그렇게 해서 둘은 안으로 들어가, 친절한 여주인에게서 대접을 받았다. 그녀는 준비한 것을 가져왔다. 비둘기를 나누었고, 그것은 먹음직스러웠다. 모두가 각자 자기 몫을 먹었으나 만족하게 배부르지는 않았다. 먹을 수만 있었다면 여섯 마리 정도는 족히 해치웠을 것이다.

라이네케가 오소리에게 말했다.

"털어놓고 말 좀 해보오. 내 아이들은 훌륭하오. 누구에게나 맘에 드는 아이들이오. 그대는 로셀이 맘에 드는지, 작은 녀석 라인하르트도 맘에 드는지 말해보오. 그들은 언젠가는 우리 종족을 번식시키고 점차 자신도 성장 할 것이오. 그들은 아침부터 저녁까지 내게 기쁨을 준다오. 하나가 닭을 잡으면 다른 녀석은 병아리를 재빨리 낚아채고, 또 거위와 도요새를 집어 오기 위해 물 속으로도 용감하게 들어간답니다. 나는 그들을 자주 사냥에 내 보냅니다. 그러나 나는 무엇보다도 영리함과 어떻게든 그들이 올가미와 사냥꾼과 개들 앞에서 지혜롭게 자신을 방어할 수 있는 신중함을 가르쳐야만 합니다. 그들이 올바른 방법을 이해하고 합당한 훈련을 마치면, 그들은 날마다 먹이를 잡아 집으로 가져올 것이고 그렇게 되면 집에는 아무것도 부족한 것이 없게 될 것입니다. 왜냐하면 그들은 나를 닮아서 잔인한 놀이를 하기 때문이오.

그들이 시작을 했다 하면 여타의 동물들은 전투에 지고, 그들에게 목을 물려 더 이상 버둥질 칠 수가 없다오. 그것은 라이네케 식 방법이오, 놀이랍니다. 그들은 민첩하게 공격하고 도약은 정확하다오. 그래서 그들은 내게 더할 나위 없이 훌륭하다고 생각되오!"

"그것은 명예가 되는 일이며, 바라는 대로의 자식을 갖고, 그가 생업에 곧 익숙해지고 부모를 돕는다는 것은 더할 수 없이 기쁜 일입니다. 나는 우리 종족 가운데 그런 아이들이 있다는 것을 알게 되어 진심으로 기쁩니다. 잘 되길 바랍니다."

"오늘은 이만 끝내고 잠자리로 갑시다. 우리는 모두 피곤하고, 특히 그림바르트는 더욱 피곤할 테니."

그래서 그들은 마른풀과 잎들로 가득 덮인 방에 누워 함께 잠을 잤다. 그러나 라이네케는 걱정 때문에 잠에서 깨어났다. 이 사건은 좋은 묘책이 필요했다. 그래서 그는 생각에 잠겨 아침을 맞았다. 그는 잠자리에서 일어나 부인에게 말했다.

"슬퍼하지 마시오. 그림바르트가 나와 함께 궁전에 갈 것을 청했소. 그대는 집에서 안심하고 기다리기 바라오. 누가 나에 대해 이런저런 말을 해도 항상 좋은 쪽으로 생각하고 성을 잘 지켜 주시오. 그러면 모든 것이 잘 될 것이오."

그러자 부인 에르멜린이 말했다.

"참으로 이상하군요! 당신을 그토록 나쁘게 생각하는 궁전으로 또다시 가시겠다고 나서다니요. 그럴 필요가 있습니까? 나는 이해할 수가 없군요. 지난 일을 생각해 보세요!"

"물론이오, 그것은 농담이 아니었소. 모두가 나를 해치려 했고, 나는 말할 수 없는 곤궁에 빠졌소. 그러나 많은 일이 태양 아래서 일어나는 법이오. 그래서 사람들은 추측과는 반대로 이런저런 것들을 체험하게 된답니다. 그리고 누가 무엇인가를 가지고 싶다고 할 때, 그것이 즉시 어루어지길 원하는 법이오. 그러니 나를 가도록 해주시오. 나는 그곳에서 해야 할 일이 많소. 집에서 안심하고 지내도록 부탁하오. 당신은 두려워 할 필요가 없소. 기다리고만 있으시오. 당신은 틀림없이 오륙 일 후면 나를 다시 보게 될 것이오."

이렇게 그는 부인과 헤어져 오소리 그림바르트와 동행을 하게 되었다.

8곡

여우의 친척들

그림바르트와 라이네케가 멀리 들판을 지나 곧장 궁전 가는 길로 접어들었을 때 라이네케가 말했다.

"일이 어떻게 될지 모르지만 이번 여행은 잘한 것이라는 예감이 듭니다.

숙부, 이제 내 말을 좀 들어보오! 내가 지난번 숙부에게 내 죄를 고백한 이후 나는 또다시 죄 많은 몸이 되어 버렸소. 크고 작은 사건 하며, 내가 그 당시는 잊고 있었던 일을 들어보오.

나는 곰의 가죽과 털로 나에게 유용한 물건을 만들었고, 늑대와 암늑대에게는 그들의 신발을 나에게 양도하도록 해서, 그들에게 분풀이를 했었소. 나는 거짓말로 그 일에 성공했소. 왕도 지금은 분노 하고 있을 것이오. 나는 그를 엄청난 거짓말로 속였던 것이오. 나는 그에게 동화를 이야기했고, 금은보화를 날조했던 것이오. 그러나 나는 그 정도로는 만족치 않고 람패를 죽였고, 그 죽은 자의 머리를 밸린에게 들려서 보냈소. 왕은 분노에 차 그를 보았고, 밸린은 그 값을 치러야 했소. 그리고 나는 집토끼의 귀 뒤를 힘으로 내려 눌러서 거의 목숨을 잃을 정도였는데, 불쾌하게도 도망을 갔소. 또한 내가 고백해야 할 것은 까마귀의 탄원은 정당하다는 것이오. 나는 그의 아내 샤르패넵베를 잡아먹었소. 이것이 내가 지난번 고해를 한 후 저지른 짓들이오. 그러나 그 당시 나는 또 한가지 잊은 것이 있는데, 그것을 이야기하고 싶소. 내가 행한 악행을 들어주기 바라오.

왜냐하면 나는 그런 것을 혼자 속으로만 담아두고 싶지 않소. 나는 그 당시 그것을 늑대의 등에다 덮어 씌었소. 우리는 함께 카키쓰와 엘버딩엔 사이를 걸어가고 있었는데 멀리서 망아지를 거느린 암말을 보았소. 모두가 하나같이 까마귀처럼 검었소. 망아지는 태어난 지 넉 달쯤 되어 보였소. 굶주림으로 괴로워 하던 이제그림이 그 때 부탁을 했었소. '암말이 우리에게 망아지를 팔 수는 없는지 좀 물어보아 주시겠소? 그리고 얼마면 되는지?'

그래서 나는 그녀에게 가서 감히 흥정을 했소.

'부인, 내가 보기에 망아지는 당신 것 같은데, 파실 마음이 있으신지 꼭 좀 알고 싶습니다.'

그러자 그녀가 대답했소. '당신이 값을 잘 준다면, 팔 수도 있습니다. 그리고 내가 팔고 싶은 값을 당신은 읽을 수 있을 텐데, 그것은 내 뒷발에 쓰여져 있습니다.'

그 때 나는 그녀가 무엇을 원하는지 알아차리고 대답했소.

'솔직히 말씀드려야겠군요. 나는 읽고 쓰는 것이 별로 시원치 않습니다. 또한 망아지를 원하는 사람은 내가 아니고 이제그림으로 이런 사정을 알기 원해 나를 보낸 것입니다.'

그러자 그녀가 대답했소. '그렇다면 그가 직접 오도록 하시오. 값을 알 수 있을 것이오.'

그래서 나는 돌아왔고, 이제그림은 서서 나를 기다렸소. 나는 그에게 말했소.

'당신이 배부르게 먹고 싶거든, 가기만 하시오. 그 암말은 당신에게 망아지를 팔 거요. 값은 뒷발바닥에 쓰여져 있다고 하오. 그녀도 직접 그것을 살펴보고 싶지만, 읽고 쓰는 것을 배우지 않았기 때문에 화가 나지만, 매사에 많은 것을 제대로 처리할 수 없었다고 말했소. 숙부님이 한 번 시도해 보시지요. 당신이 그 글자를 보신다면 아마 이해하실 수 있을 것입니다.'

그러자 이제그림이 말했소. '내가 읽지 못할게 무엇이 있단 말인가! 원 세상에! 독일어, 라틴어 그리고 웨일즈어, 심지어 프랑스어도 나는 이해할 수 있소. 왜냐하면 나는 에어프르트 대학교에서 공부할 때 수많은 현자들과 학자들 곁에서 그리고 법학의 대가들과 함께 질문도 했고 의견 교환도 했기 때문이오. 나는 정식으로 학사학위를 받았고, 문자로 기록된 것이라면 그것을 내 이름 읽듯이 할 수 있소. 그러니 오늘 그 정도는 해낼 수 있을 것이오.

기다려 주시오! 가서 글씨를 읽어보겠소. 자 그럼 나중에 봅시다!'

그는 암말에게 가서 물었소. '망아지 값이 얼마나 됩니까? 싸게 파시오!'

그러자 그녀가 말했소. '가격을 읽어보시기 바랍니다. 그것은 내

뒷발에 쓰여져 있습니다.'

'그래요, 좀 봅시다!' 하고 늑대가 대꾸했소.

그녀는 '그렇게 하시오!' 라고 말하면서 발을 풀밭에서 위로 들어올렸는데, 그것은 이제 막 여섯 개의 못으로 징이 박혀 있었소. 그녀는 정확하게 한치의 벗어남도 없이 뒷발로 늑대의 머리를 차 버렸고, 늑대는 땅바닥에 나뒹굴어져, 정신을 잃고 죽은 듯이 쓰러져 버렸소. 그 다음 암말은 할 수 있는 한 급히 그곳에서 떠나버렸소. 늑대는 상처를 입은 채 오랫동안 누워 있었소.

한 시간이 지나자 그는 다시 일어나서 마치 개처럼 울부짖었소. 나는 그의 옆으로 다가가 말했소. '숙부님, 암말은 어디 있습니까? 새끼 망아지 맛은 어떠했습니까? 당신은 혼자만 배불리 먹고, 나를 잊었군요. 그것은 잘한 짓이 아닙니다. 심부름은 내가 했는데!

식사 후 한숨 자는 맛은 그만이지요. 그런데 발바닥에 글씨가 무슨 뜻인지 말 좀 해주십시오. 당신은 위대한 학자이니까요.'

'아!' 하고 그가 대답했소, '그대는 아직도 나를 조롱하는가? 이번에 내가 얼마나 끔찍한 일을 당했는지! 정말 돌덩이조차도 나를 가엾게 여겼으리라!

그놈의 다리 긴 암말! 사형집행인이 보복해 준다면! 그 암말의 발은 강철로 징이 박혀 있었는데 그것이 글자였소! 못도 새것이었고, 그래서 나는 머리에 여섯 개의 상처를 입었소.'

간신히 늑대는 생명을 부지했었소. 나는 이제 모든 것을 고백했소. 사랑하는 조카여! 내 죄 많은 행위들을 용서해 주시오! 궁전에서 일이 어떻게 될지는 불확실하지만, 나는 내 양심에 거리낌은 없소. 나는 모든 죄로부터 정화되었소. 은총을 얻기 위해 어떻게 행실을 고쳐야 할지 이제 말해주시오.”

“나는 당신이 새로운 죄를 지은 것을 알겠습니다. 그렇지만 죽은 자들이 다시 살아날 수는 없습니다. 물론 그들이 아직도 살아 있다면 더욱 좋을 것입니다만. 그렇지만 숙부님 나는 주님의 종으로서 위급한 순간에 직면해 있는, 다시 말해 죽음을 앞두고 있는 당신에게 지금까지의 죄들을 용서하고자 합니다.

그들은 당신을 폭력으로 잡고자 애를 씁니다. 나는 최악의 상태를 두려워합니다. 특히 그들은 당신에게서 토끼의 목을 생각할 것입니다! 그것은 정말 오만불손한 일이었습니다. 왕을 자극한 것을 인정해야 합니다. 당신의 경솔함은 생각했던 것보다 더 당신을 해치게 될 것입니다."

그러자 악당은 말했다.

"머리털 하나 그렇게 안 될 거요! 그리고 내가 그대에게 말하고자 하는 것은, 이 세상에서 스스로 살아간다는 것은 정말이지 무엇인가 고유한 것이라는 점이오.

그대도 알다시피, 모두가 마치 수도원에 있는 것처럼 고상하게 행동할 수는 없는 것이오.

누구나 꿀을 다루자면, 때때로 손가락을 빨게 마련이오.

람패는 나를 매우 자극했소. 그는 여기저기로 내 눈앞에서 깡충깡충 뛰어 다녔고, 그의 통통한 모습은 몹시 내 마음을 흔들었소. 그래서 나는 자비로운 마음을 무시했던 것이오. 또 나는 밸린에게도 선을 베풀 수 없었소. 그들은 해를 당했고, 나는 죄를 범했소. 그러나 그들 또한 한편으로는 너무 서투르고, 모든 일에 조야하고 우둔했소. 아직도 내가 더 많은 예식을 거행해야 하겠소?

나는 그런 일엔 흥미가 없소. 나는 궁전에서 숱한 공포를 무릅쓰고 나를 구해냈소. 그리고 그들에게 이것저것을 가르쳤지만 잘 되지 않았소. 모두가 이웃을 사랑해야 한다는 것을 나도 인정하오만, 그사이 나는 그것을 그렇게 존중하지 않았소. 그대도 말했듯이, 죽은 것은 죽은 것이오. 그러니 우리 이제 다른 일이나 이야기하도록 합시다. 참으로 위기의 순간입니다. 왜냐하면 위쪽은 어떤가 말이오? 모두 말해서는 안되지만 그러나 우리 같은 자들은 그 쪽을 주시하고, 우리 것을 생각하기 마련이오.

왕 자신도 누구나 하는 것처럼 약탈을 한다는 것을 우리 모두가 잘 알고 있소. 그 자신이 갖고있지 못한 것은 곰이나 늑대를 시켜 가져오게 하고, 그것이 정당하다고 믿소. 그렇게 해서 악이 만연해도 어느 누구하나 그에게 진실을 말할 용기 있는 자가 없소.

고해신부도, 목사도, 하나같이 입을 다물고 있소! 왜 그럴까요?

그들은 모두 한 통속이고, 제복만 다를 뿐이기 때문이오. 그 다음 누군가 와서 고발을 하지요! 그는 똑같은 이득을 얻으려 쓸데없이 급급합니다만, 시간만 허송하게 됩니다. 차라리 새로운 생업에 열중하는 것이 보다 좋을 것입니다. 왜냐하면 과거는 과거니까요. 그리고 언젠가 강한 자가 그대에게서 뺏어간 것은, 그대가 소유했던 것이었소. 탄원에 귀를 기울이는 자는 많지가 않소. 그래서 그것은 마침내 시들해지게 된다오.

우리의 주인은 사자요. 그는 모든 것을 강탈하는 것이 그의 위엄에 어울린다고 여기오. 그는 우리를 늘 자기의 사람들이라 부르고 있소. 외형으로는 우리 것이지만, 사실은 그의 것이란 말이외다!

더 이야기해도 좋겠소? 고귀한 왕은 아주 특별히 몸소 부르는 노랫가락에 따라 춤 출 줄 알고, 재물을 가져오는 자들을 좋아합니다. 그것은 분명하게 알 수 있는 일이오.

늑대와 곰이 다시 고문자리에 앉게 된 것은 많은 자들을 위해 해로운 일이오. 그들은 훔치고 약탈을 하기에, 왕은 그들을 좋아하오. 모두가 그것을 보고도 침묵하고 있소. 모두가 다음 차례를 생각하고 있는 것이오. 네댓 인물이 그런 식으로 왕의 주위에 있는데 이들은 모든 자들 가운데서 뛰어난 자들로 궁전에서는 가장 강한 자들이오.

라이네케 같은 불쌍한 녀석이 닭이라도 한 마리 집어 가면, 그들은 모두 똑같이 참견을 하고, 그를 수색하고 잡아서 그에게 이구동성으로 소리 높여 죽음의 저주를 하는 것이오. 작은 도둑들은 당장에 목이 걸리고, 크고 강한 도둑들은 우위에 서서, 땅과 성들을 지배할 수 있단 말이오.

아시겠소. 이제 나는 그것을 깨닫고, 그 점에 대해 심사숙고를 한다오. 그래서 이제 나도 역시 단순히 내 방식대로 행동하고, 자주 내 경우를 생각한다오. 이것이 정당하고 옳은 짓이다. 모두가 그렇게 행동하라! 물론 그런 경우에도 양심은 눈을 뜨고 나에게 저 멀리 계신 신의 분노와 심판을 가리키고, 종말을 생각하게 하지요.

불공정한 선은, 그것이 아무리 작은 것이라도 보상해야 합니다. 그럴 때 나는 가슴에 후회를 느낍니다만, 오래가지는 않소.

사실, 가장 뛰어난 인물이 된다는 것이 그대에게 무슨 소용이겠소. 뛰어난 자들은 이 민중의 시대에 시끌벅적하게 존재하고들 있소. 그러나 민중이란 모든 것을 정확하게 알고 있기 때문이오.

그들은 어느 누구도 쉽사리 잊지 않고, 이런저런 것을 꾸며냅니다. 공동체 안에 선한 것이란 별로 없으며, 진정으로 가치가 있다면, 몇 안 되는, 그 중에서 역시 선량하고, 공정한 신사들이 있는 것이라 할 수 있소. 그들은 언제나 악에 관해서 말하고 노래하기 때문이오.

그들은 또한 크고 작은 신사들의 선함을 알고는 있으나, 그 점에 관해선 침묵을 하고 거의 말을 하지 않소. 그러나 가장 최악의 것은 인간을 붙잡고 있는 망상의 어둠이라고 할 수 있소. 즉 모두가 그의 강한 의지의 도취 속에서 세계를 지배하고 개혁할 수 있다는 망상 말이오. 그러나 모두가 그의 아내와 어린애들을 정상으로 키우고, 무지

한 그의 하인을 길들일 수 있다면, 바보들이 탕진을 할 때, 평온하게 분수를 지키는 삶을 즐길 수 있을 것이오. 그러나 어떻게 세상이 개선되어야 할까요? 각자가 자신에게는 모든 것을 허용하고 다른 자들은 힘으로 강요하고자 합니다. 그렇게 해서 우리는 점점 더 깊이 악의 구렁텅이로 빠져드는 겁니다.

험담, 기만, 배반, 도적질, 거짓 맹세, 약탈과 살인, 그 외 다른 이야기는 들을 수가 없게 되었소. 거짓 예언자들과 위선자들이 악의에 차 인간들을 기만하고 있소.

모두가 그렇게 살고 있소! 누군가 그들에게 충심으로 경고하려고 하면, 그들은 그것을 대수롭지 않게 받아들이고, 서슴없이 말합니다. '에이, 여기저기서 수많은 학자들이 우리에게 설교한 대로, 죄악이 크고 무겁다면, 신부님들부터 죄를 저지르지 말아야 할 거요'. 그들은 좋지 못한 예를 이유로 변명을 하며, 모방력이 뛰어난 원숭이 종족과 완전히 닮아 있습니다. 생각도 선택도 하지 못하고, 민감한 감정의 훼손도 아랑곳하지 않는 종족들 말이오.

물론 종교계의 인사들은 보다 모범적인 행동을 해야만 합니다! 그들은 그것을 은밀하게 하려든다면, 많은 것을 할 수도 있을 것입니다. 그러나 그들은 우리 같은 속인들을 보살피지 않고, 마치 우리가 맹인들이기나 한 것처럼, 우리들 눈앞에서, 그들에게 좋은 것만을 추구할 뿐이오. 분명하게 알 수 있는 일이지만, 그들의 서약이 세속의 죄 많은 친구들에게 기쁨을 주는 것이라면, 선량한 자들의 마음에는 들 수가 없는 것이오.

왜냐하면 알프스 지역에서 신부들은 보통 애인을 갖고 있소. 이 교구에서도 죄를 짓는 자가 적지 않소. 사람들은 나에게 말하길, 그들은 결혼한 평범한 사람들과 마찬가지로 어린애들을 갖고 있다고 했소. 그들은 아이들을 돌보기 위해 열성적으로 노력하고, 상층으로 끌어올리고 있소.

이들은 자신들이 어디서 왔는지 그 점에 대해서는 더 이상 생각지 않고, 아무도 지위를 그만두지 않은 채 당당하고 거리낌없이 활동하고 있소. 마치 그들이 고귀한 가문인 것처럼, 또 그들의 일이 올바르다는 생각을 갖고 있소. 그러나 사람들은 이러한 신부들의 자식을 그렇게 높이 평가하지는 않습니다. 이제 그들은 모두 신사 숙녀로 불립니다. 그들은 돈뿐 아니라 모든 것을 할 능력이 있습니다.

통행세와 소작료를 징수하고 촌락들과 방앗간들을 마음대로 쥐고 흔드는 그러한 세속 성직자들이 없는 영주의 땅은 찾아보기 힘든 실정입니다. 이들은 세상을 오도하고, 사회는 악을 배우게 됩니다.

신부가 행동하는 것을 보고 모두가 죄를 짓기 때문입니다. 그래서 눈먼 자는 다른 자를 선으로부터 실은 악으로 인도합니다. 정말이지, 누가 경건한 신부의 좋은 일을 주목이나 하며, 그들이 어떻게 좋은 본보기로 신성한 성당을 세웠는지 알려고나 합니까?

신성한 성당의 율법에 순종하며 사는 자가 누구입니까? 모두에게 악만 저지를 뿐입니다. 이것이 우리 민중에게 일어나는 일인데, 어떻게 세상이 개선되어야 할까요?

그러나 내 말을 계속 들어보시오. 누군가가 사생아로 태어났으면, 그는 그 점에 관해서 조용해야 합니다. 그가 그 일에 무엇을 상관할 수 있단 말입니까?

그것은 단지 내 의견이오. 이해해주기 바라겠소. 그와 같은 자가 다만 겸손하게 행동하고 성급한 자만심으로 다른 자를 건드리지 않는다면, 감정을 상하지는 않을 것이오. 그런 사람에 대해서 이런저런 말을 하는 것은 옳은 일이라 할 수 없을 것이오. 탄생이라는 것은 우리를 착하게도, 고귀하게도 하지 않고 치욕이 될 수도 없소. 그러나 덕과 악덕은 인간을 구별하게 합니다. 사람들은 선하고 학식이 많은 종교계의 인사들을 정당하게 높이 존경합니다만, 악한 인사들은 악한 본보기만 줄 뿐입니다.

누군가가 최상의 것을 설교했지만, 결국 속인들은 말합니다. '그는 최상의 것을 말하고 그리고 악을 행한다. 무엇을 택할 것인가?'

그는 또한 성당에서도 어떤 선한 짓도 하지 않습니다. 그리고 그는 모두에게 설교합니다. 나는 그대들에게 충고하는 바입니다. 그대들이 은총과 속죄를 얻고자 한다면, '돈을 내어서 성당을 건립합시다!' 이렇게 그는 말을 끝맺습니다.

그에 대해 그 자신은 아주 적게, 아니 전혀 아무것도 내놓지 않고, 그 때문에 성당은 붕괴되어 버립니다. 그래도 그는 계속해서 값비싼 옷을 입고 맛있는 음식을 먹는 것을 살아가는 최상의 방식이라 여깁니다. 그런 자는 세속적인 일에 과도하게 신경을 쓰게 됩니다. 어떻게 그가 기도하고 노래하려고 하겠소?

선한 신부들은 날마다 시간마다 신을 섬기는 일에 열심히 종사하고 선을 행합니다. 그들은 신성한 성당에 유용하고, 또 좋은 본보기를 통해 속인들을 복음의 길에서 올바른 문으로 인도할 수 있습니다.

그러나 나는 또한 다음과 같은 수도사들도 알고 있습니다. 그들은 제멋대로 노래 부르고, 항상 외형적으로 신속하게 지껄입니다. 그리고 늘 부자들만 찾습니다. 사람들에게 아첨을 잘하고 기꺼이 손님으로 갑니다. 한사람을 청하면, 두 번째도 오고, 결국 계속해서 이들에게 둘 혹은 셋이 나타납니다.

누군가 수도원에서 지껄이는 것을 잘 이해하는 자는 승단에 들게 되고, 이어서 독서교사로, 감독자로, 혹은 수도원장으로 발탁됩니다. 다른 자들은 무시됩니다. 식탁에 올려지는 음식들도 전혀 똑같지 않습니다. 왜냐하면 몇 사람은 밤중에 합창단에서 노래 부르고, 강독하고, 무덤을 둘러보아야만 하는데, 다른 자들은 이득과 휴식을 누리고 맛있는 음식을 먹습니다.

그리고 교황의 보좌신부들, 수도원장들, 수석신부들, 고위 성직자들, 부인회의 회원들 그리고 수녀들, 여기에도 많은 것이 이야기되어질 수 있습니다!

도처에서 뜻하는 것은, '그대 것은 나에게 주고, 내 것은 나에게.'라고 할 수 있습니다. 정말로 승단의 규정에 따라 경건한 삶을 보여주는 자는, 일곱 명도 채 안 될 것입니다. 그래서 종교계의 상태는 너무나 허약하고, 부패한 지경에 있습니다."

"숙부! 이상하시군요, 당신은 다른 자의 죄들을 고발하고 있습니다. 그것이 당신에게 무슨 소용입니까? 내게는 당신 자신의 것만으로도 충분하다고 여겨집니다. 그리고 숙부, 나에게 말씀해 보시오. 당신은 종교계에 대해 무슨 관심을 가졌었는가요. 그리고 이런 것, 저런 것을. 모두가 자신의 짐을 지고 가야합니다. 모두가 자신의 입장에서 어떻게 의무를 다하기 위해 애를 썼는지 말도 하고, 대답도 해야 합니다. 어느 누구도 그런 것에서 벗어나서는 안 됩니다.

늙은이 건, 젊은이 건, 여기 밖이건, 수도원 안이건 말이오. 그런데 당신은 온갖 일에 대해 너무나 많은 이야기를 해서, 자칫하면 나를 착각 속으로 빠지게 할 수 있습니다. 당신은 훌륭하게도, 이 세상이 어떻게 존속하며, 모든 것이 어떻게 그에 따라 적응하는지를 아십니다.

어느 누구도 당신보다 신부 노릇을 더 잘 할 수는 없을 것입니다. 나는 다른 우직한 이들과 함께 당신 곁에서 고해를 하고 당신의 교훈을 듣고, 당신의 현명함을 배우고 싶습니다. 왜냐하면 터놓고 고백하건대, 우리들의 대부분은 멍청하고 조야해서 그것이 필요하니까요."

이러는 사이 둘은 궁전 가까이 왔었다.

"자, 모험이다!"

라이네케는 정신을 가다듬었다. 그들은 거기서 원숭이 마르틴을 만났는데, 그는 마침 준비를 끝내고 로마로 가려고 하는 중이었다. 그는 둘에게 인사를 했다.

"숙부, 용기를 내시오!"

그는 이 사건을 잘 알고 있음에도 이것저것을 라이네케에게 물어왔다. 그러자 여우가 대답했다.

"아, 근래에 얼마나 행운이 나와 담을 쌓고 있는지!

두 서너 도둑놈들이 나에게 또다시 죄를 씌우고 있소. 특히 까마귀와 집토끼요. 하나는 그의 아내를 잃었고, 다른 자는 귀를 하나 잃었소. 그것이 나와 무슨 상관이란 말이오? 내가 직접 왕과 이야기 할 수만 있다면, 그 둘도 그것을 알아야 할 것이오.

그러나 나를 가장 방해하는 것은, 유감스럽게도 내가 아직도 교황의 파문에 처해 있다는 점이오. 이제 이 사건에 있어서는 왕권에 대해 세력을 갖고있는 성당의 원장이 전권을 갖고 있소. 내가 파문을 당한 것은 이제그림 때문인데, 그는 한때 은자가 되려고 했다가 그가 살고있던 엘크마르의 수도원에서 도망을 쳤기 때문이오.

그는 그런 식으로는 살 수가 없다고 저주했소. 모두가 그를 너무 엄격하게 취급을 했고, 오랫동안 단식할 수도 없고, 항상 그렇게 고행만을 할 수도 없다는 것이었소.

그 당시 나는 그가 도망하는 것을 도와주었소. 후회막급이오. 왜냐하면 이제 그는 왕의 측근에서 나를 비방하고 항상 나를 해치려고 애를 쓰고 있기 때문이오.

내가 로마로 가야 할까요? 그러면 그 동안 집에서 내 가족들은 얼마나 당황할까요? 왜냐하면 이제그림이 내 가족들을 그냥 놔두지 않을 것이니까요. 그가 그들을 발견하면 해칠 것입니다. 게다가 아직도 나를 악하게 생각하고, 나의 가족에 대해 기회를 노리는 자들이 많습니다.

내가 파문에서 풀려나기만 한다면, 훨씬 유리할 텐데. 그리고 차분하게 궁전에서 내 행복을 다시 얻어 볼 수도 있을 텐데."

마르틴이 대답했다.

"그건 내가 도울 수 있소. 마침 잘 되었소! 내가 곧 로마로 가서 교묘한 수단으로 당신에게 이익이 되도록 하겠소. 당신을 억압하도록 하지는 않겠소! 주교의 서기로서 그런 일은 내가 잘 알고 있소. 나는 성당의 원장을 즉시 로마로 소환하도록 일을 꾸미겠소. 그래서 그와 맞서 한번 일을 벌려보겠소.

두고만 보시오, 숙부, 내가 일을 추진하면 그 정도는 요리할 수 있소.

나는 판결을 성공적으로 내리도록 하겠소. 당신은 틀림없이 사면될 것이오. 나는 그것을 당신에게 가져오겠소. 적들은 언짢은 기분이 될 거고, 그들의 돈도, 수고도 허사가 될 것이오.

왜냐하면 나는 로마에서 일의 처리과정을 잘 알고 있으며, 무엇을 하고 무엇을 하지 않아야 할지 알고 있기 때문이오. 내 삼촌 시몬이란 분이 있는데, 명망도 있고 세력도 있소. 그는 돈을 많이 지불하는 자를 돕습니다.

샬케푼트, 중요한 인물이지요! 그리고 그라입추 박사, 그리고 또 다른 이들, 밴데만텔과 로세푼트, 이들 모두가 내 친구들입니다.

나는 돈을 미리 보내겠소. 그래야만 그곳에서 곧 알려지게 되기 때문이오. 그들은 소환에 관해서 기꺼이 이야기하게 될 것이오. 그러나 그들이 열망하는 것은 오직 돈뿐이오. 만약 그래도 일이 잘 안 풀리면, 돈을 더 들여서라도 성사를 시키겠소. 돈만 가져오면, 은총을 얻을 수 있소. 그러나 돈이 떨어지면 곧 모든 문이 닫혀지는 법이오. 당신은 안심하고 여기서 기다리시오.

당신 일은 내가 맡겠소. 내가 그 매듭을 풀겠소. 마음놓고 궁전으로 가시오. 당신은 그곳에서 뤽케나우란 여자를 만나게 될 거요. 바로 내 아내요. 우리의 지배자인 왕이 그녀를 총애하고 있소. 그리고 왕비도 역시, 그녀는 사려분별이 뛰어난 여자요.

　그녀에게 말하시오. 그녀는 영리해서 기꺼이 친구를 위해 주선 할 거요. 당신은 그곳에서 많은 친척들을 볼 수 있을 거요. 올바른 것이 늘 도움이 되는 것은 아닙니다. 당신은 또 그녀 곁에서 두 사람의 자매와 나의 세 아이들을 볼 것이오. 그 외에도 수많은 당신 동족들을 보게 될 텐데, 그들은 당신이 원하는 대로 당신에게 헌신할 준비가 되어 있습니다.

　만약 당신의 권리가 거부된다면, 그 때는 모두가 내 힘을 인식하게 될 거요. 그리고 만약 당신을 괴롭히는 사람이 있으면 급히 나에게 보고해 주시오! 그러면 나는 이 땅을 파문에 처하도록 하겠소. 왕과 모든 여인들 그리고 남자들과 아이들을 말이오. 교회법에 따라 형벌 조치를 내리도록 하겠소.

　더 이상 노래도 부를 수 없고, 미사도 드릴 수 없고, 세례도 못하며 어떤 형태의 매장도 못하게 말입니다. 그것이 그대에게 위안이 되기를!

　이제 교황은 늙고 병들어서 벌써부터 직접 사무를 보고있지 않습니다. 사람들은 그를 별로 존중하지 않습니다. 그래서 교황청에서는 이제 추기경 오네게뉴게가 전권을 가지고 있습니다. 그는 젊고 건장하며 결단이 빠른 매우 성질이 급한 남자입니다.

　이 자는 내가 잘 아는 한 여자를 사랑하는데, 이 여자가 그에게 편지를 한 장 가져갈 것입니다. 그녀는 자기가 원하는 것이라면 훌륭히 할 수 있습니다.

그리고 그의 서사(書士)로 요한네스 파르타이가 있는데, 그는 가장 정확하게 옛 동전과 새 동전을 알고 있습니다. 그 다음 그의 동료로 호르헤게나우는 궁내관이고, 슐라이팬 운트 밴댄은 기록관으로 두 개의 법학사 소유자입니다. 그는 이제 일 년 정도만 있으면 실무에 완전히 정통한 문서기록을 할 것입니다.

그 다음으로 그곳에 또한 두 사람의 법관이 있는데, 그들은 모네타와 도나리우스로, 그들이 판결하면 그것으로 그냥 결정되어 버립니다.

이처럼 로마에서는 정말 수많은 술책과 계략이 행해집니다. 물론 교황은 알 수 없는 일이지요. 그래서 친구들을 만들지 않으면 안됩니다!

왜냐하면 그들을 통해서 죄를 용서받고 또 민중들은 파문에서 풀려나게 되니까요. 나의 귀중한 숙부시여! 그 점은 나를 믿어도 좋소!

그것은 왕도 이미 오래 전부터 알고 있는 사실이오. 나는 그대를 곤경에 빠트리지 않도록 하겠소. 내가 당신 일을 잘 처리하겠소. 내 겐 그만한 힘이 있소.

더욱이 왕은 그에게 가장 최상의 조언을 해주는 수많은 원숭이와 여우가 당신의 친척이라는 것을 숙고할 것이오. 그 점도 확실히 당신에게는 도움이 될 거요. 어쨌든 잘 될 거요."

"그 말씀이 내게 대단히 위로가 됩니다. 내가 다시 풀려나게만 된다면, 나는 당신을 다시 상기하겠습니다."

그러고서 그들은 서로가 작별을 했다. 이제 라이네케는 아무런 보

장 없이 오소리 그림바르트와 함께 모두가 그에게 악의를 품고있는
궁전으로 갔다.

9곡

여우의 지혜

라이네케가 궁전에 도착했다. 그는 자신을 위협하는 고발들을 피하겠다는 생각을 했다. 그러나 그는 적들이 모두 늘어서서 복수에 불타 그의 생명을 노리며 함께 서 있는 것을 보았을 때, 용기가 꺾였다. 그는 이제 회의감에 사로잡혔다. 그러나 대담하게 똑바로 모든 남작들 사이를 지나갔다. 그림바르트가 그의 옆을 따라왔다. 그들은 어전에 도달했다. 그 때 그림바르트가 속삭였다.

"두려워 마십시오, 라이네케, 이번에도 깊이 숙고하세요. 바보에게는 행운이 따르지 않습니다. 용감한 자는 위험을 찾아서 즐깁니다. 그러한 용기만이 다시 빠져 나오는 것을 돕습니다."

"그대는 나에게 진리를 말해 주었소. 훌륭한 위안의 말에 진정으로 감사드리오. 내가 다시 자유로운 몸으로 풀려나면, 나는 그것을 잊지 않을 거요."

그는 주위를 둘러보았다. 많은 친척들이 무리 가운데 있었다. 그러나 그의 후원자는 몇 안 되었다. 그들 대부분에게 그는 늘 좋지 않은 짓을 했었기 때문이었다. 수달과 해리들 그리고 크고 작은 자들을 막론하고 그는 자신의 교활한 술책을 발휘했던 것이다. 그러나 그는 어전에서 친구들도 충분히 발견했다.

라이네케는 옥좌 앞 땅위에 무릎을 꿇고 신중하게 말했다.

"전능하시고 영원하신 신께서, 나의 주인이시고 왕이신 당신을 보호해 주시고, 그와 똑같이 나의 여주인이신 여왕도 항상 보호해 주시길. 그리고 두 분 모두에게 정당함과 부당함을 인식할 수 있는 지혜와 훌륭한 생각을 주시길. 그것은 지금 세상에서 수많은 허위가 판을 치고 있기 때문입니다. 사실이 아닌 많은 것들이 외부로 나타나고 있습니다. 오, 모두가, 그가 어떤 생각을 하고 있는지, 이마에 써 가지고 다닐 수 있다면, 폐하께서 그것을 보실 수 있을 텐데!

그러면 제가 거짓말을 하지 않고, 늘 폐하께 봉사할 태세가 되어있다는 사실은 자명할 것입니다. 그럼에도 악한 자들이 나를 격렬하게 고발하고 있습니다. 그들은 나를 어떻게 해서든 해치고 나에게서 폐하의 은총을 빼앗고자 합니다. 마치 제가 무가치한 것처럼. 그러나 저는 저의 주인이신 왕의 엄격한 정의감을 압니다. 어느 누구도 그를 오도할 수는 없기 때문입니다. 정의의 길이 좁아지더라도, 그것은 존속할 것입니다."

모두가 서로 앞을 다투며 헤집고 들어왔다. 모두가 라이네케의 용감성에 경탄을 발하고, 그가 하는 말을 듣고자 했다. 그의 범행은 널리 알려져 있는데, 어떻게 빠져나가려는지? 왕이 말했다.

"못된 라이네케! 이번만은 거짓된 말이 그대를 구하지 못할 것이다. 이제 거짓과 기만을 감추기에는 더 이상 소용이 없을 것이다. 그대는 마지막이다. 왜냐하면 그대는 집토끼와 까마귀에게 행한 행동으로 나에 대한 그대의 충성을 보여준 셈이다! 그것으로도 충분하지만 그대는 도처에서 나를 배반했다.

그대는 속임수에 능하고 날쌔지만, 이제 더 이상 오래 계속되지는 않을 것이다. 그것으로 충분하다. 나는 더 오래 나무라지 않겠다."

라이네케는 생각했다. '어떻게 될 것인가? 오, 내가 다시 집에 갈 수만 있다면! 어디서부터 여기를 벗어날 수단을 강구해야 할까? 하지만 이 위기를 어떻든지 극복하지 않으면 안 된다. 모든 것을 시도해보자.'

"위대한 왕이시여, 가장 고귀한 영주시여!

폐하께서, 제가 죽을 짓을 했다고 생각하신다면, 그 일은 정당한 입장에서 관찰하신 것이 아닙니다. 그래서 부탁하옵건대, 우선 제 말씀을 들어보시기 바랍니다. 예전에 저는 폐하께 유익한 조언을 했습니다. 제가 폐하와 함께 고난 속에 있을 때, 몸을 피했던 자들이, 지금은 저와 폐하 사이에 서서 저를 패덕한 자로 몰고, 제가 멀리 떠나 있는 기회를 이용하고 있습니다. 고귀한 왕이시여, 폐하께서는 제 말씀을 다 듣고 나시면, 이 사건을 중재하실 수 있을 것입니다. 만약 저의 잘못이 인정되면, 당연히 제가 책임을 져야만 할 것입니다.

폐하께서는 제가 이 땅의 곳곳에서 주의 깊게 감시를 하고 있는 동안 별로 저를 생각하시지 않으셨습니다. 만약에 제가 크고 작은 범행들에 책임이 있다는 것을 알았다면, 제가 이 궁전으로 왔으리라고 폐하께선 생각하십니까? 저는 깊게 생각하고, 폐하를 멀리하고, 저의 적들을 피했을 것입니다.

그렇습니다. 세상의 온갖 재화가 저를 유혹한다 해도, 저는 저의 성채에서 밖으로 나오지 않았을 것입니다. 그곳에서 저는 주인으로서 자유롭게 살 수가 있습니다. 그러나 저는 전혀 자신에 대해 죄의식이 없기 때문에 이곳으로 온 것입니다.

그 때도 마침 저는 주변을 살피고 있었는데, 오소리가 저에게 '궁전으로 오라'는 통지를 가져왔습니다. 저는 최근에 어떻게 파문에서 벗어날까를 생각하고 그것에 대해 마르틴과 많은 이야기를 했습니다. 그는 저를 이 무거운 짐으로부터 자유롭게 해주겠다고 경건하게 맹세를 했습니다. '나는 로마로 가겠소'라고 그가 말했습니다. '지금부터 그 일을 완전히 내 어깨에 넘겨받겠소. 궁전으로 가기만 하시오. 그대는 파문에서 벗어나게 될 것이오.'

이렇게 마르틴은 저에게 조언을 했습니다. 그는 그 일을 잘 알고 있음에 틀림없습니다. 왜냐하면 훌륭한 주교이신, 오네구룬트님이 언제나 그를 필요로 하기 때문입니다. 이미 5년간이나 그는 법률적인 일 처리에 있어 주교에게 봉사하고 있습니다.

그래서 저는 여기에 오게 되었고, 제게 수많이 고발된 사실을 알게 되었습니다. 눈깜짝이 집토끼가 저를 모함하고 있습니다. 그러나 이제 라이네케가 여기 서 있습니다. 그러니 그가 제 눈앞에 나타나도록 해 주십시오!

멀리 있는 자에 대해서 고소를 한다는 것은 물론 쉬운 일입니다. 그러나 그를 재판하기 전에 반대입장도 들어보아야만 합니다. 맹세코, 이들은 못된 자들입니다! 그들, 까마귀와 집토끼는 저에게서 이득을 얻었습니다.

그저께 아침 일찍 저는 집토끼를 만났는데, 그는 저에게 반갑게 인사를 했습니다. 저는 마침 저의 성 앞에 서서 아침 기도문을 읽고 있었습니다. 그는 저에게 궁전으로 간다고 했습니다. 그래서 저는 말했습니다.

'신이 그대를 인도하길!' 그는 이어서 탄식했습니다. '나는 얼마나 피곤하고 배고픈지 모르겠습니다!' 그 때 나는 그에게 친절하게 물었습니다. '무얼 좀 잡수시겠소?'

'고맙소이다' 하고 그가 대답했습니다. 그래서 제가 말했습니다.

'내가 기꺼이 드리리다.' 저는 급히 그에게 버찌와 버터를 갖다 주었습니다. 저는 수요일에는 전혀 고기를 먹지 않는 습관이 있습니다.

그는 빵과 버터와 과일들을 배부르게 먹었습니다. 그러나 그 때 저의 제일 어린 아들이 식탁으로 다가와 남은 게 없나 하고 보았습니다. 애들이란 먹는 것을 좋아하기 때문이지요. 그 아이는 날쌔게 남은 음식을 먹으려고 했습니다. 그러자 집토끼가 급히 그의 주둥이를 갈겼습니다. 입술과 이빨에서 피가 흘렀습니다.

저의 다른 아들 라인하르트가 이 장면을 보고 곧 눈깜짝이의 목덜미를 물고서 그의 방식대로 덤벼들어 동생의 복수를 하였습니다.

이것이 더함도 덜함도 없이 일어난 그대로 입니다. 저는 지체없이 달려와 아이들을 야단치고, 힘들여 두 편을 서로 갈라놓았습니다. 비록 그가 혼이 났더라도, 그는 그것을 견딜 수 있었을 것입니다. 왜냐하면 그는 더 많은 음식을 대접받았기 때문입니다. 제가 마음을 나쁘게 먹었더라면, 제 아이들이 그의 목숨을 끊어 놓았을 것입니다. 이런 까닭으로 그는 이제 저에게 감사해야 합니다! 제가 그의 귀를 하나 잘랐다고 그는 말하고 있습니다만, 그는 목숨를 얻었고 그 표시를 갖고 있는 것입니다.

그런 후 곧 이어서 까마귀가 저에게 와서 탄식을 했습니다. 그는 아내를 잃었다고 했으며, 그녀는 유감스럽게도 너무 먹어 죽었다고 했습니다. 상당히 큰 물고기 한 마리를 뼈까지 통채로 삼켰다는 것입니다. 그 일이 발생한 곳은 그가 잘 알고 있습니다. 그런데 이제 그는 말합니다. 제가 그녀를 살해했다고. 그것은 그 자신이 한 것입니다. 사람들이 그를 진지하게 심문한다면, 저도 해보고 싶습니다. 틀림없이 그는 다르게 말할 것입니다. 왜냐하면 그들은 우리가 아무리 뛰어봤자 그렇게 높이 도달할 수 없는 그런 공중으로 날아다니기 때문입니다. 그와 같은 있을 수 없는 행위 때문에 누군가가 나를 문죄하고자 하려면, 공정하고 타당한 증거를 가지고 해야할 것입니다. 그래야만 합당하게 고귀한 남자들에 대한 소송을 일으킬 수 있습니다. 저는 그것을 고대합니다.

그러나 아무것도 판명되지 않는다면, 다른 방법이 있습니다. 여기서 저는 결투 준비가 되어있습니다! 날짜와 장소를 정하도록 하십시오. 그리고 저와 똑같은 신분의 품위 있는 상대가 나서도록 해주십시오. 모두가 그의 권리를 행사할 수 있도록. 그래서 누군가 명예를 얻게 되면, 그가 그것을 누릴 수 있어야 합니다. 그것은 늘 정당한 것으로 인정되어 왔습니다. 저는 그보다 더 좋은 것을 요구하는 것이 아닙니다."

모두가 선 채로 라이네케의 말을 듣고 그가 그토록 대담하게 말하는데 대해 대단히 경탄했다. 그리고 까마귀와 집토끼, 이 둘은 가슴이 섬뜩해져서 말 한마디 더 할 수 있는 용기도 잃고, 궁전을 물러 나와 은밀히 서로 이야기를 했다.

"그와 맞서서 더 이상 소송을 일으키는 것은 유익한 짓이 아닐 것 같소. 우리가 모든 것을 시도해도 좋은 결말이 날 것 같지가 않소. 누군가 목격자가 있어야 말이지요.

우리는 완전히 그 악당과 단 둘만 있었습니다. 누가 증언을 해주겠소? 결국에는 우리만 해를 입게 될 것이오. 그의 모든 범행들에 대해서는 제발 교수형리가 기록해 두었다가, 그가 한 짓만큼 대가를 치르게 했으면!

그가 우리와 결투를 원하다니, 그것은 우리에게 불리할 뿐입니다. 차라리 내버려둡시다. 왜냐하면 우리는 그가 거짓말쟁이요, 술책에 능하며, 불량스럽고 음흉하다는 것을 잘 알고 있소. 그에게는 정말이지 우리 같은 것은 다섯이 와도 상대가 안될 것이오. 우리는 비싼 대가를 치르게 될 뿐이오."

그러나 이제그림과 브라운은 기분이 나빴다. 그들은 불쾌한 기분으로 집토끼와 까마귀가 궁전으로부터 사라지는 것을 보았다. 그 때 왕이 말했다.

"아직 고발할 자가 있으면 나와서, 사연을 말하도록 하라!

여기 당사자가 서 있다. 어제는 모두가 그렇게 벼르더니, 그들은 모두 어디 있느냐?"

"항상 그런 법입니다. 이 사람 저 사람 고발하고 죄를 씌우고는 정작 당사자가 나타나면 집에서 나오지를 않습니다. 뻔뻔스런 배반자, 까마귀와 집토끼는 저에게 창피를 주고 해를 끼치고 마침내는 형벌을 받게 하려고 했습니다. 그러나 그들이 용서를 빌면, 저는 용서하겠습니다. 왜냐하면 그들은 제가 여기오자, 생각을 고쳐먹고 자리를 물러났기 때문입니다.

어떻게 제가 그들을 부끄러워하지 않을 수 있습니까! 멀리 있는 신하에 대해 헛된 모략을 듣는다는 것이 얼마나 위험스러운 것인가를 폐하께서도 살피시기 바랍니다.

그들은 정의를 왜곡하고, 가장 뛰어난 자들에게 원한을 품습니다. 저는 별 상관이 없으나 다른 자들이 딱할 뿐입니다."

화가 난 왕이 말했다.

"듣거라, 그대 뻔뻔스런 배신자여!

그대는 나에게 편지들을 배달해 주고 있던 충성스런 람패를 그토록 굴욕적으로 죽여버린 이유가 무엇인지 말하라. 그대가 많은 범행을 저질렀지만 나는 모든 것을 용서하지 않았던가?

그대는 내게서 배낭과 지팡이를 하사 받았으며, 로마로 그리고 바다 건너 성지로 가도록 명령을 받았다. 나는 그대에게 모든 것을 허용했다. 나는 그대가 개전의 정을 보이길 희망했다. 그러나 내가 처음 본 것은 그대가 람패를 살해한 행위다. 밸린이 그대의 심부름을 했는데, 그는 배낭에다 람패 머리를 담아 가지고 와서 공공연히 말하길, 그는 나에게, 그대 둘이서 함께 생각하고 쓴 편지를 가져왔으며, 그가 가장 최선의 것을 조언했다고 했다.

배낭 속에는 람패의 머리가 들어있었다. 더도 덜도 아닌 사실이다. 나를 조롱하기 위해 그대들이 한 짓이다. 나는 밸린을 곧장 사로잡았고, 그는 목숨을 잃었다. 이제는 그대 차례다."

"무슨 말씀이십니까? 람패가 죽다니요? 그리고 밸린을 더 이상 볼 수 없단 말입니까? 저 때문에 그렇게 된 것입니까?

오, 이 몸이 죽을 것! 아, 그 둘과 함께 가장 큰 보물이 사라졌구나! 왜냐하면 저는 그 둘을 통해 폐하께 보석들을 보냈습니다. 이 지구상에서 더 이상 좋은 것은 찾아볼 수 없는 것들입니다. 그 숫양이 람패를 죽이고 폐하의 보석들을 강탈할지를, 누가 생각이나 했겠습니까? 어느 누구도 조심하지 않으면 위험과 술책을 짐작도 할 수 없습니다."

분노한 왕은 라이네케가 말한 것을 끝까지 듣지도 않고 몸을 돌려 거실로 들어갔다. 그는 라이네케의 이야기를 똑똑히 듣지 않았기에, 그에게 사형을 생각했다.

그는 자신의 방에서 마침 뤽케나우 부인과 함께 있는 왕비를 발견했다. 왕과 왕비는 특별히 그 암 원숭이를 총애했다. 그녀는 라이네

케를 도와야했다. 그녀는 소식에 정통했고 영리했으며, 언변이 좋았
다. 그녀가 나타나면 모두가 그녀를 주시했고, 경의를 표했다. 그녀
는 왕의 불쾌함을 눈치채고 신중하게 말했다.

"자비로우신 폐하시여, 제 청을 잠시만 들어주십시오. 결코 후회
하시지는 않을 것입니다. 폐하께선 분노하고 계실 때에도 제가 감히
한마디 부드러운 의견을 말할 수 있도록 늘 허용해 주셨습니다. 이번
에도 호의를 가지시고 제 말씀을 들어주십시오. 이것은 더구나 제 동
족의 문제입니다! 누가 자기의 핏줄을 부인할 수 있겠습니까?

라이네케는 어떻든 저의 친척입니다. 그의 행동이 저에게 어떻게

여겨졌는가를 올바르게 고백한다면, 그가 재판에 나타난 것만으로도 그의 사건에 대해 최선을 다했다고 생각합니다.

폐하의 아버님께서 총애하신, 라이네케의 아버지도 역시 수많은 험담과 거짓 고발자들을 견디지 않으면 안되었습니다! 그렇지만 그는 그들에게 언제나 창피를 주었습니다. 곧 그 사건을 보다 자세히 조사해보면, 분명하게 판명이 났기 때문입니다. 질투하는 자들이 최상의 공로조차 무거운 범죄로 둔갑시키려고 시도하곤 했던 것입니다.

그래서 그는 항상 지금의 브라운이나 이제그림보다 훨씬 더 뛰어난 명망을 궁전에서 유지했습니다. 그래서 브라운이나 이제그림도, 이들이 좀더 정신을 차리고 늘 듣게되는 온갖 비난들을 줄일 줄 알더라면 얼마나 좋았겠습니까.

그러나 그들은 재판에 관해서 별로 아는 것이 없습니다. 그들의 조언을 보아도, 그들의 삶을 보아도 그렇습니다."

"내가 라이네케란 도둑놈을 싫어하는 것이 어째서 그대에게 이상하단 말인가? 그는 얼마 전 람패를 죽였고, 밸린을 유린했으며, 지금까지보다 더 뻔뻔스럽게 모든 것을 부인하고, 자신을 충성스럽고 공정한 신하로서 감히 선전하고 있단 말이다. 모두들 이구동성으로 소리를 높여 고발을 하고 있으며, 어떻게 그가 나의 안전한 보호를 해쳤으며, 어떻게 그가 도적질, 약탈 그리고 살인으로 나라와 나의 충실한 백성들을 해쳤는가 하는 것이 너무 명백하게 증명됨에도 불구하고. 안돼! 나는 더 이상 참을 수 없노라!"

그에 대해 암 원숭이가 말했다.

"물론 모든 경우에 영리하게 행동하고, 영리하게 조언할 수 있는 자가 많은 것은 아닙니다. 누군가 그것을 할 수 있다면, 그는 신뢰를 얻을 것입니다. 그러나 질투하는 자들이 그에 대항해서 남몰래 해를 끼치려 들고, 그 숫자는 불어나게 되고, 그들은 공공연히 모습을 들어냅니다. 그런 일은 라이네케에게 이미 여러 번 일어났습니다. 그러나 그들은 곤란한 경우를 맞아 모두가 침묵하고 있을 때, 라이네케가 폐하에게 어떻게 현명하게 조언했는가는 기억하고 있을 것입니다.

폐하께서 아직도 알고 계시리라 믿습니다. 얼마 전 일어난 일 말입니다.

남자와 뱀이 폐하께 왔습니다만, 어느 누구도 해결할 줄 몰랐습니다. 그러나 라이네케가 그것을 해결했습니다. 폐하께서 그 당시 그를 모두 앞에서 칭찬하셨잖습니까?"

그러자 왕은 잠깐 생각한 후 그에 대해 대답했다.

"나는 그 사건을 잘 기억하고 있으나, 어떤 내용인지는 잊어버렸다. 내 생각으로 그 사건은 몹시 복잡한 것이었다. 그대가 아직 잘 기억하고 있다면, 나에게 이야기 해 보라. 그건 나에게 즐거움이 될 테니까."

"폐하께서 명령하신다면 그렇게 하겠습니다.

바로 2년 전 입니다. 그 때 뱀 한 마리가 폐하께 와서 격렬하게 고발을 했습니다. 한 농부가, 그 남자는 두 번씩이나 불리한 판결을 받았는데, 그 판결을 따르려고 하지 않는다는 것입니다. 뱀은 농부를 폐하의 법정으로 데리고 와서 그 사건을 격렬한 어투로 이야기했습니다.

그 뱀은 울타리에 난 구멍을 통해서 기어가려고 했는데, 그 앞에 쳐 논 올가미에 그만 꼼짝없이 사로잡히고 말았습니다. 뱀은 점점 더 단단히 옭아매어져서 자칫 그곳에서 생명을 잃을 지경이었습니다. 그 때 다행히도 한 여행자가 왔습니다.

뱀은 절박하게 소리쳤습니다. '나를 불쌍히 여기고 구해주시오! 제발 부탁합니다!' 그 때 그 남자가 말했습니다. '나는 그대의 처지가 딱해서 구해주고 싶다. 그러나 먼저 나에게 아무런 해를 끼치지 않겠다는 것을 맹세해야 한다.' 뱀은 각오가 되어 있었습니다. 그래서 최상의 서약을 맹세했습니다.

그는 어떤 방식으로든 그의 구원자를 해치지 않겠다고 했고 그 남자는 그를 구해 주었습니다. 그리고 그들은 잠시 함께 걸어갔습니다. 그 때 뱀은 고통스러울 정도의 시장기를 느꼈습니다. 그는 그 남자를 겨누었습니다. 그를 교살해서 잡아먹으려고 했습니다. 공포와 위급함으로 그 불쌍한 자는 그에게서 달아났습니다. '이것이 내 감사에 대한 보답인가? 이것이 그 대가란 말인가?' 그가 소리쳤습니다.

'너는 최상의 서약을 맹세하지 않았느냐?' 그러자 뱀이 말했습니다. '유감스럽지만 시장해서 나도 어쩔 수가 없소. 곤궁할 때는 계율도 제 힘을 발휘할 수 없는 것이오. 그래서 곤궁이 옳은 것이 되는 게요.'

그러자 남자가 대답했습니다. '그렇다면 우리를 공평하게 판가름해 줄 자들을 만날 때까지 나를 해치지 마시오.'

그러자 뱀이 말했습니다. '나는 그 정도는 참을 수 있소.'

이렇게 해서 그들은 계속 걸어가다가 물위에서 갈가마귀 풀뤽켄보

이텔이 그의 아이들과 함께 있는 것을 보았습니다. 모두 그를 수다쟁이라고 불렀습니다. 뱀은 그들을 불러모으고 말했습니다. '이리 와서 좀 들어보시오!' 갈가마귀는 그 사건을 신중하게 들었습니다. 그리고는 그 남자를 잡아먹어도 좋다고 판결을 내렸습니다. 그 자신도 그 중 한 조각 얻기를 희망했습니다. 그러자 뱀은 대단히 기뻐했습니다.

'자, 이제 내가 이겼소! 아무도 나를 나쁘게 생각할 수 없소.'

'아니오', 남자가 대답했습니다. '내가 완전히 진 것은 아니오. 도적이 사형선고를 내릴 수 있소? 그리고 어떻게 단지 한 사람이 재판할 수 있단 말이오? 나는 좀더 자세한 경청을 요구하오. 재판 과정에서 말이오. 네 사람 앞에, 아니 열 사람 앞에 이 일을 가져가서 들어보도록 합시다.'

'갑시다!' 하고 뱀이 말했습니다. 그들은 걸어가다가 늑대와 곰을 만났습니다. 그래서 모두가 함께 자리를 하게 되었습니다.

그 남자는 모든 것을 두려워했습니다. 왜냐하면 그는 다섯 가운데 위험스럽게도 모두 같은 패거리 사이에 서 있었기 때문입니다. 뱀, 늑대, 곰 그리고 갈가마귀들이 그를 포위하고 있었습니다.

그는 불안에 잠겨 있었습니다. 곧 둘이서, 곰과 늑대가 그 분쟁을 조정했습니다. 판결은 다음 같았습니다.

뱀은 그 남자를 죽여도 좋다. 배고픔의 괴로움 앞에서는 어떠한 법률도 효력이 없으며, 곤궁 앞에서는 서약의 맹세도 무색해진다. 걱정과 불안이 나그네를 엄습했습니다. 왜냐하면 모두가 그의 목숨을 원하고 있기 때문이었습니다. 그 때 뱀이 소름끼치는 쉬쉬 소리를 내며, 그를 향해 침을 내뿜었습니다. 그는 겁이 나서 옆으로 비켜섰습니다. 그리고 소리쳤습니다. '그대는 대단히 부당한 짓을 하고 있소! 누가 그대를 내 생명의 주인으로 정했소?'

뱀이 말했습니다. '그것은 그대가 알고 있소. 재판관들이 두 번이나 말했소. 그리고 두 번 다 그대가 졌소.'

그러자 남자가 대꾸했습니다. '그들 자신도 약탈하고 훔치는 자들이오. 나는 그들을 인정하지 않소. 왕에게 갑시다. 그가 말한다면, 따르겠소. 만약 내가 진다면, 너무 억울하지만 그 결정을 감수하겠소.'

늑대와 곰은 조롱하듯 말했습니다. '그대는 그렇게 해도 좋소. 그러나 뱀이 이길 것이오. 뱀에게 그보다 더 좋은 요구는 없을 것이오.'

왜냐하면 그들은 궁전의 모든 신하들도 그들과 똑같이 말할 것이라고 생각했기 때문입니다. 의기양양해서 나그네를 이끌고 뱀, 늑대, 곰 그리고 갈가마귀들은 폐하 앞에 나타났습니다. 심지어 늑대는 어린애 둘을 더 합쳐 셋이서 나타났습니다.

한 아이는 아이텔바우흐라 불리우고, 다른 아이는 님머싸트라 불리었습니다. 이 두 아이가 그 남자에게 가장 군침을 흘렸습니다. 이들도 역시 그들의 몫을 먹으려고 왔던 것입니다. 그들은 언제나 탐욕스럽기 때문이지요.

그 당시도 그들은 폐하 앞에서 참기 어려운 불손한 태도로 고함을 질렀고, 그래서 폐하께선 이들 두 조야한 자들에게 궁전 출입을 금지했습니다. 그 남자는 그 때 폐하의 은총을 호소하고 이야기했습니다.

뱀이 어떻게 자신을 죽이려고 하는지, 그가 자신의 선행을 완전히 잊어버리고, 서약을 파기하려 한다고. 그리고는 구원을 간청했습니다. 뱀도 그것을 부정하지 않고 말했습니다. '엄청난 배고픔의 고통

이 저를 강요하고 있어, 어떠한 법률도 어쩔 수 없습니다.'

자비로우신 폐하, 그래서 폐하께선 괴로워졌습니다.

그 사건은 충분히 생각을 해야하고, 그래도 판가름하기가 정말 어렵게 여겨졌습니다. 왜냐하면 자비심이 많은 것으로 증명된 그 선량한 남자를 벌한다는 것이 폐하로서는 정당치 못하다고 생각했기 때문입니다. 그러나 폐하께선 또한 지긋지긋한 배고픔도 생각하셨습니다. 그래서 폐하께선 고문관들을 소집했습니다.

유감스럽게도 대부분의 의견은 그 남자에게 불리한 것이었습니다. 모두가 향연을 소망했고 그래서 뱀을 돕기로 생각했기 때문입니다. 그러나 폐하께선 라이네케에게 사자를 보냈습니다. 모든 다른 자들이 많은 말을 했지만, 그 사건을 올바르게 판가름할 수가 없었기 때문입니다. 라이네케가 와서 사연을 들었습니다.

폐하께서는 그에게 판결을 위임하셨고, 그가 말하는 대로 따르려고 했습니다. 라이네케는 신중히 생각하고 말했습니다. '저는 먼저 그 장소를 방문하는 것이 필요하다고 생각합니다. 그래서 농부가 발견한 그대로, 뱀이 매어있는 것을 제가 본다면 판결할 수 있을 것입니다.' 그래서 뱀은, 농부가 울타리에서 그를 발견한 그대로 새로이 그 장소에서 올가미에 매어지게 되었습니다.

이어서 라이네케가 말했습니다. '여기에 이제 둘 다 다시 이전의 상태로 되었습니다. 이 상태에선 어느 누구도 이기거나 지지 않았습니다. 이제 나에게는 이 재판이 분명해졌습니다. 남자가 원한다면, 그는 뱀을 다시 한 번 밧줄에서 풀어줄 수 있습니다. 그렇지 않다면 뱀을 그대로 놓아두어도 좋습니다. 당연히 그 남자는 자기의 볼일을 위해 길을 떠날 것입니다. 뱀이 도움을 받을 때와는 달리 믿을 수 없게 되었으므로, 그 남자는 이제 합당한 선택을 할 것입니다. 이것이야말로 진정한 의미의 재판입니다. 누가 더 잘 할 수 있다면, 한 번 들어봅시다.'

당시 그 판결은 폐하와 폐하의 고문관들 마음에 들었습니다.

라이네케는 칭송을 받았고, 농부는 폐하께 감사했으며, 모두가 라이네케의 영리함을 칭찬했고, 왕비께서도 그를 칭찬했습니다. 모두들 많은 것을 이야기했습니다. 즉 전쟁에서는 아직도 이제그림과 브라운이 필요할 것이며, 모두가 그 둘을 도처에서 두려워하고, 먹는 일이라면 어디든지 빠지지 않고 나타난다고. 또 그들은 둘 다 크고 힘세고 대담하여, 아무도 그것을 부인할 수는 없으나, 조언하는 일에 필요한 영리함은 전혀 갖추고 있지 못하다고 말입니다. 왜냐하면 그들은 자신들이 힘이 센 것을 너무 자랑하기 때문입니다.

들판으로 가서, 막상 일할 때가 되면, 그들은 몹시 꾸물댑니다. 그들은 그저 집에서나 더 용맹스럽습니다. 밖에 나오면 그들은 즐겨 뒷전에 머뭅니다. 심한 주먹다짐이나 생기면 사람들은 다른 자들보다는 그들을 데리고 갑니다.

곰이나 늑대들은 나라를 타락시키고 있습니다. 그들은 누구의 집이 불에 탄다해도, 거의 걱정을 하지 않고, 늘 그 숯불에 자신의 몸만 따뜻하게 할 뿐입니다. 식도만 채워지면, 자비심이란 눈곱만큼도 보이지 않습니다. 달걀을 훌쩍 들여 마시고 가난한 자들에게는 껍질이나 주면서, 공정하게 나누었다고 믿습니다.

그와는 반대로 여우 라이네케는 그의 종족과 함께 지혜와 조언거리를 잘 알고 있습니다. 그가 이제 무엇인가 잘못을 저질렀다 해도, 자비로우신 폐하, 그는 바보가 아닙니다. 어쨌든 폐하께 다른 어느 누구도 결코 더 좋은 조언을 할 수는 없을 것입니다. 그러니 바라옵건대, 그를 용서해 주십시오!"

"숙고해 보겠노라. 그 판결은 그대가 이야기한대로 선고되었지. 뱀이 벌을 받았으니까!

그렇지만 그는 근본적으로 악당이야. 그가 개전의 정을 어떻게 보일 수 있단 말인가? 그와 맹약을 맺으면, 결국은 그에게 속임을 당하게 돼. 왜냐하면 그는 교묘하게 빠져나가기 때문이야. 누가 그를 당하겠느냐?

늑대, 곰, 고양이 그리고 집토끼와 까마귀, 이들은 그의 적수가 되지 못해. 그는 그들을 해쳤고, 창피를 주었지. 이 자 한테서는 귀를, 저 자 한테서는 눈을 그리고 세 번째에게서는 생명을 뺏었다! 정말이지, 어떤 연유로 그대가 그 악당을 편들어 말하고, 그의 사건을 변호하는지 모르겠구나."

"자비로우신 주인이시여, 그의 종족은 고귀하고 강합니다. 저는 그것을 숨길 수 없습니다. 폐하께선 그것을 염두에 두셔야 합니다."

얼마 후 왕은 일어서서 아래로 내려왔다. 모두들 일어서서 그를 기다리고 있었다. 그는 빙 둘러싸인 무리들 속에서 수많은 라이네케의 가까운 친척들을 보았다. 그들은 사촌 형제를 지원하기 위해 왔다. 그들은 이름을 다 부르기가 어려울 정도였다.

왕은 거대한 종족을 본 것이었다. 그는 또 다른 편에서는 라이네케의 적들도 보았다. 궁전은 마치 두 패로 나누어져 있는 듯이 보였다.

왕이 말하기 시작했다.

"듣거라, 라이네케! 그대는 밸린의 도움을 받아 나의 충성스런 람패를 죽인 그러한 뻔뻔스런 행위를 참회할 수 있느냐? 그리고 람패의 머리를 배낭에 넣어서 나에게 마치 편지처럼 보낸 그대의 불손함도? 나를 조롱하기 위해 그대는 그런 짓을 했다. 나는 하나를 이미 벌주었다. 밸린은 죽었다. 그대도 같은 것을 기대하라."

"이런 슬픈 일이! 차라리 내가 죽었더라면!

제 말을 들어보십시오. 그것이 분명하다면, 그런 일이 일어나도 좋습니다. 제가 죄가 있다면, 곧장 저를 죽이십시오. 그렇다해도 저는 곤궁과 걱정에서 결코 저를 구하지 않겠습니다. 처벌을 달게 받겠습니다. 왜냐하면 그 배반자 밸린이 저에게서 이 세상 어느 누구도 일찍이 본 적이 없는 가장 큰 보석을 횡령했기 때문입니다.

아, 그것 때문에 람패는 목숨을 잃었습니다! 저는 그 둘을 신뢰했습니다. 그런데 밸린이 값비싼 보석을 약탈한 것입니다. 보석들을 다시 찾도록 하십시오! 그러나 제가 두려워하는 것은, 어느 누구도 그것을 더 이상 찾을 수 없으며, 영원히 잃어버린 것이 아닌가 하는 점입니다."

그러자 암 원숭이가 덧붙여 말했다.

"절망할 필요가 어디 있겠습니까? 그것들은 어쨌든 이 땅 위에 있을 텐데요. 그러니 아직은 희망을 가질 수 있습니다. 우리는 언제든지 찾을 수 있습니다. 그리고 속세인들과 목사들에게 꾸준히 물어볼 수 있습니다. 그러니 그 보석에 대해 우리에게 말해주시겠소?"

"그것들은 너무나 값비싼 것들입니다. 우리는 그것을 결코 발견치 못할 것입니다. 누군가 그것을 소유하면 틀림없이 감추어 둘 것입니다. 아내 에르멜린이 어떻게 그 일로 괴로워하지 않겠습니까! 그녀는 저를 결코 용서치 않을 것입니다.

그녀는 저에게 그 비싼 보석을 그들에게 주지 말라고 간곡히 말했습니다. 그런데 사람들은 저를 거짓으로 꾸며대어 고발했습니다. 그렇지만 저는 저의 권리를 위해 투쟁하겠습니다. 판결을 고대합니다. 그리고 제가 석방된다면, 여러 나라와 제국을 두루 여행하며 목숨을 걸고라도 그 보석을 찾도록 노력하겠습니다.

10곡

위대한 거짓말

꾀 많은 연사는 계속해서 말했다.

"오, 저의 왕이시여, 고귀한 영주시여!

제게 있는 값비싼 물건들은 모두 폐하께 드리기로 확정되어 있었다는 것을 모든 친구들 앞에서 이야기하도록 해주십시오. 폐하께서 그들을 즉시 소유하지는 못하셨지만, 저의 본뜻은 칭찬할만한 것이었습니다."

"되도록 간단하게 진술하도록 하라."

"행운과 명예는 사라졌습니다! 폐하께선 모든 것을 아시게 될 것입니다",

라이네케는 슬프게 말했다.

"첫 번째 귀한 보물은 반지였습니다. 저는 그것을 밸린에게 주었고, 그는 그것을 왕에게 전해드려야 했습니다. 그 반지는 뛰어난 기술로 세공 되었으며 폐하의 보물에 어울리게 빛나는 순금으로 된 것이었습니다.

반지의 안쪽 면에는 글자가 각인 되어 있었는데, 그것은 헤브라이어로 된 세 마디 말로 아주 중요한 것이었습니다. 이 땅에서는 아무도 그것을 쉽게 해석할 수 없었습니다.

오직 트리에르에 사는 아브리온 선생만이 그것을 읽을 수 있었습니다. 그는 유태인으로 학식이 높아 포이토우로부터 뤼네부르크에 이르기까지의 모든 말과 언어를 알고 있습니다. 그리고 약초와 보석에 대해서 그 유태인은 특히 정통합니다.

제가 반지를 그에게 보였을 때, 그는 말했습니다. '진기한 것은 반지 내부에 숨겨져 있소. 거기에 새겨진 세 개의 이름은 세트라는 믿음 깊은 사람이 자비의 향유(香油)를 구하려고 했을 때, 천국으로부터 가지고 내려온 것입니다. 누군가 그것을 손가락에 끼게 되면 그에게는 어떠한 위험도 닥쳐오지 않습니다. 벼락도 번개도 요술도 그를 해치지 못하게 됩니다.'

계속해서 선생은 말했습니다. 그 반지를 끼고 있는 사람은 혹독한 추위 속에서도 얼지 않는다는 것을 읽었다고 했으며, 의심할 나위 없이 순탄한 노년을 보내게 된다. 바깥쪽에는 홍옥이라는 밝은 보석이 하나 박혀 있었는데, 이것이 밤에도 빛을 내며 사물들을 뚜렷이 가리켰습니다. 그 보석은 많은 힘을 갖고 있었습니다. 그것은 병자들을 치료했고 누군가 그것을 만지면 모든 궁핍과 곤궁으로부터 벗어남을 느꼈습니다만, 죽음만은 극복할 수 없었습니다.

계속해서 선생은 보석의 위대한 힘을 발견해냈습니다.

반지의 소유자는 행복하게 여러 나라를 여행하고, 물도 불도 그를 해치지 못하고, 사로잡히거나, 배반당하지 않으며, 모든 적의 폭력에서 벗어날 수 있습니다. 그리고 그가 진지하게 그 보석을 주시하면, 그는 싸움에서 백 명이 넘는 수라도 제압합니다. 보석의 효력은 독물이나 모든 해로운 즙들에서 독성도 제거합니다.

그와 똑같이 증오도 말살시키며, 반지의 소유자를 좋아하지 않는 많은 자들도 곧 자신이 변화됨을 느끼게 합니다. 누가 보석의 힘을 일일이 다 헤아릴 수 있겠습니까?

저는 그것을 아버지의 보물 속에서 발견했으며, 폐하께 드리기로 생각했던 것입니다. 왜냐하면 그와 같이 값진 반지는 제게 합당치 않았기 때문입니다. 저는 그것을 잘 알고 있습니다.

제 생각으로 그 반지는 모든 무리들 가운데서 제일 고귀한 분의 소유여야 했습니다. 우리들의 안녕과 재산은 오직 그에게 달려있으니까요. 그래서 저는 그분의 생명을 모든 재앙에서 보호하고자 했습니다.

더욱이 숫양 밸린은 왕비께도 빗과 거울을 선물해야 했습니다. 그것들은 저를 기억하시도록 하기 위해서였습니다. 이것들은 제가 한때 장난으로 아버지의 보물 속에서 집어냈던 것입니다. 그보다 더 아름다운 예술작품은 이 지상에는 없습니다.

오, 얼마나 자주 내 아내는 그것을 탐했으며, 가지려고 원했는지 모릅니다!

그녀는 이 지상의 모든 재물 가운데 다른 것은 더 이상 원하지 않았습니다. 우리는 그것 때문에 다투기도 했지만, 그녀는 제 마음을 바꾸게 할 수 없었습니다. 그렇게 해서 저는 거울과 빗을 저의 성의로 자비로우신 왕비께 보냈던 것입니다. 왕비께선 저에게 항상 커다란 자비를 베푸셨고, 저를 재난으로부터 감싸 주셨기 때문입니다.

저를 위해 자주 이로운 말씀도 해 주셨고, 왕비께선 고귀하시고, 높은 가문의 태생으로 덕이 넘치시는 분입니다!

그래서 왕비의 오랜 가문은 이야기나 작품들 속에 보존되어 있습니다. 거울과 빗은 그분에게 어울리는 것이었습니다! 그분은 그것을 이제 유감스럽게도 직접 보시지 못하게 되었습니다. 그것들은 영원히 잃어버린 것입니다.

그러면 빗에 대해 말씀드리겠습니다. 예술가는 이것을 만드는데 표범의 뼈를 사용했습니다. 고귀한 피조물의 유골이지요. 이들은 인도에서 그리고 낙원에서 거주합니다. 가지가지 색깔들이 그의 털을 장식하고 있으며 달콤한 향기가, 그가 가는 곳마다 널리 퍼져납니다. 그래서 다른 동물들도 그의 냄새를 따라 즐겨 뒤쫓아가곤 합니다. 그 향기를 맡으면 건강하게 되기 때문입니다. 그들 모두가 그것을 느끼고 그렇다고 고백을 합니다. 그 우아한 빗은 그와 같은 뼈들로 공들여 만들어졌던 것입니다. 은처럼 맑고, 말로는 표현할 수 없을 정도로 순수한 하얀 색깔이었습니다.

그리고 빗의 향기는 정향이나 계피 향기를 능가했습니다. 그 동물이 죽으면, 향기는 모두 뼛속으로 스며들어서 그 안에 변함없이 남아, 결코 소멸되는 법이 없었습니다. 그 향기는 모든 전염병과 모든 독성을 물리칩니다.

더욱이 빗의 등 부분에는 가장 값진 그림들이 볼록하니 조각되어 있어 황금빛 나는 우아한 넝쿨과 붉고 푸른 염료로 장식되어 있는 것을 볼 수 있었습니다. 중앙부분에는 트로야의 왕자 파리스 이야기가 예술적으로 새겨져 있었습니다.

어느 날 그가 분수 주변에 앉아, 팔라스, 주노 그리고 베누스(비너스)라고 불리는 3인의 여신들을 바라보고 있는 그림이었습니다. 그녀들은 오랫동안 다투었습니다. 모두가 황금사과를 소유하고자 했습니다. 그것은 지금까지 공동소유였습니다. 마침내 그녀들은 타협을 보았습니다. 즉 그 황금사과를 파리스가 최상의 미녀에게 주도록 하자는 것이었습니다. 그리고 그 미녀가 황금사과를 영구히 갖자는 것이었습니다. 그래서 그 젊은이는 신중하게 여신들을 바라보았습니다.

주노가 그에게 말했습니다. '내가 사과를 갖게 된다면, 즉 그대가 나를 최상의 미인으로 인정한다면, 그대는 이 세상에서 가장 으뜸가는 부자가 될 것이다.'

이어서 팔라스가 말했습니다. '잘 생각해보고 사과를 나에게 주도록 하라, 그러면 그대는 가장 힘센 남자가 될 것이다. 그대 이름이 불려지기만 해도, 적이든 친구든 모두가 그대를 두려워하게 될 것이다.'

베누스가 말했습니다. '권력이 무엇이며, 보물은 또 무엇이란 말인가? 그대 아버지는 프리아무스왕이 아닌가? 그대의 형제들 즉 헥토르와 다른 자들은 이 땅에서 부유하고 강력하지 않은가? 트로야는 그의 군대에 의해 보호되고 있지 않은가? 그리고 그대들은 주변의 나라와 이방의 민족들을 제압하고 있지 않은가? 그대가 나를 최상의 미녀로 인정하고 사과를 준다면, 그대는 이 지상에서 가장 훌륭한 보물을 갖는 즐거움을 누릴 것이다.

　이 훌륭한 보물은 뛰어난 미인으로, 으뜸가는 부인이며, 덕성스럽
고, 고귀하며 현명한 여인이다. 어떠한 칭찬도 그녀에게 아깝지 않을
정도이다. 그대가 나에게 사과를 준다면 그리스 왕의 왕비인 미녀 헬
레나를, 보물 중의 보물을 소유하게 될 것이다.'

　그래서 파리스는 베누스에게 사과를 주었고, 그녀를 최상의 미녀
로 칭찬했습니다.

　그녀는 그 대가로 파리스가 아름다운 왕비를 약탈하는 것을 도와
주었습니다. 메넬라우스의 왕비인 헬레나는 트로야에서 그의 부인이
되었습니다.

　이 이야기는 중앙부분에 조각되어 있었습니다. 그리고 그 주위엔
예술적인 서체가 쓰여진 그림들이 있었습니다. 누구나 읽기만 하면
그 이야기를 이해할 수 있었습니다.

　이제 거울에 관해서 계속 말씀드리겠습니다. 그 거울은 유리가 들
어가야 할 자리에 대단히 맑고 아름다운 녹주옥이 대신 들어 있었습
니다.

　그 안에 모든 모습이 비쳐 보였습니다. 수마일 밖에서든 낮이나 밤
에 일어나는 모든 일이 말입니다. 그리고 누군가 얼굴에 어떤 형태든
결점을 갖고 있거나 눈에 작은 점을 갖고 있어도 이 거울을 들여다
보기만 하면 바로 그 순간부터 모든 결점들과 모르고 있던 결함들도
모두 사라졌습니다. 이러한 거울을 잃어버린데 대해 제가 화를 내는
것이 이상한 일이라 할 수 있겠습니까?

　거울이 들어있는 틀은 값비싼 목재가 사용되었습니다. 그것은 쌔

팀이라 불리는 강하고 윤이 반짝이는 나무였습니다. 전혀 벌레가 먹지 않는 나무로, 아시다시피 금보다 더 귀한 것으로 간주됩니다. 다만 흑단만이 그에 버금 간다고 할 수 있지요.

이 나무로 옛날 한 뛰어난 예술가가 크롬파르테스왕 밑에서 진기한 능력의 말 한 마리를 만들어 완성시켰는데, 기사는 그 말로 백 마일을 달리는데 한 시간도 채 걸리지 않았습니다.

저는 그 사건의 자초지종을 지금 여기서 다 말씀드릴 수는 없습니다만, 어쨌든 이 세상이 존재하는 한 그와 같은 말은 두 번 다시 볼 수가 없을 것입니다.

거울 주위 틀의 전체 넓이는 한 피트 반이었으며, 그 편편한 면에는 빙 돌아 예술적인 조각작품과 황금 글자들로 장식되어 있고 개개의 그림 밑에는 그 그림에 합당한 설명들이 쓰여져 있었습니다. 저는 이것들을 간단히 말씀드리고자 합니다.

첫 그림은 시기심 많은 말에 관한 것이었습니다. 그 말은 사슴과 달리기 시합을 했습니다. 그러나 그가 지게 되자 대단히 상심을 하게 되었습니다. 그래서 그는 양치는 목자에게 급히 달려가 말했습니다. '당신이 만약 내 말대로 한다면 행운을 얻을 거요. 내 등에 타시오. 당신을 데려가겠소. 바로 조금 전에 저기 숲 속에 사슴이 한 마리 숨어 있었소. 당신은 그것을 얻을 수 있소. 당신은 살과 가죽과 뿔을 비싸게 팔 수 있소.

자 타시오. 그를 잡으러 갑시다!' —— '그런 일이라면 기꺼이 해 보겠다!' 하고 목자는 그의 등에 탔습니다. 그들은 그곳에서 급히 달려갔습니다. 그들은 얼마 되지 않아서 사슴을 보았고 급히 그를 뒤쫓아가 사냥을 했습니다만, 사슴은 앞질러 달려가 버렸습니다.

그래서 말은 기진맥진하게 되었고, 마침내 그 남자에게 말했습니다. '내리시오, 나는 너무 피곤합니다. 좀 쉬어야겠소이다.' '안돼!' 하고 남자가 말했습니다, '너는 내게 복종해야 해, 그렇지 않으면 이 박차(拍車) 맛을 보여 줄 테다. 네 스스로 나를 태워오지 않았는가 말이다.' 이렇게 말 등에 탄 목자는 그를 강요했습니다. 이처럼 다른 자들을 해치려는 자는, 그 스스로 고통과 불행에 시달리면서 악으로 그 보답을 받는 것입니다.

거울에 새겨진 또 다른 이야기를 말씀드리겠습니다.

당나귀와 개가 부잣집에서 같이 있게 되면 당연히 개가 주인의 마음에 드는 애완동물이 됩니다. 그는 주인의 식탁 옆에 앉아 주인이 먹는 것과 똑같은 생선과 고기를 먹고 주인의 품에서 쉽니다.

주인은 개에게 늘 가장 좋은 빵을 주고, 그는 그 대가로 꼬리를 흔들고 주인을 핥아대곤 했습니다.

당나귀 볼대빈은 개의 행운을 보았습니다. 그는 가슴에 슬픔이 가득해서 혼잣말을 했습니다. '도대체 주인은 무엇을 생각하고 저 게을러빠진 녀석에게 저토록 끔찍하게 친절히 대해주는 것일까?

저 동물은 주인의 주위를 뛰어 돌아다니지도 않고 그의 턱수염만 핥고 있는데! 나는 종일 일만 하고 자루들을 끌어야 한다.

그가 내 일을 한 번 한다면, 다섯 마리, 아니 열 마리의 개가 일 년을 한 대도 내가 한 달에 하는 일을 다하지 못할 것이다! 그런데도 그에게는 가장 좋은 음식이 주어지고 나는 짚만 먹게 하고 딱딱한 땅바닥에 누워 자게 한다. 그리고 나를 몰고 가거나 타고 갈 때에는 나를 조롱하고 욕을 한다. 나는 이제 더 이상 참을 수도, 참고 싶지도

않다. 나도 역시 주인의 총애를 얻고 싶다.'

그가 그렇게 말했을 때, 마침 주인이 걸어 왔습니다.

그 때 당나귀는 꼬리를 치켜들고 주인에게 뛰어오르면서 뒷발로 서서 소리를 지르고 노래를 하며 힘차게 울부짖었습니다.

주인의 턱수염을 핥으며 개가 하는 방식과 똑같이 주인의 뺨에 자신의 뺨을 비벼대, 혹을 서너 개 붙여놓았습니다.

주인은 겁이나 펄쩍 뛰며 그에게서 물러나 소리쳤습니다. '에이

이 놈의 당나귀를 붙잡아 죽도록 두들겨라!' 그러자 하인들이 몰려왔고 몰매가 쏟아졌습니다. 그는 마구간으로 끌려가서 그곳에서 다시 당나귀로 머물렀습니다.

이 세상에는 그와 유사한 많은 당나귀가 있습니다. 그는 다른 자들의 행복을 시기하고, 자신에 대해서는 불만에 차 있습니다.

그러나 그와 같은 자는 언젠가 부유한 상태가 되면 마치 돼지가 순갈로 수프를 먹는 것처럼 그렇게 곧바로 적응을 잘하지 못합니다. 당나귀란 짐을 날라야 합니다. 잠자리에는 짚을 깔고 음식은 푸성귀를 먹도록 되어 있습니다. 그를 달리 취급하려고 해도, 그는 늘 옛날대로입니다. 당나귀가 권세를 얻게되면, 일이 잘 될 수 없습니다. 그들은 그들의 이익이나 추구하지, 그 외의 일에 상관이나 하겠습니까?

그리고 폐하, 계속 알아두셔야 할 것이 있습니다. 제 말을 불쾌하게 여기지 마옵소서. 거울의 테 위에는, 그 당시 저의 아버지와 힌째가 동맹을 맺고 모험을 떠난 일이 아름답게 조각되고 글로 똑똑하게 쓰여져 있었습니다.

그리고 어떻게 그 둘이서 모든 위험을 당해서도 용맹하게 힘을 합치고, 모든 노획물을 공평하게 나눌 것을 성스럽게 맹세했는가 하는 것도요.

그들이 그 당시 길을 가고 있었을 때, 사냥꾼과 사냥개들이 멀지 않은 곳에 있는 것을 알아차렸습니다. 고양이 힌째가 말했습니다.

'좋은 방책이 없을 것 같군요!' 그러자 저의 아버님이 말했습니다.

'정말 급하게 되었습니다. 그렇지만 내 주머니에는 아직 훌륭한 방책으로 가득 차 있습니다. 그러니 우리들의 맹세를 잊지 말고 힘을

합쳐 용감하게 대처합시다. 그것이 무엇보다 급선무입니다.'

그에 대해 힌째가 말했습니다. '어떻게든 되겠지요. 그러나 나에 겐 수단이 하나 있습니다. 나는 그것을 사용해 볼 생각이오.' 그리고 는 개들의 위협에서 자신을 구하려고 재빨리 나무 위로 뛰어 올라갔 습니다. 그렇게 그는 그의 숙부를 떠나버렸습니다.

저의 아버님은 이제 혼자 겁에 질려 그곳에 서 있었습니다. 사냥꾼 들이 왔습니다.

힌째가 말했습니다. '자, 숙부? 어떻게 된 거요? 자루를 여시오! 그것이 방책으로 꽉 찼다면, 지금 사용하시오. 때가 되었소.'

사냥꾼들은 나팔을 불고 서로서로 소리를 질렀습니다. 나의 아버 지가 도망가자, 개들이 달려왔습니다. 그들은 요란하게 짖으며 쫓아 왔습니다. 그는 겁에 질려 땀을 흘리며 계속 똥을 깔겼습니다. 그는 몸이 가벼워짐을 느꼈고, 그래서 적들로부터 벗어났습니다.

폐하께서 들으신 대로, 아버님은 그가 가장 믿었던 친척에게서 치욕스러운 배반을 당했습니다. 그것은 생명에 관계되는 일이었습 니다.

개들이 너무 빨랐기 때문에, 아버님이 급히 동굴 하나를 다시 기억 해 내지 않았더라면 생명을 잃었을 것입니다. 그렇게 해서 그가 동굴 속으로 기어들어 가게되자 적들은 그를 놓쳤습니다.

그 당시 힌째가 저의 아버님께 보여 주었던 것과 똑같이 행동하는 그런 녀석들은 아직도 많습니다. 어떻게 제가 그들을 사랑하고 존경 해야 합니까?

물론 저는 그 일의 태반을 잊어버렸습니다만, 아직 약간은 남아 있습니다. 이 모든 것이 거울 위에 그림과 글로 새겨져 있었습니다.

또 그곳에는 늑대가, 그가 받았던 선한 일에 어떻게 감사를 표시했는가 하는 이야기도 볼 수 있었습니다.

목장에서 그는 말 한 마리를 발견했는데 뼈만 남아 있었습니다. 그러나 그는 너무 배가 고파, 그 뼈들을 탐욕스럽게 갉아먹었습니다. 그 때 뾰족한 뼈 하나가 그의 목에 가로 걸렸습니다. 그는 겁에 질려 허둥대게 되었고, 그래서 곤란한 상태가 되어버렸습니다.

그는 의사를 부르러 연달아 심부름꾼을 보냈습니다.

그는 모두에게 막대한 사례금을 주겠다고 했지만 아무도 그를 도

우려고 하지 않았습니다. 그 때 마지막으로 빨간 베레모를 쓴 두루미가 도착했습니다. 그에게 병자는 애원을 했습니다.

'박사, 빨리 나를 이 고통에서 구해주시오! 그대가 목에서 뼈만 꺼내 준다면, 그대가 원하는대로 모두 주겠소.'

이렇게 해서 두루미는 그 말을 믿고 부리를 대가리까지 늑대의 아가리 안으로 밀어 넣고 뼈를 집어내었습니다.

'아이고!' 하고 늑대가 울부짖었습니다, '너는 나를 해치고 있다! 너무 아프다!

두 번 다시 그런 짓은 하지 말라! 오늘만은 용서해 줄 테니. 다른 녀석이었더라면, 나는 그런 고통을 참아 넘기지 않았을 것이다.'

'기뻐하시오' 하고 두루미가 말했습니다. '당신은 이제 회복되었습니다. 나에게 보수를 주시오. 내가 당신을 도왔으니, 마땅히 대가를 받아야 하오.'

'어리석은 놈 말하는 것 좀 들어보게!' 늑대가 말했습니다. '고통은 내가 당했는데, 네가 보수를 요구하고, 내가 너에게 지금 막 보여준 은혜를 잊다니. 나는 내 입안에 들어온 너의 부리와 대가리를 전혀 다치지 않고 내보내 주지 않았던가?

너는 이 녀석아 나에게 고통을 주지 않았던가? 보수가 문제라면, 그것을 요구할 수 있는 자는 내 자신이어야 한다.'

이런 식으로 이 건달은 그의 일꾼들과 흥정을 하는 것이 예사였습니다.

이런 많은 이야기들이 예술적으로 새겨져 거울테 주위를 아름답게 꾸미고 있었습니다. 그리고 귀한 보물인, 조각된 많은 장식품과 황금빛 글씨도 제게 어울리지 않는다고 여겼습니다. 저는 너무 미천합니다. 그래서 그것을 고귀한 부인이신 왕비께 보냈던 것입니다. 그렇게 해서 왕비와 그녀의 부군께 저의 경의를 표시하려고 생각했습니다.

저의 아이들, 그 귀여운 사내녀석들은, 제가 거울을 내 주었을 때 무척 슬퍼했습니다. 그들은 펄쩍펄쩍 뛰며 거울 앞에서 놀았고, 자신의 몸을 비쳐보고, 등에서 밑으로 달려있는 조그만 꼬리들을 쳐다보고, 자신들의 주둥이를 보며 즐거워했습니다.

제가 람패와 밸린에게 충실과 믿음으로 그 보물들을 경건하게 의뢰했을 때, 유감스럽게도 그 성실한 람패의 죽음을 전혀 짐작하지 못했습니다. 저는 그 둘을 성실한 자들로 여겼던 것이지요.

저는 일찍이 그들보다 더 좋은 친구는 없다고 생각했습니다. 살인자는 화를 입을 것입니다! 누가 보물을 숨겼는지 저는 그것을 알고 싶으며, 살인자는 꼭 밝혀지고 말 것입니다. 여기 있는 서로서로가 보물이 어디에 있으며 어떻게 람패가 살해당하게 되었는지 말할 수만 있다면!

자비로우신 폐하, 날마다 중요한 사건들이 폐하께 밀려듭니다. 폐하께선 모든 것을 염두에 두실 수는 없을 것입니다. 그렇지만 저의 아버님이 이곳에서 폐하의 부친께 충실히 봉직했던 것을 어쩌면 아직도 기억하시겠지요.

선왕께선 병들어 누워 계셨고 그의 생명을 저의 아버님이 구했습니다. 그런데도 폐하께선 저나 제 아버님이 폐하께 아무런 선행도 보인 적이 없다고 말씀하십니다.

죄송합니다만, 제 말을 계속 들어주시기 바랍니다. 선왕의 궁전에서는 제 아버님이 경험이 풍부한 의사로서 퍽 존경을 받았습니다. 그는 환자의 오줌을 능숙하게 검사할 수 있었습니다. 그는 자연체질을 돕는 방법을 써서, 두 눈에 부족한 것이나 신체의 주요 부분에 부족한 것을 잘 치료했습니다.

또 그는 구토증에 대해서 잘 알고 있었고, 그 외에 치아에도 정통해서, 고통스러워하는 환자들을 쉽게 다루었습니다.

저는 폐하께서 그것을 잊으셨다고 믿고 싶습니다. 놀랄 일은 아닙니다. 왜냐하면 폐하는 그 당시 겨우 세 살이셨으니까요. 선왕께선 어느 겨울에 굉장한 고통을 겪으면서 침대에 누워 있었습니다. 심지어 사람들이 그를 들고 운반해야 했습니다. 그 때 그는 여기서 로마까지 모든 의사들을 불러들이도록 했습니다. 그런데 모두가 두 손을 들었습니다. 그는 마지막으로 사람을 보내 제 아버님을 데려왔습니다.

아버님은 고통의 증상을 듣고, 위독한 병세를 살펴보았습니다. 저의 아버님은 대단히 탄식을 하며 말했습니다.

'국왕 폐하시여, 자비로우신 주인이시여,

제가 폐하를 구할 수만 있다면, 정말 기꺼이 저의 생명을 걸겠습니다! 우선 유리 그릇에 폐하의 소변을 검사하도록 해주십시오' 선왕은 아버님의 말을 따르면서, 병세가 날이 가면 갈수록 더욱더 나빠진다고 한탄을 했습니다.

다행스럽게도 선왕께서 어떻게 즉각 회복되었는가 하는 것이 거울 위에 새겨져 있었습니다. 소변검사 후 저의 아버님은 신중하게 말했

습니다.

　'폐하께서 건강을 원하신다면, 지체하지 마시고 결단을 내려, 늑대의 간을 드시기 바랍니다. 그러나 적어도 7년짜리는 되어야 합니다. 폐하께선 그것을 잡수셔야만 합니다. 연기하시면 안됩니다. 폐하의 생명이 달린 일입니다.

　폐하의 소변은 온통 피 뿐입니다. 속히 결심하십시오!'

　무리 중에는 늑대가 있었습니다. 그리고 그 말이 몹시 언짢았습니다. 선왕께서 말했습니다. '늑대 군, 그대도 이야길 잘 들었겠지. 나의 치료에 필요한 그대의 간을 나에게 거절하지 말라.' 그러자 늑대가 대답했습니다.

'저는 태어난 지 5년도 채 안되었습니다! 폐하께 무슨 소용이 될 수 있겠습니까?' 그러자 저의 아버님이 말했습니다.

'공연한 헛소리! 그 정도는 문제가 아니오, 간을 보면 곧 알 수 있소.' 그래서 늑대는 즉석에서 부엌으로 가야했고, 그의 간은 쓸만한 것으로 판명이 되었습니다.

선왕께선 그것을 곧 드셨지요. 그와 동시에 그는 모든 병과 모든 결핍증세로부터 해방되었던 것입니다.

선왕께선 저의 아버님에게 극구 감사했고, 궁전에서는 모두가 그를 박사라고 불렀으며, 그 일을 결코 잊어서는 안되었습니다.

그렇게 해서 저의 아버님은 항상 왕의 오른쪽에 있게 되었습니다. 폐하의 부친은 그 다음 그에게, 제가 가장 잘 알고 있습니다만, 모든 신하들 앞에서 쓰고 다닐 수 있는 빨간 베레모와 황금으로 된 핀을 하사했습니다. 그래서 모두가 그를 지극히 존경했습니다. 그러나 유감스럽게도 그의 아들 대에 와서는 사정이 달라져버렸습니다. 아버지의 덕은 더 이상 기억되지 않게 되었습니다. 가장 탐욕스런 악당들이 높이 떠받들어지게 되고, 유익함이나 이익만을 생각하고 정의나 지혜는 뒷전으로 밀려나게 되었습니다. 시종들이 높은 신분이 되고, 가난한 자가 뒤치닥꺼리를 해야만 합니다.

그런 자가 힘과 권력을 갖게 되면, 그는 맹목적으로 군중들을 괴롭히고, 자신이 어떤 출신인지 더 이상 생각하지 않습니다. 그는 모든 게임에서 이익을 취하려고만 합니다.

신분이 높은 자들 주위엔 그런 자들이 많습니다. 그들은 수당이 금

방 충분하게 주어지지 않는 곳에서는 어떠한 부탁도 들어주지 않고, 사람들에게 회답을 줄 때, 첫째도, 둘째도, 셋째도 '가져만 오라! 가져와!' 하는 것을 뜻합니다.

그와 같이 탐욕스런 늑대들은 자신을 위해서는 좋은 음식을 취하면서, 작은 희생으로 그들 주인의 생명을 구할 수 있는 경우 머뭇머뭇 생각만 할 것입니다.

앞서 말씀드린 늑대도 왕을 구하기 위해 간을 내놓으려고 하지 않았습니다! 그리고 간이 무어 그리 중요합니까! 솔직히 실토하겠습니다! 스무 마리 정도의 늑대들이 생명을 잃어도 괜찮습니다. 왕과 그의 충실한 왕비께서 생명을 다시 얻는다면, 그것이 훨씬 덜 해로웠을 것입니다. 왜냐하면 나쁜 씨앗이 어떻게 좋은 것을 생산할 수 있겠습니까?

폐하의 어린 시절에 일어났던 일이어서 폐하께선 잊으셨을 것입니다. 그러나 저는 그것을 마치 어제 일어난 일처럼 잘 알고 있습니다. 거울 위에 그 이야기가 들어 있었습니다. 저의 아버님이 그것을 원하셨던 것입니다. 그것은 보석과 황금빛 장식넝쿨로 장식되어 있었습니다.

제가 거울을 수소문해서 찾을 수만 있다면 재산과 생명을 걸겠습니다."

조용히 듣고 있던 왕이 말했다.

"라이네케, 나는 그대 이야기를 이해했노라. 그리고 그대가 말한 모든 이야기도 다 잘 들었노라.

그대 아버지가 이 궁전에서 그렇게 위대했고, 수많은 유익한 행동을 했다면, 그것은 이미 오래 전 일이라 할 수 있다.

나는 아무것도 기억할 수 없으며, 또한 아무도 나에게 그것을 보고해 주지도 않았다. 그와는 반대로 그대의 행위는 자주 내 귀에 들려온다. 언제나 그대가 관련되어 있다고 모두가 말하고 있다.

만약 그것이 그대에게 부당하다면, 그리고 옛날 이야기들이라면, 나는 한 번 무엇인가 좋은 이야기를 듣고 싶다. 그것은 너무 드물다."

"폐하, 저는 그 점에 관해 충분히 폐하께 설명 드리고자 합니다. 그것은 제게 관한 일이기 때문입니다. 저는 선한 일을 폐하 자신께 행하였습니다! 그러나 폐하께 그것을 비난하고자 하는 것은 아닙니다. 신께서 저를 보호해 주시길! 제가 잘못을 했다면, 그것은 폐하께 제가 할 수 있는 한 봉사를 했다는 것입니다. 폐하께선 그 이야기를 분명 전부 잊지는 않으셨을 것입니다. 저는 한때 이제그림과 함께 마침 돼지 한 마리를 사냥했습니다. 돼지는 소리를 질렀고 우리는 그것을 물어 쓰러뜨렸습니다.

그 때 폐하께서 오시고, 폐하를 뒤따라 왕비께서 오고 있었습니다. 누군가가 약간의 음식을 폐하께 나누어준다면, 두 분께 대단히 도움이 될 것이라고 했습니다. 그리고 폐하께서 말씀하셨습니다. '그대들의 노획물에서 좀 나눠주도록 하라!'

이제그림은 곧 '예!' 하고 말했으나 콧수염 아래서는 잘 들리지 않게 투덜거렸습니다. 그러나 저는 그와는 반대로 말했습니다.

'폐하! 기꺼이 드리겠습니다. 그러나 돼지를 나누어야 할텐데, 누가 나누어야 하겠습니까? 말씀해 주십시오.'

'늑대가 하라!' 폐하께서 다시 말씀하셨습니다.

이제그림은 대단히 기뻐했습니다. 그는 자기 습관대로 나누었습니다. 부끄러움도 주저함도 없이, 4분의 1을 폐하께 드렸고, 왕비에게도 4분의 1을 그리고 절반이 그의 차지로 돌아갔습니다.

그는 탐욕스럽게 달려들어 꿀꺽꿀꺽 삼키며 제게는 양쪽 귀 외에 코와 허파 반쪽만을 건네주었습니다. 다른 것은 모두 자신의 것으로 했습니다. 폐하께서도 그것을 보셨습니다.

그는 우리에게 고귀한 심성을 보여주지 않았습니다. 폐하께서도 그것을 아십니다.

폐하께서는 자신의 몫을 곧 드셨고, 제가 그 때 알아차린 것은 폐하의 시장함이 가시지 않았다는 것이었습니다. 이제그림만이 그것을 보려고 하지 않았습니다.

그는 계속 먹고 씹으면서 폐하께는 한 조각도 더 드리지 않았습니다. 그러나 그 때 폐하께서 앞발로 그의 귀 뒷머리를 강하게 내려치시자 털가죽이 벗겨져 피를 흘리며 머리에 혹을 달고 고통에 못 이겨 울부짖으며 달아났습니다.

폐하께선 그를 불러 소리치셨습니다. '다시 돌아 오라, 부끄러워할 줄 알라! 그대가 다시 나누게 될 때, 그 때는 내 마음에 들게 하라. 그렇지 않으면 혼을 내 주겠다.

이제 급히 가서 우리에게 먹을 것을 가져오도록 하라!'

제가 대답했습니다. '폐하! 폐하께서 그렇게 명하시면 제가 받들겠습니다. 제가 알고 있으니 곧 가져오도록 하겠습니다.' 폐하께선 만족해 하셨습니다.

이제그림은 그 당시 아주 졸렬하게 행동했습니다. 그는 피를 흘리고 한숨을 쉬며, 제게 탄식을 했습니다. 그러나 저는 그를 독려해서 함께 사냥을 해 송아지 한 마리를 잡았습니다! 폐하께서 좋아하시는 먹이었습니다. 우리가 그것을 가져왔을 때, 살이 투실투실 쪄 보였습니다. 폐하께선 만면에 웃음을 띠우고 제게 친절하신 말씀으로 많은 칭찬을 해주셨습니다. 필요한 순간에 저를 보낸 것이 아주 잘된 것이었다고 말입니다. 이어서 말씀하셨습니다.

'송아지를 나누도록 하라!' 그 때 제가 말했습니다. '절반은 폐하 것입니다! 그리고 절반은 왕비님 것입니다. 그리고 몸 속에 들어 있는 것, 심장이나 간 그리고 허파는 당연히 폐하의 자녀들 것입니다. 저는 발을 갖겠습니다. 저는 그것을 갉아먹는 것을 좋아합니다. 그리고 머리는 늑대가 가졌습니다. 맛있는 먹이입니다.'

폐하께서 제 이야길 듣고 난 후에 말씀하셨습니다. '말하라! 누가 그대에게, 그렇게 궁전예법에 따라 나누는 것을 가르쳐 주었느냐? 몹시 알고 싶구나'

그러자 제가 말했습니다. '저의 스승은 가까이 있습니다. 털이 벗겨져 피가 흐르는 이 붉은 머리통이 제게 이성을 일깨워 주었습니다.

오늘 일찍 돼지를 나누었을 때 저는 그것을 정확하게 알아차렸습니다. 그 때 저는 그와 같은 분배의 의미를 파악했습니다.

송아지든 돼지든 이제 저는 실수를 하지 않고 쉽게 나눌 수 있습니다.'

재앙과 치욕이 늑대와 그의 탐욕을 엄습했습니다. 그런 자들은 너무 많습니다! 그들은 식솔들과 함께 토지에서 나는 풍부한 수확물들을 삼켜 버립니다. 그들은 모든 것을 쉽사리 파괴해 버리며, 어떠한 관용도 고대할 수 없습니다. 그런 자를 길러내는 땅은 화를 입을 지어다!

폐하! 이렇게 저는 폐하를 늘 존경해 왔습니다.

제가 소유한 모든 것, 그리고 제가 터득한 것까지도 언제나 폐하와 왕비께 모두 기꺼운 마음으로 헌납했습니다. 많든 적든 폐하께선 그 모든 것의 대부분을 받으셨습니다.

폐하께서 돼지와 송아지를 생각해 보신다면 진정한 충성이 어디 있는지 진실을 아실 것입니다. 그래도 이제그림을 라이네케와 비교하시겠습니까? 유감스럽게도 늑대는 고위 관리로서 명망을 누리고 있으며, 모두를 억압하고 있습니다.

그는 폐하의 이익에는 신경을 쓰지 않고 이것저것 자기 이익만 추구하고, 그래서 브라운과 함께 대표로서 간언을 도맡아 하고 있습니다. 라이네케의 말 따위는 주목받지도 못합니다.

폐하! 그것은 진실입니다. 모두가 저를 고발했습니다. 저는 피하지 않겠습니다.

이제는 정정당당히 맞서겠습니다. 그래서 다음처럼 요구하는 바입니다. 여기 어느 누구든 증명할 수 있다고 믿는 자가 있다면, 증인과 함께 나오도록 하십시오.

굳게 소송을 고수하고, 만약 질 경우를 대비해 그의 재산, 그의 부귀, 그의 생명을 법적으로 저당 잡히도록 해주십시오.

저도 그와 똑같이 저당을 잡히겠습니다. 지금까지 항상 그래야 만 정당한 것으로 인정되어 왔습니다. 그러니 그걸 지키도록 해주 십시오. 모든 소송은 찬반이 결정될 수 있도록 그런 식으로 충실하 게 진행되고, 재판이 되도록 해주십시오. 저는 그것을 요구하고자 합니다!"

왕이 결단을 내린듯 말했다.

"어떤 경우든 법의 길을 축소할 수도, 하고 싶지도 않다. 나는 또 한 그것을 결코 허용하지 않았었다. 그대가 나의 성실한 사자 람패의 살해에 관여했다는 의혹은 크다. 나는 그를 총애했으며 잃고 싶지 않 았으므로, 그의 피묻은 머리가 그대의 배낭에서 나왔을 때, 나는 극 도로 슬펐었다. 그 악독한 동행자 밸린은 그 자리에서 죽음으로 대가 를 치러야 했지.

그대는 그 사건을 계속해서 법적으로 투쟁하고자 한다. 내 자신에 관한 것이라면, 나는 라이네케에게서 모든 것을 용서하겠다. 왜냐하 면 그는 많은 중대한 경우에 내 편을 들었기 때문이다.

누군가 계속해서 소송을 제기한다면, 우리는 그것을 듣도록 하자. 그는 의심의 여지가 없는 증인을 내세우고 라이네케에 대한 소송을 정식으로 제기하라. 여기 그가 재판을 위해 서 있다!"

"자비로우신 폐하, 정말 감사합니다.

폐하께서 모든 것을 들으시고, 그러면 모두가 법의 은총을 누리게 됩니다. 진정으로 맹세합니다만, 저는 너무나 슬픈 마음으로 밸린과 람패를 떠나 보냈습니다. 둘에게 무슨 일이 일어날 것같은 예감은 들었습니다만, 저는 그들을 진정으로 사랑했습니다."

라이네케는 이렇게 교활하게 이야기를 마무리지었다.

모두가 그를 믿었다. 그는 보물을 그토록 마음에 들게 묘사했고, 아주 진지하게 행동했다. 그는 진실을 말하는 것처럼 보였다.

사람들은 심지어 그를 위로하려고 했다. 이렇게 그는 보물이 마음에 든 왕을 속였다. 왕은 그 보물들을 기꺼이 소유하고 싶어했다. 그래서 라이네케에게 말했다.

"그대는 이제 모든 걱정을 떨쳐버리고, 여행을 떠나 상세하게 수소문해서 잃어버린 보물을 찾도록 힘을 다하라. 만약 나의 도움이 필요하다면, 언제라도 사용하라."

"폐하의 자비를 고맙게 생각합니다. 그 말씀은 저에게 위안이 되고, 희망을 품게 합니다. 약탈과 살인에 벌주는 것이 폐하의 지상 업무입니다.

이 사건은 제게 불확실합니다만 곧 밝혀질 것입니다. 저는 저의 온 열성을 다해 조사를 하고 낮과 밤을 가리지 않고 열심히 여행을 하면서 모든 사람들에게 묻겠습니다.

그래서 그것이 어디에 있는지 알게되면, 그리고 제가 힘이 모자라 그것을 혼자 획득할 수 없다면, 그 때 폐하께서 허용하신 도움을 청하겠습니다. 그러면 분명히 일이 잘 될 것입니다.

제가 다행히도 그 보물들을 찾아, 폐하 앞에 가져와서 마침내 제 노력이 보상되고 저의 충성이 증명되길 바랍니다."

왕은 그 말을 즐겁게 듣고, 그토록 기묘하게 거짓말을 꾸몄던 라이네케를 전적으로 지원했다. 모든 다른 자들도 역시 그것을 믿었다. 이제 그는 다시 여행을 해도 좋았고, 그가 가고 싶은 곳이면 아무런 문제없이 가도 좋았다.

그러나 이제그림은 더 이상 참을 수 없었다. 그래서 그는 이를 갈면서 말했다.

"자비로우신 폐하! 폐하께선 또다시 폐하를 이중 삼중으로 속인 저 도둑을 믿습니까? 정말 놀라지 않을 수 없군요!

저 악당이 폐하를 속이고 우리 모두에게 해를 끼친 것을 보지 않으셨습니까?

그는 결코 진실을 말하지 않고, 공허한 거짓말만 생각합니다. 그러나 제가 그를 그렇게 쉽게 내버려두지는 않겠습니다. 폐하께서 그가 악당이며 거짓투성이라는 것을 아시게 될 것입니다. 저는 그가 지은 세 가지 커다란 범죄를 알고 있습니다. 그를 놓쳐서는 안됩니다. 우리는 싸워야만 합니다.

우리에게 증인을 요구합니다만, 그것이 무슨 도움이 되겠습니까? 증인들이 여기에 서서 말하고 온종일 법정에서 증언한다 해도 효과가 있겠습니까? 그래도 그는 언제나 자신의 의향대로 할 뿐입니다.

우리가 어떠한 증인도 내세울 수 없을 때, 그 파렴치한 녀석은 예나 지금이나 변함없이 술책을 부릴 겁니다. 누가 진심으로 말하겠습니까?

모두에게 그는 나쁜 짓을 하고, 모두가 그런 해를 두려워합니다. 폐하와 폐하의 가족들도 그리고 모두가 똑같이 그것을 느끼고 있습니다.

　오늘은 제가 그를 상대하겠습니다. 그는 한 발자국도 꿈쩍해서는 안되며 재판에서 저와 맞서야 합니다. 거기서 그는 자신을 방어해도 좋습니다!"

11곡

늑대의 도전

늑대 이제그림은 탄식을 하며 말했다.

"폐하께선 이해하실 것입니다!

자비로우신 왕이시여, 라이네케는 언제나 악당이었으며, 앞으로도 늘 그럴 것이며, 저와 제 동족을 욕하기 위해 수치스런 사건을 이야기하고 있습니다. 그는 언제나 저에게 그리고 제 아내에게는 더욱 더 견디기 어려운 치욕을 안겨 주었습니다.

한 번은 그 녀석이 제 아내를, 연못 물 속을, 그 진흙 속을 걸어서 건너도록 유혹했습니다. 그리고 많은 물고기를 잡도록 해준다고 약속을 했었습니다. 그리고 그녀에게 꼬리를 물 속에 담근 채 늘어뜨리고 있게 했습니다. 그러면 물고기들이 꼬리를 물게 될 것이고, 넷이서 먹어도 다 먹을 수 없을 것이라고 했습니다.

그녀는 물 속을 걸어서 그리고 헤엄을 치면서 끝까지, 즉 연못에

물이 들어오는 입구까지 왔습니다. 그곳은 물이 보다 깊은 곳이었습니다.

그는 그녀에게 꼬리를 물 속으로 내려뜨리도록 했습니다.

저녁 추위가 대단해서 물은 곧 얼기 시작했습니다.

그래서 그녀는 거의 더 이상 견딜 수 없을 지경이었습니다. 그녀의 꼬리도 얼마 안되어서 꽁꽁 얼어 버렸습니다. 그녀는 꼬리를 움직일 수 없게되자, 물고기가 너무 무겁기 때문이며 일이 잘되었다고 믿었습니다.

비열한 도둑놈 라이네케는 그것을 알아차렸습니다. 그가 무엇을 했는지 새삼 말할 필요가 없습니다. 그는 물가로 와 유감스럽게도 그녀를 뒤에서 굴복시켰던 것입니다.

이제야 그는 제게 꼼짝 할 수 없게 되었습니다! 그 범죄는 폐하도 들어 아시다시피, 둘 중에 하나가 오늘 목숨을 내놓아야 합니다.

그는 이제 거짓 주둥이를 나불댈 수 없을 것입니다. 제가 직접 그 범행을 목격했으니까요. 그날 저는 우연히 산비탈 길을 가고 있었는데, 그녀가 큰소리로 도움을 청하는 소리를 들었습니다. 그녀는 불쌍하게 속임을 당하여 얼음 속에 꽁꽁 얼어붙은 채 서서, 그 녀석을 방어할 수가 없었습니다.

저는 그곳으로 가서 제 눈으로 그 모든 것을 보아야만 했던 것입니다!

제 가슴이 파열되지 않는 것이 정말 기적입니다. 제가 소리쳤습니다.

'라이네케! 무엇을 하고 있느냐?' 그는 제가 오는걸 보고 급히 도망을 쳤습니다. 저는 비통한 심정으로 그쪽으로 뛰어 갔습니다.

차가운 물 속을 얼면서 걸어가지 않으면 안되었으며, 아내를 풀려 나게 하기 위해 고생 고생하면서 간신히 얼음을 깰 수 있었습니다만, 아, 그러나 일이 잘 되지 않았습니다! 그녀가 힘을 다해 잡아당기자, 얼음에 박혀있던 꼬리가 4분의 1정도 끊어져 버렸습니다. 아픔에 못 이겨 그녀는 큰 소리로 슬피 울었습니다. 농부들이 그것을 듣고 달려 나와 우리를 알아차리고 서로서로를 불렀습니다.

그들은 사납게 창과 도끼를 가지고 제방 위로 달려왔으며, 부인네 들은 실 감는 막대기를 가지고, 소리도 요란스럽게 뒤쫓아 왔습니다.

'그들을 붙잡아라! 두들겨라, 던져라!' 하고 모두가 서로 외쳤습 니다.

제게는 그 때처럼 겁났던 적이 없었습니다. 제 아내 기이래문트도 같은 고백을 했습니다. 우리는 간신히 생명을 구해 달아났습니다. 털 에서는 더운 김이 솟아올랐습니다. 그 때 한 젊은이가, 창으로 무장 한 짓궂은 녀석이었는데, 날쌘 발걸음으로 달려와, 우리를 찌르며 사 정없이 몰아 부쳤습니다.

밤이 오지 않았더라면 우리는 생명을 잃었을 것입니다.

부인네들은 여전히 우리를 마귀라고 불렀고, 우리가 그들의 양을 잡아먹었다고 소리쳤습니다. 그들은 우리를 두들기려고 했으며, 우 리들 뒤에다 대고 욕하고 조롱했습니다. 그러나 우리는 몸을 돌려 육 지에서 다시 물로 가서 날쌔게 갈대 사이로 미끄러져 들어갔습니다. 그 때서야 농부들은 더 이상 따라오지 않았습니다.

날씨가 어두워졌기 때문입니다. 그들은 집으로 돌아갔습니다. 그렇게 해서 우리는 간신히 빠져 나왔습니다.

자비로우신 폐하, 보시다시피 지금 이야기되고 있는 범행들은 강간, 살인, 배반들입니다.

폐하시여, 그런 범행들에 대해서는 엄하게 벌을 내리시리라 믿습니다."

왕은 그 고발을 듣고 나서 말했다.

"그것에 관해서는 정당하게 판결이 내려질 것이다. 그러나 라이네케가 말하는 것도 들어보자."

"일이 그렇게 되었다면, 그 사건은 저에게도 명예롭다고 할 수 없습니다. 사람들이 그가 말한 대로 인정한다면, 신이여 자비로이 저를 보호해 주소서. 그렇지만 저는 부인하지는 않겠습니다.

저는 그녀에게 물고기 잡는 법을 가르쳤고, 물로 가는, 즉 연못으로 가는 가장 좋은 길을 알려 주었습니다. 그러나 그녀는 물고기란 말을 듣자마자, 탐욕스럽게 그걸 잡으러 달려갔고, 방법이나 절도나 교훈을 잊어버렸습니다.

그녀가 얼음 속에서 꽁꽁 얼 정도로 오래 머물러 있었다면, 너무 오랫동안 그곳에 앉아 있었던 것입니다. 만약 그녀가 알맞은 때에 꼬리를 당겼다면, 그녀는 훌륭히 식사할 물고기를 잡았을 것입니다.

탐욕이 지나치면 항상 해로운 것입니다. 흡족치 않는 마음이 습관이 되면, 많은 것도 늘 부족한 느낌이 됩니다.

탐욕의 정신을 갖게 되면 그는 오직 걱정 속에서만 살게 되고 어느 누구도 그를 만족시킬 수 없습니다. 기이래문트 부인은 그녀가 얼음 속에서 얼었을 때 그것을 깨달았을 것입니다. 그녀는 이제 저의 수고에 솔직히 감사할 것입니다. 그것은 제가 그녀를 성실하게 도왔기 때문입니다. 저는 천천히 걸어가서 온 힘을 다해 그녀를 뒤에서 들어올리려 했습니다.

그렇지만 그녀는 저에게 너무 무거웠습니다. 이렇게 애를 쓰고 있을 때 강변을 따라 걸어오고 있던 이제그림이 저와 마주치게 되었습니다.

그는 그곳에 서서 소리를 지르고 격분해서 이쪽으로 욕을 퍼부었습니다. 독이 오른 저주의 말을 듣고 저는 정말 놀랐습니다. 두 번 세 번 연거푸 그는 가장 혹독한 욕설을 저에게 퍼붓고 극도로 분노에 차서 소리를 질렀습니다.

저는 생각했습니다. '빨리 태도를 취하고 더 이상 기다리지 말자. 꾸물대는 것보다는 도망이 상책이다.' 곧 저는 그것을 실행에 옮겼습니다. 그렇지 않았다면 그는 그 때 저를 갈기갈기 찢었을 것입니다. 두 마리 개가 뼈를 하나 놓고 서로 물어뜯는 일이 생긴다면 그 중 하나는 지지 않으면 안됩니다. 그래서 저도 역시 그의 분노와 혼란된 심정을 피하는 것이 최상의 방책으로 여겨졌습니다. 그는 난폭했으며 지금도 그렇습니다. 그것은 속일 수 없는 사실입니다.

그의 부인에게 물어 보십시오. 제가 그 거짓말쟁이와 무엇을 했는지?

그는 그의 부인이 얼음 속에 얼어 있는 것을 알아차리고 욕을 하고 꾸짖으며 와서 그녀가 얼음 속에서 빠져 나오도록 도왔습니다.

농부들이 그들 뒤를 쫓아왔다면 그것은 아주 잘된 일이라 할 수 있습니다. 왜냐하면 그녀의 피가 활발히 움직이게 됐고, 더 이상 얼지 않았을 것이기 때문입니다.

무엇이 더 이상 말해질 수 있겠습니까? 자신의 부인을 그와 같은 거짓으로 욕하는 것은 나쁜 행위입니다.

저기 그녀가 있으니 그녀 자신에게 물어 보십시오. 만약 그가 진실을 말했다면, 그녀 스스로가 고발하려 들것입니다. 그사이 저는 늑대와 그의 고소에 어떤 대답이 적격인지 친구들과 이야기할 수 있도록 일주일 기간을 요청합니다."

기이래문트가 이어서 말했다.

"그대의 행동과 태도에는 오직 간악함만이 그리고 거짓과 사기, 불량소년 같은 행위, 속임과 뻔뻔함도 들어 있소. 우리는 그것을 잘 알고 있소. 누군가 그대의 현혹적인 말을 믿는 자는 결국 해를 당하게 됩니다. 그대가 항상 엉터리 거짓말만 늘어놓는다는 것을 나는 우물에서 절실하게 느꼈소.

그곳엔 두 개의 물통이 달려 있었는데, 그대는 한쪽 안으로 들어가서, 왜 그런지 내가 어떻게 알았겠소? 밑으로 내려갔소. 이제 그대는 혼자서는 다시 위로 올라올 수가 없었소. 그래서 그대는 격렬하게 탄식했소. 아침에 나는 우물가로 와서 물었소. '누가 그대를 안으로 집어넣었소?' 그대가 말했소. '아주머니, 곧 이리 내려오시지요! 모든 이득을 드리겠소.

저 위에 있는 물통에 들어가면 밑으로 내려오게 되고 그러면 여기서 물고기를 배부르게 먹을 수 있소.' 나는 불행하게도 그 말에 빠져 들게 되었소.

나는 그 말을 믿었고, 그대는 게다가 맹세까지 했소. 즉 너무 많은 물고기를 먹어서 몸이 괴롭다고. 나는 멍청하게도 우롱을 당했던 것이오. 그래서 물통 속으로 들어갔소. 그러자 그 통은 밑으로 내려가고, 다른 통은 위로 올라왔소. 그대는 나와 마주쳤소.

나는 이상하게 여겨졌고, 그래서 깜짝 놀라 물었소.

'어떻게 된 것인지 말해 보시오.' 그대는 다음처럼 말했소.

'위로 그리고 아래로, 세상일이란 그런 것이고, 우리 둘도 그렇소.

그것이 우리들의 생애요. 한편이 내려가면 다른 편은 솟아 오른다오. 각자의 덕에 따라서 말이오.'

그대는 물통에서 튀어나와 쏜살같이 달려가 버렸소.

그러나 나는 우물 속에 걱정스럽게 앉아 그날 내내 기다려야만 했소.

그리고 같은 날 저녁에는, 내가 그곳을 벗어나기 전 수많은 구타를 당해야만 했소. 몇 사람의 농부가 우물가로 와서 나를 발견했던 것이오. 극심한 배고픔으로 괴로워하면서 나는 슬픔과 불안에 떨며 앉아 있었소. 참담한 기분뿐이었지요.

농부들이 서로 이야기를 주고받았소. '저기 보시오, 물통 속에 우리들의 양을 잡아먹은 적이 앉아 있소.'

'그를 끌어올리시오', 하고 다른 농부가 말했소. '내가 준비를 하고 있다가 그 녀석을 우물 가장자리에서 맞이하겠소. 양을 잡아먹은 대가를 받아야지요!'

농부들이 나를 어떻게 맞이했는지, 그것은 한마디로 비참 그것이었소! 몽둥이 찜질이 수없이 내 몸 위에 떨어졌고, 내 생애에 그보다 더 슬픈 날이 없었소. 천신만고로 나는 죽음의 문턱에서 벗어났지요."

라이네케가 이어서 말했다.
"결과를 곰곰이 생각해 보시오. 그대는 그 몽둥이 찜질이 얼마나 유익한 것인가를 확실히 알았을 것이오. 내 개인으로는 차라리 그런 것이 아쉬울 정도요.

사건이 그렇게 되었을 때는 둘 중의 하나가 몽둥이 찜질을 당해야만 합니다. 우리가 동시에 빠져나갈 수는 없었소.

그대가 그것을 알아차렸다면 잘 이용을 해야 하오. 이후에는 그와 유사한 경우 어느 누구도 그렇게 쉽게 믿지 마시오. 세상이란 온통 악으로 차 있으니."

"오! 더 이상 무슨 증거가 필요합니까! 이 악한 배반자 보다 더 나를 해친 자는 아무도 없습니다. 아직 한가지 더 이야기를 안한 것이 있습니다. 그것은 그가 저를 원숭이 종족 속으로 데리고 가서 치욕과 재난을 안겨 준 사건입니다.

그는 저를 동굴 속으로 기어 들어가도록 구슬렸습니다. 제가 그곳에서 재난을 당하게 되리라는 것을 그는 미리 알고 있었습니다.

제가 재빨리 도망을 치지 않았더라면, 저는 그곳에서 눈과 귀를 잃었을 것입니다. 그전에 그는 거짓말로 말했습니다.

제가 그곳에서 그의 백모님, 즉 암 원숭이를 만날 것이라고요. 그러나 제가 그의 말을 따르지 않는 것이 못마땅해서 저에게 술책을 부려 저를 그 지긋지긋한 소굴로 보냈습니다. 저는 그곳이 지옥이라고 생각했습니다."

라이네케는 궁전의 모든 신하들 앞에서 그것에 대해 응답했다.

"이제그림의 이야기는 갈피를 잡을 수 없습니다. 그는 제 정신이 아닌 것 같습니다.

그는 암 원숭이에 관해 이야기하겠다고 분명히 말했습니다.

그것은 2년 반쯤 되었습니다. 그 때 그는 호기롭게 작센지방으로 갔었는데, 저도 그를 따라 갔었습니다.

그것은 사실입니다. 그것 이외는 거짓입니다. 그리고 그들은 흔히 보는 원숭이들이 아니고 긴꼬리원숭이들이었습니다. 결코 저는 이들을 저의 백모님으로 여기지 않았습니다.

원숭이 마르틴 그리고 뤼케나우 부인이 저의 친척들입니다. 저는 그녀를 백모님으로 존경하고, 그를 제 사촌으로 자랑합니다. 그는 공증인이며 법률에 정통합니다. 그러나 이제그림이 말한 그 녀석들에 대해서는 저를 조롱하는 것입니다. 저는 그들과 아무 관계도 없으며, 그들은 제 친척인적이 없었습니다.

왜냐하면 그들은 지옥의 악마들과 비슷하기 때문입니다. 제가 그 노파를 그 당시 백모라고 불렀던 것은, 깊은 생각을 갖고 한 짓입니다.

그렇게 했기 때문에 저는 아무것도 잃지 않았다는 것을 기꺼이 고백합니다. 그 노파는 저를 잘 대접해 주었습니다. 그렇지 않았으면 저는 목 졸려 죽었을 것입니다.

들어보십시오, 여러분, 우리는 길을 벗어나 산 뒤로 걸어가서 그곳에서 깊고도 긴 음산한 동굴 하나를 발견했습니다. 그 때 이제그림은 언제나 그렇듯이 배가 고파 병이 날 지경이었습니다. 사실 저는 지금까지 한 번도 그가 배가 불러 만족해 하는 것을 본적이 없었습니다.

저는 그에게 말했습니다. '이 동굴 속에는 틀림없이 충분한 음식이 있을 거요. 나는 의심하지 않소. 동굴 속 거주자들은 기꺼이 그들이 가진 것을 우리에게 나누어 줄 것이오. 우리는 알맞게 잘 왔소.'

그러나 이제그림은 다음처럼 대답했습니다. '나는 여기 나무 밑에서 기다리겠소. 낯선 사람을 만나는 데는 그대가 나보다 훨씬 능란하오. 만약 그대에게 음식이 주어지거든 나에게 알려주시오!' 이처럼 그 악당은 제가 위험에 처해서 무엇이 일어날 것인지를 우선 기다릴 생각이었습니다. 그러나 저는 개의치 않고 동굴 속으로 들어갔습니다. 두려움에 떨면서 길고도 꾸불꾸불한 속을 걸어갔습니다. 끝이 없었습니다.

그 때 제가 발견한 것은 —— 그 놀라움이란 수많은 황금을 준다 해도 제 인생에서 두 번 다시 체험하고 싶지 않습니다! —— 그것은 크고 작은 흉측한 동물들로 가득 찬 소굴이었습니다!

어미가 그 옆에 있었는데 저는 그가 마귀가 아닌가 하고 생각할 정도였습니다.

길고도 흉측한 이빨을 가진 주둥이는 넓고도 컸으며 손과 발에는 긴 손톱과 발톱이 자라 있었고 뒤쪽에는 긴 꼬리가 등에 놓여 있었습니다. 그런 끔찍한 모습을 저는 제 인생에서 본 적이 없었습니다! 검고도 기묘한 모습의 새끼들은 온통 어린 유령 같은 진기한 형상을 하

고 있었습니다.

그녀는 소름끼치는 눈으로 저를 쳐다보았습니다. 저는 생각했습니다. '여기서 떠날 수만 있다면!' 그녀는 이제그림 보다 더 컸고, 몇몇 새끼들도 거의 이제그림만 했습니다. 그 추한 족속들은 썩은 짚더미 속에 파묻혀 있었고, 귀까지 오물로 덕지덕지 더럽혀져 있었으며, 그들이 있는 자리에서는 지옥의 역청냄새 보다 더 지독한 냄새가 풍겼습니다. 진실을 말하자면 그곳은 제 마음에 들지 않았습니다. 그들은 여럿이었고, 저는 혼자였기 때문이었습니다. 그들은 험악하게 상을 찌푸렸습니다.

　그 때 저는 정신을 가다듬고, 해결책을 강구했습니다. 그래서 그녀
에게 쾌활하게 인사를 했고 - 속으로는 그것이 아니었지만 - 친절하
고 스스럼없이 행동할 수 있었습니다. 저는 그 노파를 향해 '백모
님!'이라 불렀고, 새끼들을 사촌이라고 부르며, 말로 온갖 노력을
다 했습니다.

　'자비로우신 신께서 당신에게 오래도록 행복한 시간을 예비해 주
시길!

　이들은 당신 아이들입니까? 사실이군요! 물어 볼 필요도 없이 마
음에 드는 아이들이군요! 하늘이여 도와주소서! 정말 그들은 명랑하
고 아름답습니다! 마치 왕의 아이들로 여길 정도입니다.

　당신이 이 기품 있는 어린 새싹으로 우리의 종족을 번식시키는데
대해 무한한 칭송을 드립니다. 저는 한없이 기쁩니다.

　그런 친척들을 알고 있다는 것이 저에게 무척 다행스럽습니다. 사
람들은 곤궁한 시기에는 친척을 필요로 하기 때문입니다.'

　비록 속마음은 다르지만, 제가 그녀에게 수없이 경의를 표하자, 그
녀 편에서도 저에게 똑같은 것을 보여 주었습니다. 저를 친척이라 부
르고, 그 바보 여자는 저의 종족에 속하지 않았음에도 불구하고 잘
아는 듯이 행동을 했습니다. 그러나 이런 경우 그녀를 백모라 부른
것은 전혀 해로운 일이 아니었습니다. 저는 그사이 공포로 인해 완전
히 땀에 젖었습니다. 그러나 그녀는 친절하게 말했습니다.

　'라이네케, 귀한 친척이여, 진심으로 그대를 환영하는 바이오! 그

대도 안녕하셨소?

그대가 나에게 온 것을 두고두고 감사하겠소. 그대는 내 아이들이 이후 명예를 얻도록 현명한 생각을 가르쳐 주었소.'

이렇게 그녀가 말하는 것을 저는 들었습니다. 저는 그것을 몇 마디 말로, 제가 그녀를 백모라 부르고, 거짓말한 것으로 얻은 것입니다. 그렇지만 저는 어서 빨리 밖으로 나가고 싶었습니다.

그러나 그녀는 저를 놓아주지 않고 말했습니다. '그대는 대접도 받지 않고 가서는 안되오! 잠깐 기다리시오. 준비를 시키겠소.'

그리고는 저에게 풍성한 음식을 가져왔습니다. 저는 지금 그 모든 것의 이름을 댈 수는 없습니다만, 그것이 어떻게 해서 그곳에 오게 되었는지 무척 놀랐습니다. 물고기, 사슴 고기 그리고 또 다른 야생 고기를 먹었습니다. 정말 맛있었습니다.

그녀가 저를 극진히 대접해 주어서 충분하게 먹었을 때, 그녀는 사슴 고기 한 쪽을 제게 가져왔습니다. 집에 가지고 가서 식구들에게 주라는 것이었습니다. 그래서 저는 정중하게 작별을 고했습니다.

'라이네케, 자주 방문해 주시오!' 하고 그녀는 덧붙여 말했습니다.

저는 그녀가 원하는 것을 약속한다고 하고 서둘러 밖으로 나왔습니다.

그곳은 눈과 코를 위한 유쾌한 곳이 못되었습니다. 저는 거의 죽기 직전의 상태였습니다. 저는 도망을 쳐서, 급히 굴속을 지나 입구에 있는 나무 곁에까지 달려왔습니다.

이제그림은 그곳에 누워 신음하고 있었습니다. '어떻소?' 하고 제가 묻자, 그가 대답했습니다. '좋지 않소! 배가 고파 죽을 지경이오.'

저는 그가 불쌍해서 제가 가져왔던 그 맛있는 구운 사슴 고기를 그에게 주었습니다. 그는 그것을 허겁지겁 먹었습니다.

그는 저에게 수없이 고맙다고 했습니다. 지금 그는 그것을 잊어버렸습니다만, 그가 다 먹고 나자 질문을 시작했습니다. '내게 좀 알려주시오, 동굴 속에 누가 사는지? 그 속은 어떻게 생겼는지? 좋은지, 나쁜지?' 저는 그에게 숨김없이 진실을 말해 주고, 똑똑하게 가르쳐 주었습니다. 동굴 속의 소굴은 흉하지만 그곳에는 많은 훌륭한 음식이 있다는 것과 그도 무언가 얻어먹고 싶다면 당장 용감하게 안으로 들어가도 좋다고, 다만 진실을 말하는 것만은 무엇보다도 피할 것도요.

'그대가 바라는 대로 일이 되려면, 진실은 나에게 맡기고!'

저는 반복해서 그에게 말했습니다. '왜냐하면 누군가 진실을 바보처럼 완고하게 입에 올리면, 어디를 가도 박해를 당하기 때문이오. 그런 자는 도처에서 배척되고, 다른 자들이 초대받게 됩니다.'

이렇게 해서 저는 그를 가게 했습니다. 저는 그에게, 그가 무엇을 보든지, 그들이 기꺼이 듣고 싶어하는 것을 말해야 하고, 그래야만 그가 친절하게 대접받게 될 것이라고 가르쳐 주었습니다.

자비로우신 폐하와 만장하신 여러분, 그것은 제 양심에서 우러나온 말이었습니다. 그러나 그는 그후 반대로 일을 처리했습니다. 그로 인해 그가 혼이 났다면, 그것은 그가 자초한 것입니다. 그는 저의 말을 따라야 했었습니다.

그의 더부룩한 털은 진짜 잿빛입니다만, 그 뒤에서는 아무런 지혜도 찾을 수 없습니다.

그와 같은 무리들은 현명함도 멋진 생각도 존중하지 않습니다. 그 조야한 야만족들에게서는 모든 지혜의 가치가 빛을 보지 못하고 매장 당해 버립니다.

충심으로 저는 그에게 이번에는 진실을 말하지 말라고 엄하게 가르쳤습니다.

'무엇을 해야 할 것인지는 나도 알 수 있소!' 그는 고집스럽게 대답했습니다.

그는 동굴 속으로 뛰어들어갔고, 그곳에서 그는 그 일을 당했던 것입니다. 동굴속 뒤쪽에는 끔찍한 모습의 노파가 앉아 있었습니다. 그는 자기 앞에 악마를 보고 있다고 믿었습니다. 새끼들도 역시! 그래서 그는 놀라 소리를 질렀습니다.

'아이고머니나! 이 무슨 끔찍한 동물들인가! 이것들이 당신 아이들입니까? 정말이지 지옥의 무뢰한들 같습니다.

가서, 물에나 빠트려 버리시오, 이런 새끼들이 지상에 번식되지 않기 위해서는 그것이 최상의 방법입니다. 이들이 내 새끼라면, 전부 목을 졸라 버리겠소. 이런 새끼 악마들은 사정없이 붙잡아 진흙뻘 속의 갈대 위에다 메어 놀 필요가 있습니다. 끔찍하고 더러운 부랑자들 같으니라고!

이따위 녀석들은 진흙뻘 원숭이라고 불러야 합니다. 그게 아주 적합한 이름입니다!'

그러자 어미가 급히 말을 받아 분노에 차서 말했습니다.

'어떤 마귀가 저따위 심부름꾼을 우리에게 보냈느냐? 누가 그대를 불렀다고 여기 와서 우리를 능멸하는가? 그리고 내 아이들을! 예쁘 거나 추하거나, 그대와 무슨 상관이 있단 말인가?

방금 여우 라이네케가 우리에게서 떠났는데 그 훌륭한 남자는 잘 알고 있다.

그는 내 아이들을 착한 행동거지 때문에 모두가 하나같이 아름답 고 예의바르다고 극구 칭찬했다. 그는 기꺼이 이 아이들을 그의 친척 으로 여겼다. 이 모든 것을 그는 우리에게 바로 이 장소에서 한 시간 전에 확언했다.

그 아이들이 그대에게 라이네케 만큼 마음에 들지 않는다면, 정말 이지 아무도 그대를 여기 오도록 청하지 않았다. 이제그림, 그대는 그것을 알아 두라.'

그는 곧 그녀에게 먹을 것을 요구하며 말했습니다.

'이쪽으로 가져오시오, 그렇지 않으면 내가 당신이 찾는 걸 돕겠 소. 말이 무슨 소용이람?' 그는 몸을 움직여 완력으로 그녀의 저장품 을 집으려 했습니다. 그것이 그에게 화근이었습니다! 그녀는 그의 몸을 덮쳐 털가죽을 입으로 물어뜯고 손톱으로 긁었으며 억세게 할 퀴고 당기고 했습니다.

그녀의 새끼들도 똑같이 합세했습니다. 그들은 그를 무섭게 물어 뜯고 할퀴었습니다. 그는 아우성을 쳐댔고 뺨에서 피를 흘렸고, 비명 을 질렀으나, 방어하지 못하고 허겁지겁 입구로 도망쳤습니다.

저는 그가 꼴사납게 물리고 할퀸 채 나오는 것을 보았습니다. 찢어 진 털가죽 조각이 너덜거렸습니다. 귀는 찢어졌고, 코에서는 피가 흘렀으며, 몸뚱이는 꼬집힌 상처투성이였고, 털은 추하게 꾸겨져 있었습니다. 저는 그가 어떻게 나오게 되었는지 물었습니다.

'진실을 말했군요?' 그러나 그는 그것에 대해 말했습니다.

'나는 내가 본대로 말했을 뿐이오. 그 불쾌한 마녀는 악독하게 나를 해쳤소. 그녀가 여기 밖으로 나오기만 했었다면, 그녀는 나에게 보다 비싼 대가를 치루었을 텐데! 라이네케, 어떻게 생각하시오?

그런 아이들을 본 적이 있소? 그렇게 끔찍하고, 그렇게 흉악한 아이들을 말이오?

내가 그것을 그녀에게 말하자, 이런 일이 일어났소.

그 때 그녀는 인정 사정없이 내게 달려들어 나를 그 불쾌한 구덩이 속으로 던졌소.'

'그대는 미쳤소?' 저는 그에게 말했습니다. '나는 그것을 그대에게 다르게 말하도록 현명하게 가르쳐 주었소. 삼가 인사드립니다(이렇게 그대는 말해야 했소). 백모님, 안녕하십니까? 사랑스럽고 점잖은 아이들도 건강한 지오? 크고 작은 여러 조카들을 다시 보게 되어 저는 무척 기쁩니다.' 그러나 이제그림은 그와 반대로 말했습니다.

'그따위 노파에게 백모라고 인사를 하라고? 그리고 그 추악한 애들을 조카라고? 그런 것들은 악마나 집어 가라지! 그런 친척은 생각만 해도 끔찍하오.

퉤! 끔찍스런 천덕꾸러기 같으니라고! 나는 그들을 다시 보지 않겠소.'

그래서 그는 그렇게 험악하게 당한 것입니다. 폐하! 이제 판결을 내리십시오! 그가 정당하게 말하고 있으며, 제가 그를 배반했습니까? 그 사건이 제가 이야기한대로가 아니라면, 그는 그렇다고 고백해도 좋습니다."

이제그림이 단호하게 말했다.

"우리들은 이 싸움을 말로는 정당하게 결정할 수 없소. 무엇 때문에 말다툼을 해야 하겠소?

정의는 정의로 남는 법. 누군가 정당하다면, 그것은 결국 밝혀지게될 거요. 라이네케여, 대담하게 맞서시오. 그렇다면 그대는 정의를가질 수도 있소.

우리가 서로 결투를 하게되면, 그것은 분명해질 것이오. 그대는 많은 것을 말할 수 있소. 어떻게 원숭이들 소굴 앞에서 내가 배고파 괴로워했으며, 어떻게 그대가 그 때 나에게 음식을 주었는가를. 그러나 그것은 말짱한 거짓말이오! 그대가 가져온 것은 뼈다귀 하나였으며, 살은 추측컨대 그대 자신이 먹어버렸을 것이오.

그대는 어디에 있든 나를 조롱하고 뻔뻔스럽게 내 명예를 훼손했소. 그대는 치욕적인 거짓말로 나를 의심스럽게 만들었소. 마치 내가왕께 대항해서 은근히 반역을 꾸몄고, 왕의 생명을 없애려고 소망했었다고. 그러나 그대는 그와는 반대로 왕께 보물에 관해 허풍을 떨고있소. 왕이 그것을 발견하기는 힘들 것이오!

그대는 내 아내를 굴욕적으로 다루었소. 그것을 나에게 보상해야하오. 나는 이 일로 그대를 고발하오! 나는 지금까지의 모든 시비를걸고 결투하고자 하오. 반복하겠소.

그대는 살인자요, 배반자며 도둑이오. 생명을 걸고 결투로 가름합시다. 그래서 이제는 말다툼과 비난을 끝내도록 합시다. 나는 그대에

게 장갑 한 짝을 건네주겠소. 모든 도전자가 법정에서 그렇듯이 말이오. 그대는 그것을 저당물로 보관하시오

곧 다시 만납시다. 왕도 우리의 이야길 들었고, 모든 신하들이 다 들었소! 나는 그들이 이 정당한 결투의 증인이 되길 바라오. 그대는 이 사건이 마침내 판가름이 날 때까지 몸을 피해서는 안되오. 그럼 다시 만납시다."

라이네케는 혼자 생각했다. '이것은 재산과 생명이 달린 문제다! 그는 크고 나는 작다.

만약 이번에 내가 무엇인가 실수하게 되면, 나의 모든 술책들이 소용없게 될 것이다. 그렇지만 기다려 보자. 만약 내가 심사숙고한다면, 내가 유리한 면도 있다. 그는 이미 앞 발톱을 잃어 버렸다! 저 바보가 보다 냉정해지지 않는다면, 어떠한 희생을 치르더라도 그는 결국 자기 뜻대로 하지 못할 것이다.'

라이네케는 이어서 늑대에게 말했다.

"이제그럼, 그대 자신도 내게는 배반자요, 그리고 그대가 내게 열거한 모든 불만도 모두 거짓이오. 결투를 원한다고? 나도 하겠소. 겁내지 않을 것이오. 오래도록 나도 그것을 원했소! 여기 내 장갑이 있소."

그래서 왕이 그 저당물을 받았는데, 그 둘은 득의양양하게 건네주었다. 왕이 이어서 말했다.

"내일 그대들이 결투에 빠지지 않도록 보증인을 세우도록 하라.

왜냐하면 두 파벌이 대단히 복잡하기 때문이다. 누가 양편 말을 다 이해할 수 있는가?"

이제그림의 보증인들로는 곧 곰과 고양이, 즉 브라운과 힌째가 되었고, 라이네케를 위해서는 똑같이 원숭이 마르텐의 아들인 사촌 모네케와 그리고 그림바르트가 보증을 섰다. 그리고 뤽케나우 부인이 말했다.

"라이네케, 이제 침착하고 생각을 잘 해야 해요! 지금 로마에 가 있는 나의 남편인, 당신 숙부가 한때 나에게 가르쳐준 기도문이 있는데 그것은 슐록 아우프의 주교가 지은 것으로 내 남편을 위해 그것을 쪽지에 써서 주었던 것이오. 이 기도문은 '결투에 처한 남자들에게 효험이 있느니라.' 하고 주교가 말했소.

'아침에 맑은 정신으로 이것을 통독한다면, 낮에 닥치는 곤란과 위험으로부터 완전히 해방될 것이며, 죽음으로부터도 보호될 것이니라. 고통과 상처로부터도.' 조카님, 마음을 푹 놓으세요. 나는 내일 이것을 때맞추어 그대를 위해 읽으리다. 그러면 그대는 안심하고 걱정 없이 가게될 것이오."

"백모님 진심으로 감사합니다. 제 마음에 다시 한번 백모님을 새겨두겠습니다. 그러나 저의 일에 저를 도운 것은 언제나 정의와 저의 민첩함이었습니다."

라이네케의 친구들은 함께 모여 밤을 새우며 즐거운 대화를 나누면서 그의 근심을 덜어주었다. 그러나 뤽케나우 부인은 이것저것의 준비로 누구보다 할 일이 많았다. 그녀는 민첩하게 그의 머리와 꼬리, 가슴과 배 사이의 털을 깎도록 했고 그곳에 비계와 기름을 바르도록 했다.

그러자 라이네케는 기름이 번들거리고, 퉁실퉁실하고, 다리도 힘차게 보였다. 그리고 나서 그녀는 말했다.

"내 말을 듣고 그대가 해야할 일을 숙고해봐요. 또 분별 있는 친구들의 조언도 들으시오. 그것이 그대를 돕는 최상의 것일 테니. 물을 충분히 마시고 보관했다가 내일 아침 무리들 중에 나가게 되면, 영리하게 움직여서 꺼칠한 꼬리에 물을 담뿍 적셔 가지고는 상대방을 때리도록 하시오.

그대가 그의 눈을 때릴 수만 있다면, 그것은 최선책이 될 것이고 그의 얼굴은 곧 흐려질 것이오. 그것은 그대에게 유리하게 되고 그는 대단히 방해를 받을 거요. 또한 그대는 처음에는 두려워하는 자세를 취하고 빠른 발걸음으로 바람과 맞서는 것을 피해야 하오.

그가 그대를 따라오면, 그대는 그의 눈을 오물과 모래로 가리기 위해 먼지를 일으키시오. 그 다음엔 옆으로 비켜나서 모든 행동을 조심하시오. 그리고 그가 눈을 닦는다면 유리함을 알아채고, 새로이 그의 눈에 해로운 물을 뿌리시오. 그러면 그는 완전히 볼 수 없게되어 더 이상 어쩔 줄 모르게 될 것이고, 승리는 그대의 것이 될 것이오.

친애하는 조카, 잠을 좀 자두시오. 시간이 되면 우리가 그대를 깨우겠소. 나는 곧 내가 이야기했던 그 기도문을 그대를 위해 읽겠소, 내가 그대를 강하게 하기 위함이오."

그리고 그녀는 그의 머리 위에 손을 얹고 그 기도문을 외웠다

"내크레스트 내기바울 가이트 숨 남태풀리 드놋드나 매인 태다

학스!

이제 행운을 비오! 그대를 잘 지키시오!"

같은 말을 그림바르트도 했다. 그런 다음 그들은 그를 데려가서 잠을 재웠다.

그는 편히 잠을 잤다. 태양이 떠올랐다. 그 때 수달과 오소리가 와서 사촌을 깨웠다. 그들은 그에게 친절하게 인사를 하고 말했다. 그 때 수달이 어린 오리 한 마리를 가지고 와서 그에게 건네주며 말했다.

"이걸 드시고, 잘 준비하시오! 나는 이것을 그대를 위해 이리 뛰고 저리 뛰면서 휜너브로트 제방에서 붙잡았소! 마음에 들기 바라오."

라이네케는 명랑하게 대답했다.

"출전을 위해 좋은 음식이오, 이런 것이라면 나는 쉽게 물리치지 못한다오. 이렇게 나를 생각해 주다니, 신께서 그대에게 보상해 주길 바라겠소!"

그는 맛있게 식사를 하고 물도 마시고 그의 친척들과 함께 편편하게 모래가 덮인 둥그런 장소로 걸어갔다. 그곳에서 그는 결투를 해야 했다.

12곡

최후의 혈투

왕은 라이네케가 온몸의 털을 밋밋하게 깎고, 온통 기름과 미끄러운 비계를 바른 채 결투장에 모습을 나타내자 그것을 보고 박장대소하며 소리쳤다.

"여우야! 누가 그런 것을 그대에게 가르쳐 주었느냐?

정말 여우 라이네케란 이름에 걸맞은 모습이다. 그대는 변함없는 장난꾸러기구나!

그대는 어디에서나 구멍을 알고 있으니, 자신을 도울 수 있으리라."

라이네케는 어전에서 깊숙이 몸을 숙였고, 특히 여왕 앞에서 더욱 깊숙이 숙여 인사한 후, 경쾌하게 훌쩍훌쩍 뛰어 결투장으로 왔다. 그곳에는 늑대가 그의 친척들과 함께 벌써 와 있었다. 그들은 여우의 치욕적인 종말을 벼르고 있었다.

여우는 분노에 찬 위협의 말을 수없이 들었다. 그러나 결투장의 감시자인 린크스와 루파르두스가 이제 의식을 집행하기 위해 성물(聖物)을 앞으로 가져오자 두 결투자, 늑대와 여우는 그 앞에서 신중하게 그들이 주장하는 사실이 진실함을 서약했다.

이제그림은 격렬한 말과 위협하는 눈초리로 선서했다.

라이네케는 배반자요 도둑이고 살인자이며 모든 악행에 책임이 있고, 폭행과 간통을 범했으며, 모든 일에 거짓을 자행하고, 그것은 수많은 생명에 관한 문제라고!

라이네케는 그에 대해 즉석에서 선서를 했다. 그는 이들 범죄들 중 아무것도 아는 바가 없으며, 이제그림은 언제나 처럼 거짓말을 하고 허위로 명세를 하지만 적어도 이번만은 그의 거짓말이 진실로 되는 그런 일은 그에게 결코 이루어져서는 안 된다고! 그리고 결투의 감시자가 말했다.

"각자 자기가 할 일을 하도록 하시오! 정의는 곧 밝혀지게 될 것이오."

크고 작은 무리들은 둘 만을 한가운데에 놓고 빙 둘러쌓기 위하여 자리를 물러났다. 암 원숭이가 그 사이 재빨리 속삭였다.

"내가 말한 것을 명심하고, 충고대로 하는 것을 잊지 마시오!"

라이네케는 명랑하게 말했다.

"좋은 충고가 저에게 많은 용기를 북돋아 줍니다. 안심하십시오. 나는 지금까지 값도 치르지 않고 이런 저런 것을 생명을 걸고 용감하

게 가져오면서 자주 겪게 되었던 보다 큰 위험들로부터도 나의 대담
함과 술책을 통해 빠져 나오곤 했습니다.

오늘도 역시 그것을 잊지 않겠습니다. 내가 이제 그 악당과 맞서지
못할 까닭이 어디 있습니까? 나는 그를, 그와 그의 전 종족을 틀림없
이 치욕으로 몰아넣고 그리고 명예를 나의 종족의 것으로 가져오길
희망합니다. 그가 속인 것에 나도 앙갚음을 하겠습니다."

이제 모든 무리들은 그들 둘을 결투장 안에 함께 있게 하고, 호기
심어린 눈으로 바라보았다.

이제그림은 사납고 분노에 찬 모습으로 앞발을 뻗치고, 입을 벌린
채 힘차게 훌쩍훌쩍 뛰면서 달려들었다.

그 보다 몸이 가벼운 라이네케는 질주해오는 상대방으로부터 몸을 비켜 재빨리 꺼칠꺼칠한 꼬리에다 입에서 토해낸 쓴 물을 적셔 가지고, 그 위에 모래를 묻히기 위해 먼지 속에다 굴렸다.

이제그림은 이제 그를 손아귀에 넣었다고 생각했다! 그 때 그 교활한 장난꾸러기는 꼬리를 가지고 늑대 눈 위를 때렸다. 그러자 그는 볼 수도 들을 수도 없었다.

여우가 이런 술책을 쓴 것은 이번이 처음은 아니었다. 이미 많은 동물들이 그가 토해낸 쓴 물의 지독한 맛을 보았었다.

처음에 이야기한 적이 있는 이제그림의 아이들을 그는 그렇게 해서 눈을 멀게 했다. 이제 그는 그 아비를 멍이 들도록 때리겠다고 생각했다.

그는 상대방의 눈을 때린 후 옆으로 비켜나서, 바람 부는 쪽에 자리를 잡고, 모래를 휘적이며, 먼지를 늑대의 눈으로 가득 날려보냈다. 늑대는 허겁지겁 두 눈을 문지르고 닦으며 괴로워했고 그의 고통은 갈수록 더했다. 그리고 라이네케는 능숙하게 그의 꼬리를 움직여서 새로이 상대방의 눈을 갈겼고 그래서 완전히 멀게 했다.

그것은 늑대에게 불리했다! 이제 여우는 그의 이점을 십분 이용했기 때문이었다. 그는 고통스럽게 눈물을 흘리는 적의 눈을 보자마자, 힘차게 훌쩍 뛰어올라 그를 향해 세찬 타격을 가하면서 돌진해 들어가 할퀴고 물어뜯고 하면서 계속 그의 두 눈에 오물을 묻히기 시작했다.

정신이 반이나 나간 늑대는 비틀거렸고, 라이네케는 자신만만하게 그를 조롱하며 말했다.

"늑대양반, 그대는 이전에 수많은 죄 없는 양들을 잘도 집어 삼켰고 지금까지 살아오면서 수많은 청렴한 동물들을 잡아먹었다. 나는 그들이 이후로 평온을 누리기를 희망한다. 어떤 경우에도 그대는 그들을 평화 속에 놔두겠다고 승낙하라. 그래서 보답으로 축복을 받으라. 더욱이 그대의 마지막을 인내심을 가지고 기다리는 이 때에 속죄를 통해서 그대의 영혼을 구하도록 하라. 그대는 이번에 내 손에서 벗어날 수 없을 것이다. 그대가 발이 손이 되도록 용서를 빈다면, 나는 사정을 봐주어 그대의 생명은 살려주겠다."

라이네케는 이렇게 성급하게 말하고, 상대의 목 줄기를 단단히 움켜지고서 그를 굴복시키려고 했다.

그러나 이제그림은 여우보다 더 강했으며, 사납게 몸을 움직여서, 세차게 당겨 그를 뿌리쳤다. 반면에 라이네케는 그의 얼굴을 공격해서, 치명상을 입히고 늑대 머리로부터 눈알 하나를 뽑아 버렸다. 그의 코에서는 피가 흘러내렸다.

라이네케가 소리쳤다.

"내가 원했던 것이 이제 이루어졌다!"

늑대는 피를 흘리며 절망적인 상태가 되었고, 눈을 잃자 미친 듯이 광포해져서 상처와 고통을 잊고 라이네케를 향해 달려들어 그를 땅바닥에다 내리 눌렀다.

이제 여우가 위기에 몰렸다. 그의 영리함도 별 소용이 없었다. 여우가 손으로 사용했던 앞발 중의 하나를 이제그림은 재빨리 나꿔채 이빨로 꽉 물고 늘어졌다.

라이네케는 맥없이 땅바닥에 쓰러져 당장에 손을 잃지 않을까 걱정이 되어 수많은 생각이 오락가락 했다.

반대로 이제그림은 거친 목소리로 으르렁거렸다.

"이 도둑놈아, 너의 마지막 시간이 왔다! 당장 항복하라.

그렇지 않으면 네놈의 사기행각에 대한 벌로 당장 물어 죽이겠다!

이제 내가 너에게 빚을 갚겠다. 먼지를 휘적이고 오물을 뿌리고, 몸뚱이에 기름을 칠하기 위해 털을 깎는 따위는 별 소용이 없을 것이다. 이제 화를 당해 보아라! 너는 나에게 수많은 악행을 저질렀고, 나를 속였고, 내 눈을 멀게 했다.

그러나 너는 도망갈 수 없다. 항복하라 아니면 물어 죽이겠다!"

라이네케는 생각했다. '이제 내가 불리하게 되었다. 어떻게 할까? 내가 항복하지 않으면, 그는 나를 죽일 것이고, 내가 항복하면 나는 영원히 조롱 받을 것이다. 그렇다. 내가 자초한 벌이다. 내가 너무 그를 악하게 대했고, 심하게 모욕한 까닭이다.'

이어서 그는 상대방의 기분을 누그러뜨리기 위해 달콤한 말을 시도했다.

"친애하는 숙부! 나는 기쁜 마음으로 내가 소유한 모든 것을 가지고 곧장 당신의 가신이 되겠소. 기꺼이 순례자로서 당신을 위해 성묘로, 성지로, 모든 교회로 가서 그곳에서 충분한 사면을 받아 가지고 돌아오겠습니다. 그것은 당신의 영혼을 위해서도 유익할 것이며, 아버지와 어머니가 영생하면서 행복과 안락을 즐기기 위해서 많으면 많을수록 좋을 것입니다. 누가 그것을 필요로 하지 않는 자가 있겠습니까?

나는 당신을 교황처럼 존경하고 이 시각 이후부터는 두고두고 내 모든 친척과 함께 완전히 당신 것이 될 것을 성스럽고 엄숙하게 서약 하겠소.

모두가 언제라도 당신에게 봉사하도록 하겠소. 나는 그것을 맹세 하오!

나는 왕에게조차 약속하지 않은 것을 당신에게 하려 합니다.

당신이 그것을 받아들인다면, 당신은 장차 이 땅의 지배자가 될 것 이오.

나는 내가 잡을 수 있는 모든 것을 당신에게 가져오겠소.

거위, 닭, 오리 그리고 물고기를 한 입도 먹지 않고 잡은 채 그대로 가져와, 당신과 당신의 아내 그리고 당신의 자식들에게 먼저 선택하 도록 하겠소. 그 외에 나는 열성을 다해 당신의 인생을 조언하고 당 신이 어떠한 재앙에도 빠지지 않도록 하겠소.

나는 꽤가 많고 당신은 강하오. 우리는 큰 일을 할 수 있소. 그러니 우리는 함께 단결하지 않으면 안되오. 하나는 힘으로, 하나는 꾀로, 그러면 누가 우리를 이길 수 있겠소? 우리가 서로 적대해서 싸움을 하면, 그것은 잘못 행동하는 것입니다.

사실 나는 알맞게 싸움을 피할 수만 있었다면, 결코 이러한 싸움은 하지 않았을 것이오. 그러나 당신이 결투를 신청했고, 나는 나대로 명예 때문에 그에 응하지 않으면 안되었던 것이오.

그러나 나는 정중하게 행동했고, 결투를 하는 동안 나의 온 힘을 다하지 않았소. '너의 숙부를 잘 보살피는 것은 너에게 가장 큰 명예 를 안겨줄 것이다'라고 나는 생각했소.

만약 내가 당신을 증오했었다면, 사정은 달라졌을 것이오.

당신은 약간의 해를 당했고 그리고 실수로 당신의 눈이 다쳤을 때 나는 진심으로 슬펐소. 그러나 그에 대한 최선의 방책이 내게 있습니다. 나는 당신을 치료할 방법을 알고 있으며 그것을 알려 드리겠소. 당신은 나에게 감사하게 될 것이오.

눈은 빠진 채 그대로 두고 기타 다른 부분만을 치료한다면, 두고두고 편안할 것이오. 잠을 잘 때는 단지 한쪽 눈만 감도록 하시오. 당신이 해를 당한 곳은 우리들이 곱절로 돌보겠습니다.

당신 마음을 풀도록, 곧 내 친척들이 당신 앞에 절을 하도록 하겠소. 내 아내와 자식들도. 그들은 이 운집한 무리의 면전에서 또 왕의 눈앞에서 나를 자비롭게 용서해주고 나의 목숨을 살려주길 간청하고 빌 것이오. 그런 다음 나는 공개적으로 고백하겠소.

나는 거짓을 말했으며, 당신에게 속임수로 해를 입혔고 할 수 있는 한 내가 당신을 속였다고. 나는 또 맹세할 것을 약속하겠소.

즉 나는 당신의 악행에 관해서 아무것도 아는 바가 없으며, 이제부터는 결코 당신을 모욕할 생각을 하지 않겠다는 것도. 어떻게 당신이 지금 내가 하고 있는 것 보다 더 큰 벌을 요구할 수 있겠소?

당신이 나를 죽인다한들 얻는 것이 무엇이겠소? 내 친척과 내 친구들은 항상 당신을 두려워하게 될 것이오. 반대로 당신이 나를 용서한다면, 당신은 명성과 명예를 얻은 채 결투장을 떠나게 되고 모두에게 고귀하고 지혜롭게 여겨질 것이오. 왜냐하면 어느 누구도 그가 용서할 때 보다 더 높게 자신을 높일 수가 없기 때문이오. 이러한 기회가 당신에게 또다시 오지는 않을 테니, 이런 기회를 이용하시오. 더욱이 지금 내게 있어서 죽고 사는 것은 아무래도 좋소."

"사기꾼 여우놈아! 너는 다시 도망치려고 그렇지! 그러나 세상이
황금으로 만들어졌고 네놈이 그것을 응급 수단으로 준대도, 나는 네
놈을 놓아주지 않겠다. 너는 나에게 자주 헛된 맹세만 했다.

거짓말쟁이 같으니라고! 물론 나는 너를 놓아주고, 껍질만을 붙잡
고 있지는 않겠다. 나는 너의 친척을 그렇게 대수롭게 여기지 않는
다. 나는 그들이 무엇을 할지 고대하겠다. 그들의 적의 쯤 별로 대단
찮게 견딜 수 있다고 생각한다. 못된 악당아! 내가 너를 너의 서약을
믿고 놓아준다면, 너는 훗날 나를 조롱거리로 만들 것이다.

아마 너를 모르는 자나 속을 것이다. 너는 오늘 내 몸을 많이 생각
해 주었다고 말했다. 불쾌한 도둑놈! 그런데 내 눈을 빼어버렸단 말
이냐? 악당놈, 너는 내 몸에 스무 군데나 상처를 입히지 않았느냐?
그리고 네놈이 유리할 때 내가 숨 한 번 제대로 돌릴 수 있었느냐?

만약 내가 이러한 상처와 치욕에도 불구하고 너에게 자비와 동정
을 보인다면 그것은 우매한 짓이라 아니할 수 없다. 배반자야, 너는
나와 내 아내를 재앙과 치욕 속으로 몰아 넣었다. 네 목숨으로 값을
치러라."

이처럼 늑대가 말하는 사이에 교활한 여우는 상대방의 허벅다리
사이에 다른 앞발을 밀어 넣어 가장 민감한 부위에서 바로 그것을 움
켜잡고, 홱 비틀어서 사정없이 잡아 당겼다. 늑대는 입을 딱 벌린 채
가엾게 소리지르며 울부짖기 시작했다.

라이네케는 재빨리 이빨사이에 물린 앞발을 뽑아내어 이제 두발로 늑대의 민감한 부위를 점점 더 세게 움켜잡고는 꼬집고 당기고 했다. 그 때 늑대는 너무나 격렬하게 소리치고 울부짖어서 피를 토하기 시작했다. 고통으로 인해 땀이 그의 털 사이로 완전히 물처럼 배어 나왔고, 공포 때문에 그는 똥을 내깔겼다. 그것이 여우를 기쁘게 했다. 이제 그는 승리를 바라보며 두 손과 이빨로 그를 연상 움켜쥐었다. 커다란 압박과 엄청난 괴로움이 늑대를 압도해, 그는 항복하고 말았다.

머리에서 눈에서 피가 흘러 내렸고, 그는 정신을 잃은 채 땅바닥에 쓰러져 버렸다. 여우는 이런 모습만으로는 충분히 만족하는 것 같지가 않았다. 그래서 그를 계속 꽉 붙잡고 모두가 그의 비참함을 보도록 질질 끌고 다니면서 꼬집고, 찍어누르고, 물어뜯고 발톱으로 할켰다.

가련한 늑대는 둔탁한 신음소리를 내면서 먼지와 자신의 오물 속에서 온몸을 경련으로 떨면서 무표정한 모습으로 뒹굴었다.

그의 친구들은 크게 슬퍼하며 왕에게 괜찮다면 이런 정도에서 결투를 끝내도록 청을 했다. 그러자 왕이 대답했다.

"그대들 모두가 그렇게 생각하고, 모두에게 그것이 좋다면 나도 그것에 이의가 없노라."

그래서 왕은 결투장의 두 감시자인 린크스와 루파르두스에게 두 결투자에게로 갈 것을 명령했다.

그들은 명령에 따라 경기장 안으로 들어가서 승리자인 라이네케에게 말했다. 이것으로 결투는 충분하며, 폐하께서는 결투의 종결과 분쟁의 끝을 보고자 원하신다고 전했다.

"폐하께선, 그대가 상대방을 놓아 줄 것과 그 부상당한 자에게 생명을 남겨 놓도록 요청하고 계시오. 왜냐하면 이번 둘의 결투에서 하나가 죽어 쓰러진다면, 양쪽 편 모두에게 유감스러운 일이기 때문이오. 그대는 큰 이득을 얻었소!

대소를 막론하고 모두가 그것을 보았고, 훌륭한 남자들 역시 그대에게 갈채를 보냈소. 그대는 그들을 영원히 그대 편으로 얻은 셈이요."

"나는 그 점에 대해 감사를 표합니다!

나는 기꺼이 왕의 뜻에 따르겠소. 그리고 분수에 맞게 행동하겠소. 나는 이겼소. 그것보다 더 좋은 것을 나는 아무것도 요구하지 않겠소! 다만 한 가지, 내가 나의 친구들에게 물어보는 것을 왕께서 허락토록 해주시오."

그러자 친구들 모두가 라이네케에게 소리쳤다.

"왕의 뜻을 따르는 것이 좋다고 우리는 생각한다."

그들은 무리를 지어 승리자에게 달려왔는데, 모든 친척들, 오소리, 원숭이 그리고 수달과 해리였다.

또한 그의 친구들은 담비, 족제비, 큰 족제비 그리고 다람쥐였으며, 이전에 그를 적대하고 그의 이름을 부르는 것을 좋아하지 않았던 많은 동물들도 모두 그에게 달려왔다. 거기에는 심지어 그를 고소했던 자들도 있었다.

이제 그의 친척들은 아낙네들과 어린애들을 데려왔다. 크거나 작

거나 중간이거나 가장 작거나를 막론하고 모두가 그에게 호의를 보이고, 그를 칭송하면서 끝날 줄을 몰랐다.

세상이란 언제나 그런 것이다. 사람들은 행복한 자에게 '오래도록 건강하길!' 하고 말한다. 그는 수많은 친구들을 갖는다. 그러나 곤경에 빠진 자는, 참고 기다릴 수밖에 없는 것이다!

그것은 여기에서도 똑같았다. 모두가 승자의 곁에서 자신을 뽐내고자 했다. 한 무리는 피리를 불고 다른 무리는 노래를 불렀으며 그 사이 나팔을 불고 북을 쳤다.

라이네케의 친구들이 그에게 말했다.

"기뻐하시오, 그대는 그대와 그대의 종족을 이번에 한층 돋보이게 했소!

그대가 굴복 당하는 것을 보고 우리들은 몹시 슬펐소. 그러나 곧 사정이 바뀌어졌소. 아주 훌륭한 싸움이었소."

"그것은 내게도 행운이었소."

그리고 라이네케는 친구들에게 감사했다. 이렇게 그들은 매우 소란스럽게 걸어갔는데 누구보다 먼저 라이네케는 결투장의 두 감시자와 함께 왕의 옥좌에 도착해서, 그 앞에 무릎을 꿇었다.

왕은 그를 일어서도록 하고 모든 신사들 앞에서 말했다.

"그대는 그대의 영광을 잘 지켰다. 그대는 명예롭게 그대의 일을 성취했다. 그런 까닭으로 나는 그대에게 자유를 선고한다. 나는 그대의 모든 벌을 해제하며, 이제그림이 다시 완쾌 되는대로 내 귀족들과의 회의에서 곧 바로 발표하겠다. 오늘은 이상으로 이 문제를 끝내겠다."

라이네케는 겸손하게 그 말에 대답했다.

"자비로우신 폐하!

폐하의 결단에 따르는 것은 제게 유익한 일입니다. 폐하께서 잘 아십니다만, 제가 여기 왔을 때, 많은 자들이 고소를 했습니다. 그들은 저의 강력한 적인 늑대를 위해서 거짓말을 했습니다. 그는 저를 멸망시키려고 했으며, 거의 굴복시킬 뻔 했을 때, 그 때 다른 자들은 소리 질렀습니다. '십자가에 매달아라!' 오직 저의 마지막을 위해 그와 함께 고소를 했습니다.

늑대의 맘에 들기 위해서입니다. 왜냐하면 모두가 알 수 있듯이 그

는 폐하 곁에서 저보다 훨씬 좋은 위치에 서 있습니다. 그리고 어느 누구도 마지막이라든가 어떻게 진실이 유지되는가 하는 것은 전혀 생각지 않습니다.

저는 이들을 한 무리의 개에다 비교하고자 합니다. 이들은 무리를 지어 부엌 앞에 서서 자비심 깊은 요리사가 그들에게 몇 개의 뼈를 나누어주길 바라고 있었습니다.

기다리던 개들은 그들 무리 중 한마리가 삶은 고기 한 조각을 요리사에게서 얻는 것을 보았습니다. 그러나 그곳에서 재빨리 뛰어나오지 못한 것이 그의 불행이었습니다.

왜냐하면 요리사가 뜨거운 물을 그의 뒤에다 쏟아 부어 그의 꼬리를 데었기 때문입니다. 그렇지만 그는 그 먹이를 떨어뜨리지 않고 다른 개들 사이에 가 섰습니다. 모두가 입을 모아 말했습니다.

'보아라, 얼마나 요리사가 이 개를 다른 누구보다도 총애하는지!
보아라, 얼마나 맛있는 고기조각을 그에게 주었는지!'
그러자 그 개가 대답했습니다.

'너희들은 그것에 대해 잘 모른다. 너희들은 맛있는 고기를 볼 수 있어 당연히 너희들 마음에 드는 나의 앞쪽만을 보고 나를 칭송한다. 그러나 나의 뒤쪽을 보고 그래도 너희들의 의견이 변치 않거든 나의 행복을 칭송하라.' 그들이 그의 뒤쪽을 보았을 때, 그는 끔찍한 화상을 입고 있었습니다. 털은 빠져버렸고 몸뚱이에 가죽은 쭈글쭈글 오그라들어 있었습니다. 두려움이 그들을 엄습했습니다.

아무도 부엌으로 가려하지 않았습니다. 그들은 그를 놔두고 달아나 버렸습니다.

폐하, 이 이야기는 탐욕쟁이들을 가리키고 있습니다. 그들이 힘이 있는 한, 모두가 그들을 자기 친구이기를 원합니다.

매시간 사람들은 그들을 쳐다보고, 그들은 입에 고기를 물고 있습니다. 그들 뜻에 따르지 않는 자는 보복을 당하지 않으면 안됩니다.

그들이 잘못 행동을 해도 사람들은 항상 그들을 칭찬해야 합니다. 처벌받을 행동을 하고도 오히려 우쭐하게 됩니다. 종말을 깊이 생각지 못하는 자는 모두가 그런 식으로 행동합니다. 그렇지만 그와 같은 무리들은 자주 벌을 받게 됩니다. 그리고 그들의 힘은 슬픈 종말을 맞게 됩니다.

마지막에는 아무도 그들을 더 이상 좋아하지 않게 되고, 그래서 그들에게서는 좌우로 몸의 털이 빠져버립니다. 그것이 이전의 친구들입니다.

크거나 작거나, 그 친구들은 이제 떨어져나가 그들을 벌거벗은 채 내버려둡니다.

마치 모든 개들이 동료의 상처를, 그의 뒤쪽 절반의 상처를 보았을 때, 곧바로 그를 혼자 두고 달아나 버렸듯이 말입니다.

자비로우신 폐하, 폐하께서도 아시게 될 것입니다만, 라이네케에 관해서 사람들은 결코 그렇게 말하지 않고, 친구들은 저를 부끄럽게 여기지 않을 것입니다.

폐하의 자비를 진심으로 감사드리며, 만약 제가 폐하의 뜻을 알 수만 있다면, 저는 그것을 기꺼이 수행하겠습니다.”

“많은 말은 우리에게 아무 도움도 되지 않는다. 나는 모든 것을 들었고, 그대가 말한 것을 잘 이해했노라.

나는 그대를 고귀한 남작으로서 이전처럼 궁전회의에서 다시 보고자 한다. 나는 그대에게 그 때 그 때 나의 비밀회의에 참석할 것을 명령하는 바이다. 나는 그대에게 다시 완전하게 명예와 권위를 돌려주겠노라. 받아들이길 바라노라. 그래서 모든 것이 최상이 되게 나를 돕도록 하라. 나는 그대가 궁전에 없으면 곤란하다. 만약 그대가 지혜와 덕을 겸비한다면, 어느 누구도 그대를 능가할 수 없으며, 보다 날카롭고 보다 현명한 조언과 방법도 제시하지 못할 것이다. 나는 이후로는 그대에 관한 소송들은 더 이상 듣지 않을 것이다. 그대는 항상 나를 대변하고 제국의 수상으로서 행동해야 한다. 그래서 그대에게 내 인장을 맡기리라. 그대가 행하는 일과 기록하는 모든 것은 그대로 그렇게 보존되게 하라."

이렇게 하여 이제 라이네케는 정당하게 왕의 두터운 총애를 얻었다. 사람들은 그가 조언하고 결정한 것이라면 이롭든 해롭든 간에 모든 것을 따라야 했다. 라이네케는 왕에게 감사하며 말했다.

"저의 고귀한 군주시여, 폐하께선 저에게 너무나 많은 명예를 주십니다. 항상 올바른 정신을 갖도록 마음에 새기겠습니다. 두고 보시기 바랍니다."

그사이 늑대에겐 어떤 일이 일어났는지 잠깐 언급해보자.

그는 싸움에 져 결투장에 쓰러진 채 괴로움을 당하고 있었다.

아내와 친구들, 고양이 힌째, 곰 브라운 그리고 어린애와 종자들 그리고 친척들이 그에게 갔다. 그들은 탄식하면서 그를 들것 위에 싣고서 (그의 몸을 따뜻하게 하기 위해 그 위에 마른풀을 깔았다) 그리고는 그를 결투장 밖으로 운반했다. 상처를 조사해보니 스물여섯 군데나 되었다. 수많은 외과의사들이 왔고, 그들은 곧장 그의 상처를 동여매고 치료약을 그에게 건네주었다.

그의 사지는 마비되어 있었다. 그들은 약초를 그의 귀에다 비볐다. 그러자 그는 앞뒤로 크게 재채기를 했다. 그들은 입을 모아 말했다.

"목욕을 시키고, 그의 몸에 연고를 바릅시다."

이처럼 그들은 슬픔에 찬 늑대의 동족을 위로했고, 그를 조심스럽게 침대에 눕혔다. 그러자 그는 잠이 들었다. 그러나 그는 얼마 후에 잠에서 깨어 착잡한 심정으로 번민했다. 치욕과 고통이 그를 괴롭혔다. 그는 큰소리로 슬퍼했으며 절망적인 모습을 했다.

그의 부인 기이래문트가 슬픈 심정으로 그 엄청난 피해를 되새기며 그를 정성스럽게 간호했다. 그녀는 이런저런 고통스러운 심정에 잠겨 자신과 아이들과 친구들을 불쌍히 여겼고, 괴로워하는 남편을 바라보았다. 그는 괴로움을 극복할 수 없었고, 고통으로 의식을 잃고 있었다. 고통은 크고 결과는 슬펐다.

그러나 라이네케는 매우 유쾌했다. 그는 만족스럽게 그의 친구들에게 무엇인가를 지껄였으며, 찬양하고 칭찬하는 소리를 들었다. 그는 그곳에서 기분 좋게 작별했다. 자비로운 왕은 수행원을 그와 함께 보냈고 즐겁게 작별의 말을 했다.

"곧 다시 오도록 하라!"

그러자 여우는 옥좌 앞에서 땅에 무릎을 꿇고 말했다.

"저는 진심으로 폐하께 그리고 저의 자비로우신 왕비님께, 또 폐하의 결단과 신사들 모두에게 감사드립니다.

왕이시여, 신께서 많은 영광을 폐하께 예비하도록 기원하겠습니다. 그리고 폐하께서 요구하시는 것을 저는 기꺼이 하겠습니다. 저는 폐하께 충성을 다 하겠으며 그에 대한 의무를 지고 있습니다. 이제 폐하께서 허락하신다면, 제 아내와 아이들을 보기 위해 저는 집으로 갈까 생각합니다. 그들은 저를 기다리며 수심에 잠겨있을 것입니다."

"어서 떠나도록 하라. 앞으로는 아무것도 두려워 말라."

이렇게 라이네케는 모두의 비호를 받으며 출발했다.

그의 패거리 중 많은 자들이 이와 같은 비결을 알고 있다해도 모두가 지혜를 지니고 있는 것은 아니다. 그것은 숨겨져 있다.

라이네케는 그의 종족 그리고 40명의 친척과 함께 자랑스럽게 궁전을 나왔다. 그들은 영광스러웠고 기뻤다.

한 신사가 라이네케 앞에서 길을 인도 했고, 다른 자들은 뒤에서 따라왔다.

그는 만면에 기쁨을 띠었으며, 그의 꼬리는 한층 넓어졌다. 그는 왕의 총애를 획득했으며, 이제 다시 회의에 참석하게 되었다. 그래서 그는 어떻게 그것을 이용할까 생각했다.

"내가 좋아하는 자들을 이롭게 해야한다. 내 친구들이 그것을 누려야 한다."

그래서 그는 생각했다. '황금보다 더 존경될 수 있는 것은 지혜다.' 라이네케는 누구보다도 그의 친구들에게 둘러싸여 그의 성채가 있는 말레파르투스로 가는 길로 접어들었다.

그는 위급한 시간에 그의 편을 들어주었고 그에게 호의를 보여준 모두에게 감사를 표했다. 그것에 대해 그는 자신의 봉사를 약속했다.

그들은 헤어져 모두 자신들의 가족에게로 갔다. 여우도 그의 집에서 아내 에르멜린을 무사히 만났다. 그녀는 그를 보자 기뻐하며 궁전으로 갔던 일에 대해서 그리고 어떻게 다시 빠져 나왔는지를 물었다.

"나에게도 일이 잘 풀렸소! 나는 다시 왕의 총애를 얻게 되었소. 나는 이전처럼 다시 회의에 참석하게 되었고, 우리들의 전체 종족도 명예를 누리게 되었소. 그는 나를 제국의 수상으로 모두들 앞에서 큰 소리로 지명했고 나에게 인장을 맡겼소.

라이네케가 행하고 기록하는 모든 것은 영원히 잘 수행되고 기록되어야 하오. 누구나 그것을 명심해야 하오!

나는 늑대에게 불과 몇 분 사이에 한 수 가르쳐 주었소. 그는 이제 더 이상 나에게 불평하지 못할 것이오. 그는 눈이 멀고 상처를 입어 그의 전 종족에게 불명예를 안겨주었소. 내가 그를 멍이 들도록 흠씬 때려 주었소!

앞으로 그는 세상에서 별 쓸모가 없을 것이오. 우리는 결투를 했고 나는 그를 굴복시켰소. 그가 또다시 나에게 건강하게 맞서게 되는 것은 어려울 것이오. 그래서 내게 남은 것이 무엇인지 알겠소? 나는 그들 패거리들의 지도자가 되었소."

라이네케의 아내는 대단히 만족했고, 어린 두 아들에게 있어서도 그들 아버지의 승격에 용기가 솟아올랐다. 그들은 즐겁게 서로 담소했다.

"이제 우리는 안락한 나날들을 보내도록 하자. 만인에게서 존경을 받으며 그리고 그사이 우리의 성채를 굳건히 하고 명랑하고 걱정 없이 살 궁리를 하자."

이제 라이네케는 존경을 받게 되었다! 모두가 힘을 다해 지혜를 추구하고 악을 피하며 덕을 공경하도록 하라! 이것이 바로, 그대들

이 악을 선과 구별하고 또 이 책의 독자들이 세상으로부터 날마다 지
식을 넓힐 수 있는 지혜를 소중히 여기도록 하기 위해 작가가 우화와
진실을 섞어 꾸며놓은 이 노래의 의미이다.

　왜냐하면 세상이란 그런 것이며, 앞으로도 그럴 것이기 때문이다.

　이렇게 해서 라이네케의 본질과 행위에 관한 우리의 노래는 끝났다

　신이여! 우리에게 영원한 영광을 얻도록 도와주소서! 아멘.

작품해설

윤 용 호

　함부르크판 괴테 전집 제2권의 p.717~p.727까지 『여우 라이네
케』에 대한 자세한 해설이 실려 있다. 여기서는 독자의 이해를 돕기
위해 이 해설을 토대로 작품의 생성, 역사적 배경과 발전을 설명하
고, 괴테에게 있어서 이 작품이 갖는 의의 등을 간략하게 개관해 보
고자 한다.

　괴테(Johann Wolfgang von Goethe, 1749~1832)의 「여우 라
이네케」는 그의 나이 44세인 1793년에 출간된 작품이다. 여우가
등장하는 동물설화는 이미 중세부터 유럽 전역에 널리 알려져 있었
고 괴테도 유년시절부터 알고 있었던 소재를 바이마르의 아우구스트
공작 저택에서 다시 접하게 된다. 괴테는 1782년 2월 19일 일기에
다음처럼 쓰고 있다: "저녁에 공작 곁에 있었다. 공작 비(妃)도 왔
다. 『여우 라이네케』가 낭독되었다." 여기에서 언급되고 있는 책은,
1498년 뤼벡에서 저지독일어로 쓰여 출판된 운문형식의 『라인케 데
포스(Reinke de Vos)』를 대학교수이자 작가였던 고트췌트
(Johann Christoph Gottsched, 1700~1766)가 1752년에 새로
이 간행하면서 동시에 산문형식의 고지독일어로 번역을 한 것이었

다. 이와 같은 낭독은 옛 민중시가를 즐겨 다루었던 헤르더에게서 자극 받은 것으로 추측된다. 이 고트췌트판은 리이프찌히에 있는 브라이트코프(Breitkopf) 출판사에서 출간되었으며 그 속엔 네덜란드 화가인 에버딩엔(Allaert van Everdingen 1621~1675)이 그린 동판화들이 들어 있었다. 괴테는 이 그림들에 매혹되어 낭독이 있은 다음날인 1782년 2월 20일 브라이트코프 출판사에 이 동판화들의 복사 본을 입수할 수 있는지 문의했으나 출판사 측은 배려를 해주지 않았다. 그로부터 약 일 년 뒤인 1783년 1월 10일 괴테는 그당시 안스바하에 사는 자신의 누이동생 헨리에테 집에 머물고있던 친구 크내벨(Karl Ludwig von Knebel 1744-1834)로 하여금 경매에 부쳐진 에버딩엔의 동판화들을 사도록 했다. 경매는 그에게 낙찰되었고, 이것을 괴테는 1783년 3월 3일과 4월 19일 두 번에 걸쳐 슈타인(Charlotte von Stein 1742-1827) 부인에게 피력할 정도로 기뻐했다. 모두 56매인 이들 동판화들은 오늘날에도 원형상태로 보존되어 있다. 에버딩엔은 동물들을 자연스러운 모습 그대로 그리고 있으며, 그들의 서열이나 권력 관계는, 왕관이나 칼을 통해서가 아니라, 움직임이나 표정을 통해 뚜렷하게 나타나 있다. 유일한 예외라면 여우가 신부로 등장하는 곳에서 수도사의 옷을 입고 있는 모습이라고 하겠다.

이로부터 10년 후 괴테는 다시 이 작품을 손에 잡게 된다. 1792년 프랑스와의 전쟁에 참전한 아우구스트공(公)을 따라 동행했던 괴테는 같은 해 12월 전선에서 돌아오게 되는데 그 때 그는 괴로운 정치적 발전에 자극 받아 독자적인 창작품을 완성한다는 것이 어렵다는 것을 느끼고는 다음해 1월부터 전에 열중한 적이 있었던 고트췌트의 산문판 『여우 라이네케』를 다시 6각운(Hexameter)으로 옮기기 시작했다. 괴테는 작품이 완성될 때까지는 자신이 생각하는 바를 방해받지 않기 위해 기꺼이 비밀로 하곤 했는데, 이번 경우에는 무엇을 쓰고 있는지를 친구들에게 알렸다. 이 사실은 크내벨의 일기를 통해 알 수 있다. 이 작품은 문사들이 아닌 평범한 청중을 위한 낭독용으로 만들어졌다. 그 해 4월에 괴테는 마지막 장을 완성했다. 그가 집필을 끝냈을 때, 이제는 정식으로 서술해야겠다는 생각이 들어 전체를 다시 한번 철저히 퇴고(堆敲)하고 싶어졌다. 이때 헤르더가 그를 도와 원고를 읽고 지적도 해주었다. 그러던 중 아우구스트공이 1793년 5월에 괴테를 마인츠 진영으로 불렀다. 그는 이 부름에 『여우 라이네케』의 원고를 소지해서 조금씩 조금씩 조탁(彫琢)해 갔다. 9월 22일 바이마르로 다시 돌아왔을 때 그는 비일란트와 크내벨의 조언에 따라 이 작품에 마지막 손질을 가했다. 겨울에 접어들며 작품은 인쇄에 들어갔고 1794년 초의 책 전시회에 때맞추어 베를린에 있는 요한 프리드리히 웅거(Johann Friedrich Unger) 출판사에서 신간으로 출판되었다.

　위에서 언급 한대로 『여우 라이네케』는 괴테의 독창적인 작품이 아니라 개작(改作)으로 그 소재는 오래된 것이다. 구전되어 온 국내의 동물 이야기와 고대 그리스 로마의 동물 우화에서 중세의 서사적인 동물 이야기들이, 처음에는 라틴어 『Ecbasis captiv』, 『Ysengrimus』로 나중에는 민중언어로 발전되었는데 여우가 주인공으로 등장하며 다른 동물들에게도 모두 이름이 주어져 있다.

1200년경 불어로 된 『로만 드 레나르(Roman de Renart)』가 있으며 독일어로는 하인리히 데어 글리혜채레(Heinrich der Glchezaere)라는 엘사스 출신 작가의 『여우 라인하르트(Reinhart Fuchs)』가 있고, 또한 일련의 네덜란드어로 된 개작 판들이 나왔다. 즉 13세기에 나타난 『여우 레이나르데에 관해서(Van den Vos Reynarde)』는 사자의 법정에서 여우가 교묘한 언변으로 교수형에서 풀려나는 이야기를 담은 서사시로 훗날에 나오는 작품들에서의 첫 부분과 일치한다. 14세기에는 『라이내르트의 이야기(Reinaerts Historie)』가 뒤따르고 있으며, 15세기에는 네덜란드에서 산문화된다. 1479년 고우다(Gouda) 지방이나 1485년 델프트(Delft) 지방에서 나온 산문 판들이 바로 그 예이다. 그 다음 익명의 한 중부 저지독일인이 이 소재를 취급했는데, 그의 『라인케 데 포스(Reinke de Vos)』는 다시 옛날에 호평 받던 짧은 쌍각운의 형식을 이용하고 있다. 그의 작품은 1498년 뤼벡에서 출판되었으며 광범위한 도덕적 해석, 소위 "어구 주해"(Glosse)를 담고있다. 여기에서 이 익명의 작가는 탐욕스런 영주들과 부도덕하게 살고있는 성직자들에 맞서 논쟁을 하고 있으며 모든 계층의 민중을 위해서는 충고를 하고 있다. 이러한 교훈성은 그 시대의 정신과 일치하는 것이었다. 1539년 로슈(Rostock)에서 저지독일어로 된 『라인케 데 포스』가 나타났을 때에도 똑같이 광범위한 도덕적 주석이 덧붙여졌는데, 1498년의 주석이 철저하게 카톨릭의 토양 위에서 서술된 반면, 이번에는 카톨릭 교회에 저항하는 루터적인 정신으로 쓰여졌다. 이러한 교훈적인 특징은 여우설화에 계속되었으며, 새로이 개작되거나, 에버딩엔 동판화의 예에서 볼 수 있듯이 그림까지 곁들여 제작되면서 1752년의 고트쉐트판에 이르게 된다. 고트쉐트는 학자였고 그의 시대에 고대 독어로 된 작품을 이해할 수 있는 몇 안 되는 사람들 중에 속했었다. 그는 중세 후기 작품인 『뵈멘의 악커만(Ackermann aus Böhmen)』이 중요한 작품이라는 것을 알아차린 최초의 사람이었다. 『여우 라이네케』에 대한 그의 관심은 문학사 연구라는 면 외에도 도덕적이고 교훈적인 면 때문이었다. 모든 문학작품은 도덕적으로도 유용해야 한다는 것이 그의 주장이었다. 이 시대는 또한 모두가 기꺼이 "도덕(Moral)"으로 끝나는 이야기를 쓰던 시기였다. 그래서 고트쉐트판은 작품의 번역 -저지독일어에서 고지독일어로- 뿐만 아니라 1498년 판에 들어있는 주석의 완전한 번역과 16세기의 신교적인 주석의 번역도 들어있다. 이런 주석의 번역들은 작품의 번역보다 광범위하다. "이 주석에서 사람들은 풍부한 정치적, 도덕적 통찰과 교훈의 보고를 접하게 될 것이다."라고 고트쉐트는 말하고 있다. 고트쉐트판은 1498년 이후 독일에서 성행했었던 도덕적 개작의 계열에서 마지막이 된다.

헤르더와 괴테는 이 옛 작품을 고트쉐트와는 다르게 보았다. 고트쉐트에게서 팽배하고 있는 교훈적인 해석들은 이들에 의해 밀려나게 되었다. 작품이 그 자체로써 모든 것을 말하고 있기 때문이었다. 그래서 여우에 관한 다른 모습이 형성된다. 즉 그는 악하고 거짓에 찬 궁전의 인물이 아니라 장난꾸러기로 묘사되고 있다. 그에게 희생당하는 어떤 다른 동물들도 여우의 거짓을 통해서 불행으로 빠지게 되는 것이 아니라 그들의 우둔함이나 탐욕 때문에 그렇게 되는 것이다.

라이네케는 독자의 호감을 사게 되는데 그것은 그의 사고가 매우 뛰어나고 사건의 전개가 바로 그에게 달려있기 때문인 것이다.

　내용 면에서 괴테가 변화시킨 것은 전혀 없다. 이 사실은 이미 빌헬름 폰 훔볼트가 저지독일어로 된 고본(古本)을 괴테의 6각운으로 된 작품과 비교한 후 1796년 2월 27일자로 쉴러에게 보낸 편지에서 밝히고 있다. 그러나 훔볼트는 괴테의 작품이 그럼에도 불구하고 완전히 다른 특성을 지녔다는 것을 알고 있었다. 똑같은 모티브들이 다르게 서술됨으로 해서 아주 다른 효과를 내고 있다는 것이다. 여기에는 물론 서로 다른 시대적 배경에 따른 관점의 차이도 한 몫을 하고 있다. 이 소재는 1498년의 독자와 1793년의 독자에게 전혀 다른 성격을 지녔는데, 즉 전자에게 그것은 현재의 소재였으나 후자에게는 비록 그것이 보편화된 경향이 있다고는 해도 역시 역사적인 소재였다. 정치적인 면에서 본다면 여러 등급으로 나뉜 신하들이 있는 동물왕국은 봉건제도의 국가를 반영하고 있는 것이다. 그것은 1498년의 독자에게는 그들이 살던 시대의 국가였으나 1793년의 독자에게는 중세의 것이었다. 독일제국은 비록 형식적으로는 1806년까지 아직 봉건국가였지만 실제로는 개개의 절대주의적인 소국가들로 분산되어 있었고 그들은 당국과 신하들로 된 근대적인 조직을 갖고 있었다. 『라인케 데 포스』에서는 황제가 방대한 자유를 가진 영주와 귀족들에게 둘러싸여 있는 중세적인 제도가 묘사되고 있다. 사자가 지배는 하고 있으나 곰과 늑대가 고문직에 앉아 있으며, 힘이 세거나 술책에 능한 동물들이 비록 사자가 금지하고 있음에도 그들의 충동이나 모험을 추구하고 있다. 또한 여기에 자세히 언급되고 있는 교회의 상태, 즉 교황청의 매수, 독신주의의 불경, 교황의 파문 그리고 로마 순례 등은 1498년의 독자에게는 바로 그들이 살고 있는 현실이었다. 그러나 훗날의 신교권 독자들에겐 그들이 투쟁을 하고 약점을 찾고 있는 반대파의 모습이었다. 하지만 괴테는 그의 독자를 주로 신교권에서 갖고 있었다. 이들이 승려들의 일과(日課) 기도(제1곡, 22행)나 삭발(제2곡, 237행), 평복수녀(제8곡, 234행) 그리고 파문(제8곡, 313행)에 관해서 읽었을 때 이 모든 것들이 이들에게는 이미 지난 먼 세계의 이야기였고 읽을거리로서 낯선 나라나 종족들에 대한 묘사만큼의 흥미를 끄는 것이었다. 소재의 다른 요소도 마찬가지였다. 1498년의 독자들은 여기서 그들이 살던 시대의 법과 관습을 발견했다: 즉 성령강림절에 제국의 신하들의 모임(제1곡, 1행부터), 결백의 선서(제1곡, 32행), 사자(死者)의 제시와 친척들의 비탄(제1곡, 181행), 소환장(제1곡, 272행부터), 왕의 보호지역(제7곡, 95행) 그리고 도전의 표시로 던지는 장갑(제11곡, 339행)으로 시작되는 결투 등 많은 것을 들 수 있다. 하지만 괴테의 독자들에게 그것은 지나간 세계였으며 낯선 매력을 주는 것이었다. 괴테는 옛 저지독일어 단어들을 다양하게, 그러나 다만 음성(音聲)적으로 변형시켜 수용하면서 독자에게 원본의 숨결을 느끼게 하고 있다. 옛 텍스트의 특징으로 들 수 있는 조잡성, 희극적 상황, 야비성 등을 괴테는 하나도 버리지 않고 수용하고 있으며 다만 몇 군데에서 약간 완화시켰을 뿐이다.

괴테가 『여우 라이네케』를 완성했던 1793년 가을에, 괴테와 동시대인으로 호머의 작품번역에 열중했던 포스(Johann Heinrich Voβ

1751-1826)의 『오디세이』 번역이 운문개작으로 나왔고 『일리아스』
도 같은 방식으로 번역되어 나왔다. 포스는 이어서 1802년 『독일어
의 운율학 (Zeitmessung der deutschen Sprache)』이란 책을 썼
는데 그 안에서 그는 고대 운문시가를 독일어에서 어떻게 모방해야
하는가를 상세하게 피력하고 있다. 그것은 어려운 규칙들에 따라야
하는 것이었다. 괴테는 그의 『라이네케』를 포스식 법칙에 따라 개작
할 수 있을 것인지를 생각했다. 그래서 그는 1794년 포스에게 조언
을 구했고 1800년에는 슐레겔(August Wilhelm Schlegel)에게도
조언을 청했다. 두 사람은 괴테의 6각운을 매우 결함이 많은 것으로
보았다. 그러나 헤르더와 크네벨은 이들과 반대되는 의견이었고 괴
테에게 이론가들에게 굴복하지 말 것을 권했다. 왜냐하면 문학작품
이 이론적인 면에 치우치면 자칫 본질적인 것을 망칠 우려가 있기 때
문이었다. 이렇게 해서 이 작품은 그대로 남게 된 것이었다.

여우 이야기에 대한 수백 년간의 전통 속에서 1498년의 중세작품
이 그 정점을 달성했으나, 괴테의 작품이 다시 한번 정점을 이룩하
게 된다. 위대한 시인 괴테는 여기에서 민중시인으로의 변모를 위해
노력했으며 또한 그것을 성취했다.

그의 『여우 라이네케』는 19세기에 많은 개작들이 나왔고 또 많은
미술가들에 의해 삽화로도 그려졌다. 괴테가 옛 민속적인 언어에 즐
거움을 가지고, 그것의 재현에 열중한 것은 그의 다양한 예술영역
가운데 한 면을 형성하고 있다.

이 작품보다 4년전 그는 『타쏘 (Tasso)』를 완성했는데 주인공 타
쏘는 민중적인 것과는 거리가 먼, 가장 세련된 언어로 묘사된 복잡

한 영혼을 지닌 인물이다. 또 동시에 『빌헬름 마이스터 (Wilhelm Meister)』소설이 집필 중에 있었고, 『파우스트 (Faust)』도 계속되고 있었다. 이들 작품들과 비교한다면 『여우 라이네케』는 부차적인 작품이라 할 수 있다. 우리가 그 이름을 모르는 1498년의 작가가 『라인케 데 포스』에 그의 최선을 경주했다면, 괴테는 그의 『여우 라이네케』에 자신의 최선을 다하지는 않았다. 그는 여기에서 단순히 무엇인가 좋은 것, 유익한 것을 추구하기 위해 노력했을 뿐이었다. 그것은 보다 더 큰 과업이 자신을 기다리고 있다는 의식에 사로잡혀 있었기 때문이라고 할 수 있겠다. 『베르테르의 슬픔』이나 『타쏘』같은 작품은 거의 파멸적인 내적 긴장 속에서 진행되었고, 『빌헬름 마이스트』에 관해서도 괴테는 1780년 6월 5일 슈타인 부인에게 그 중 한 장면을 눈물을 흘리며 완성했다고 보고하고 있다. 그와 반대로 『여우 라이네케』는 그에게 위안과 기쁨을 준 작품이었다. 그것은 민중시가의 건강하고 힘찬 세계 속으로의 침잠이었으며, 훗날 독일을 중심으로 한 세계 각국의 민요와 민중시가에 대한 그의 집중적인 열중과 비교될 수 있는 것이었다. 말년에 이를 때까지 그는 거의 옛 민중의 지혜처럼 들리는 작은 격언들을 시화(詩化)했다. 만약 그가 『베르테르의 슬픔』이나 『타쏘』의 영역 속에서만 호흡했다면, 그를 파멸시켰을 것이다. 그러나 그의 내부에 존재하고 있던 전혀 다른 면의 본질이 문학적인 영역에서 민중시가와의 접촉으로 나타나고 있다. 서로 모순되는 내적 가능성들의 균형이 괴테의 삶에서의 업적이라고 한다면, 바로 이점에서 『여우 라이네케』가 그의 문학적 창조작업에서 갖는 위치를 가늠해볼 수 있다.

괴테의 여우 라이네케

1판 인쇄/2001년 1월 15일
1판 6쇄 발행/2010년 7월 10일
지은이/요한 볼프강 폰 괴테
옮긴이/윤용호

펴낸이/임용호
펴낸곳/종문화사

편집위원/곽노의(서울교육대학교 교수, 문학박사)
　　　　구승모(한양대학교 강사)
　　　　박상화(경기대학교 겸임교수, 문학박사)
　　　　김양훈(인하대학교 교수, 문학박사)
　　　　김원신(원광대학교 교수, 이학박사)
　　　　권선형(연세대학교 강사, 문학박사)

출판등록 / 1997. 4. 1. 제22-392
주소/서울시 마포구 서교동 474-27 2층
전화/(02)735-6893
팩스/(02)735-6892
E-mail/jongmhs@hanmail.net
ⓒ2001, Jong Munhwasa printed in korea
ISBN 89-87444-22-8-03850